Herstellung und Verlag:
Books on Demand GmbH, Norderstedt

Alle Rechte vorbehalten
ISBN 978-3-8391-3038-4

Erasmus von Meppen

Prälla meint er

Ein lupenreiner Liebesroman

Den Prälla hättet ihr mal sehen sollen! Der lebte als Autoverkäufer richtig auf. Endlich war er mit seinen Einwortsätzen mal an der richtigen Stelle gelandet, nämlich im „Fährkauf". Man erkennt die Leute aus dem Verkauf immer daran, dass sie „Fährkauf" sagen. Das hatte sich auch der Prälla in null Komma nix angewöhnt, denn er wollte schließlich dazugehören. Indem er sich durch die deformierte Aussprache dieses Wortes bei den professionell deformierten Verkäufern einzuschmeicheln versuchte, grenzte er sich zugleich von allen Nichtverkäufern ab. Distinktion nennt man das in der Fachsprache.

Wie ihr merkt, habe ich meine soziologische Nebenfach-Deformation noch immer nicht ganz überwunden, obwohl ich schon eine ganze Weile studienfachfern mit dem Prälla im Autohaus stehe und Jahreswagen verticke. Wenn mir also aus Nostalgie manchmal ein Unwort aus dem Nebenfachvokabular herausrutscht, müsst ihr mir das nachsehen.

„Distinktion find ich gut", hätte der Nebenfach-Uwe gesagt. Wenn man ihn aber fragen würde, ob er nun die Sache oder den Fachbegriff meint, würde er nur antworten: „Ganz andere Baustelle." Er stammt nämlich aus der ehemaligen Seidenstadt Krefeld und ist ein lupenreiner Spinner. Wir beide haben Nebenfach-Wissenschaften an der Gesamthochschule Duisburg studiert und pflegen bei unseren regelmäßigen Kneipentreffen einen halbseidenen Disput der Halbwahrheiten, der einzig dem Zweck dient, einander möglichst wirkungsvoll ins Unrecht zu setzen. Was ich ihm an Halbbildung voraushabe, gleicht er durch seine Impertinenz aus. „Nicht wir kommunizieren, sondern die Kommunikation kommuniziert", meint er zum Beispiel, wenn ihm gar nichts mehr einfällt, und macht dabei ein derart naseweises Bekräftigungsgesicht, dass man ihm auf der Stelle eine reinhauen will. „Wir sind nämlich alle nur Sub-Systeme im Kommunikationssystem."

„Du vielleicht, Uwe."

„Du auch, Dieter, hundertpro."

„Ich bin ein Dom-System!"

„Dom-Systeme gibt es gar nicht."

„Und ob! Sie sind dominierende Bestandteile des Systems Wissen. Denn nicht wir wissen, sondern das Wissen weiß, weißt du?"

„Ganz andere Baustelle, Dieter."

Usw.

Ausgerechnet der Prälla wurde in unserem Teilsystem der Teilwahrheiten eines Tages zum Objekt einer erbitterten Kontroverse. Beim Autoverkauf kam dieser lupenreine Knallkopf nämlich auf einmal ganz groß raus, was mich veranlasste, mein seit dreißig Jahren für ihn verwendetes Rollenkonzept zu überprüfen.

Dass der Prälla im Autohandel aufblühte, wäre unter normalen Umständen nicht weiter verwunderlich gewesen, denn schließlich war er der Sohn vom Porsche-Erwin, dem Autohändler und Hansdampf in allen Gassen. Dessen Werbespruch „Fahr schneller mit Porsche Prälla" kennt in der Region jedes Kind.

Erwin kam ursprünglich aus Köln, hatte aber in Düsseldorf und Duisburg seine Autohäuser stehen. Wer nicht aus der Gegend stammt, kann vielleicht gar nicht ermessen, was es bedeutet, als Kölner in Düsseldorf Erfolg zu haben! Porsche-Erwin war jedenfalls ein Schlitzohr und gemachter Mann. Er hatte seinerzeit als kleiner Gebrauchtwagenhändler begonnen und sich dann bei Porsche eingeklinkt.

Das Autohaus hieß natürlich korrekt „Porschezentrum Düsseldorf", aber im Volksmund nannte man es immer nur „Porsche Prälla", weil man es einfach mit dem quirligen Exilkölner identifizierte, der eine richtige Kultfigur war. Er wirkte wie eine Kreuzung aus Tony Marshall und Ion Tiriac. Obwohl er stets glattrasiert war, sah er aus, als trüge er einen Schnauzbart, denn er hatte auch ohne Schnäuzer ein Schnäuzergesicht.

Allein für die Werbespots, die in den Kinos und Regionalprogrammen liefen, hätte er die Goldene Himbeere verdient gehabt. Da trat er nämlich selber auf, streichelte einen Targa und sagte ganz hölzern: „Qualität hat einen Namen." Dann grölte immer das ganze Kinopublikum mit langgezogenem Crescendo „Porsche Prälla!" und machte La Ola. Prälla senior war klug genug gewesen, seine unfreiwillige Komik optimal zu nutzen, und ließ sich überall als Trash-Ikone feiern. „Isch versteh doch önne Spass", lautete sein Kommentar. „Sie sind der Willy Millowitsch des Fährkaufs", hatte ich mal im Spott zu ihm gesagt, aber er fühlte sich geschmeichelt statt verspottet.

In der Porsche-Zentrale hielt sich die Begeisterung über seine Extratouren in Grenzen, aber deren Erfolg war nicht zu leugnen. Ein einziges Mal hatte ihn ein frischgebackener Marketingchef, der mit eisernem Besen durchkehren wollte, nach Zuffenhausen zitiert. „Herr Prälla", meinte er, „Porsche ist marketingstrategisch optimalst aufgestellt. Ihr personalisiertes Werbekonzept passt daher weder in unser Portfolio noch zu unserer Firmenphilosophie."

„Pass ömal auf, Jong: Isch reiß dir de Kopf ab und steck dir dein Pochtfolljo in de Hals", meinte der Erwin nur. Wenig später war der Marketingchef weg vom Fenster. So hat es mir Papa Prälla jedenfalls geschildert. Wahrscheinlich hat er dabei aber ein bisschen übertrieben.

„De Fürsten sind manschmal stärker wie de Könisch", fasste er seine schöne Geschichte vom Zoff in Zuffenhausen zusammen. Während der ehemalige Marketingchef heuer den Bundestagswahlkampf der SPD leitet, genießt der schillernde Provinzfürst weiter Narrenfreiheit.

„Jong, kennst du den jecken Ferdinannd?", fragte Vater Prälla, als er mich mit großer Geste in die Welt des Autohandels einführte. Ich kenne nur den jecken Erwin, lag mir auf der Zunge.

„Isch mein damit den Pieäsch, den Aufsischtsratsvorsitzenden von VW und Porsche-Großaktionär."

„Ach den!" Ich tat so, als fielen bei mir die Groschen, obwohl da nicht mal ein Pfennig fiel.

„De Wenndelins kommen und gehen, aber der Ferdinannd bleibt."

„Die Wendelins" klang wie der Titel einer Familienserie im ZDF. Ich kannte summa summarum nur einen einzigen Wendelin, nämlich den elefantösen Sketchpartner von Wum aus den goldenen Zeiten der Fernsehunterhaltung. Aber es war von Wendelin Wiedeking die Rede, dem sympathischen Porsche-Chef.

„Jetzt pass ömal auf: Wat meinst du, warum isch hier machen kann, wat isch will? Weil isch önne Protektion von jannz oben hann." Er blickte bedeutungsvoll zum Himmel.

„Etwa ... vom lieben Gott persönlich?", frotzelte ich.

„So onnjefähr, Jong. So onnjefähr. Isch hann die aal in de Hand, weil isch Sachen weiß ..."

Mein Gähnen wirkte wohl, als würde ich vor Staunen den Mund nicht zukriegen, denn „Ziehvater" Erwin zog mich nun eng an sich heran und flüsterte mir wie Schlemihl aus der Sesamstraße zu: „Isch hann hier önne Kartei, da steht alles über die Leute aus dem Vorstand drin. Isch habe meine Spitzel öbberall."

„Das sind ja Stasimethoden", meinte ich nur so aus Reflex. Daraufhin war er ein bisschen gekränkt, aber nicht etwa, weil es ihm unangenehm gewesen wäre, mit dem Unrechtsregime in Verbindung gebracht zu werden. Weit gefehlt!

„De Stasi", lachte er verächtlich, „dat waren doch Amatöre! Wat in der Wirtschaft spioniert wird, dagegen is de Stasi önne Heimwerkerverein gewesen", brüstete er sich. „Aber weiße, Jong:

Isch nenne dat nit Spionage, sondern Nettwörking. Dat klingt irgenswie netter, nä?"

Sein konspirativer Blick ruhte auf mir, so dass ich mich genötigt fühlte, ihm zuliebe anerkennend die Mundwinkel nach unten zu ziehen.

„Donnerwetter", meinte ich.

„Donnerwetter, nä?"

Wenn ihr nun aufgrund meiner Darstellung glaubt, dass der Erwin ein total verprollter Rüpel war, so ist das nur die Teilwahrheit, denn er wirkte auf mich eher wie eine Art Pimp-up-Proll. Den Ausdruck braucht ihr jetzt aber nicht im Duden nachzuschlagen, denn er ist mir eben erst eingefallen. Ich konnte oft beobachten, wie der Erwin alle Versatzstücke der Umgebung magnetisch an sich zog, um sie im Dienste des Verkaufserfolgs an seine Persönlichkeit zu montieren. Wie er das machte? Na, dann passt mal auf:

Ich war ja früher so ein bisschen kulturell veranlagt gewesen, müsst ihr wissen, und während meines Studiums in Duisburg schreckte ich nicht einmal davor zurück, in die Oper zu gehen, wenn ich etwas mit einer kulturell veranlagten Frau unternehmen wollte. Düsseldorf und Duisburg waren pfiffigerweise operntechnisch zur „Deutschen Oper am Rhein" vereint worden, und ich wäre verliebtheitstechnisch damals gerne mit der Britta vereint gewesen. Also gingen wir beide sehr häufig in die vereinte Rhein-Oper, um anschließend Rezensionsgespräche zu führen, in welche stets ein paar Tropfen sexueller Subtext hineinflossen. Auch wenn sich der Gesang bei schlechter Ausführung nachteilig auf jene Kunstform auswirkt, fand ich den Besuch der Oper allemal erträglicher, als sich in Theatervorstellungen oder Lyrikabenden die Schlafkrankheit zu holen.

Die Britta war derart überkandidelt und kultiviert, dass sie zum Beispiel im Museum stundenlang vor einem Gemälde stehen konnte, genau wie die Kunden im Autohaus vor einem Porsche Targa. Als ich sie mal fragte, woran sie eigentlich die ganze Zeit denke, wenn sie vor so einem Gemälde stehe, durchbohrte sie mich mit ihrem Blick wie die Appenzeller Ureinwohner den Uwe Ochsenknecht in dem bekannten Käse-Werbespot. Motto: Niemals fragen! Gegen das Marathon-Herumstehen im Museum war die Oper jedenfalls der reinste Kindergeburtstag. Damals war ich ja noch jung und überzeugt gewesen, mir mit meinen kulturellen Verrenkungen eine Britta-Abschleppgarantie zu erkünsteln. Aber natürlich Pustekuchen!

Als ich mit ihr zum ersten Mal in der Düsseldorfer Oper saß, fiel mir im Tannhäuser-Gedöns plötzlich auf, dass die Blechbläser ständig alles übertönten. Vom Gesang hörte man nichts. Fehlanzeige. Null. Komplett. Da sagte mir die Britta aus ihrer erfahrungsgesättigten Opernhauskenntnis heraus: „In Düsseldorf hört man immer nur das Blech." Das habe ich mir gemerkt und stets wiederholt, wenn mich jemand aus ihrem überkandidelten Bekanntenkreis nach meiner Meinung zu dieser oder jener Opernaufführung fragte. „Ach, wissen Sie, in Düsseldorf hört man ohnehin immer nur das Blech", antwortete ich dann und erntete jedesmal bestätigendes Kopfnicken. Motto: In der Tat, in der Tat.

Irgendwann war ich – als Kontrastprogramm – mal wieder mit den beiden Prällas auf der längsten Theke der Welt unterwegs, und der Erwin quetschte mich wie immer über meine Weibergeschichten aus, um seinem Sohn zu demonstrieren, dass ich angeblich „dat Zeusch" hatte. Ich antwortete ihm brav, dass ich an besagter Britta dran war, und berichtete von den gemeinsamen Opernbesuchen. Dabei rutschte mir so reflexartig mein Spruch heraus: „Aber im Düsseldorfer Opernhaus hört man ohnehin immer nur das Blech." Der Prälla verstand nur Bahnhof, aber sein Vater nahm das wieder zum Anlass, den eigenen Sohn zu deckeln:

„Siehst du, Heiko: Der Dieter hier, der jeht mit den Weibern sogar in dat Opernhaus!"

„Ey, Papa, ey ..."

„Der Dieter hat dat Zeusch und du hass dat Zeusch nit!"

„Im Duisburger Opernhaus ist die Akustik aber viel besser", warf ich ein, als wäre das ein Einwand im Vater-Sohn-Disput gewesen.

Später, in meiner ersten Arbeitswoche im Porschezentrum, war ich mal bei einem Gespräch anwesend, das er mit ganz überkandidelten Stammkunden führte. „Jong", hatte er mich vorher instruiert, „isch zeisch dir ömal, wie man mit den Kunden umgeht. Und dann kannsse dat auch und dann machsse dat." Ich kam aus dem Staunen nicht heraus: Er sprach in astreinem Hochdeutsch und fachsimpelte mit den Edelkunden über eine Premiere des Lohengrin an der Düsseldorfer Oper. Jetzt ratet mal, was er den Leuten erzählte? Genau: „Aber in Düsseldorf hört man ohnehin immer nur das Blech." Ich konnte mir ein Grinsen nicht verkneifen.

Jetzt die Kunden: „In der Tat, in der Tat ..."

Dann der Erwin: „Nur mal so als Tipp: Gehen Sie nach Duisburg, da ist die Akustik viel besser. Man geht jetzt nach Duisburg, nicht wahr, mein lieber Weiler?"

Ich nickte verdutzt.

„Unser Herr Weiler ist nämlich der Experte."

Die Kunden: „Aha? Herr Weiler, wie fanden Sie denn die Premiere gestern?"

„Ach, wissen Sie, es ist dort alles so grauenhaft geworden", improvisierte ich und verzog das Gesicht, als hätte ich in eine Zitrone gebissen.

„In der Tat, in der Tat ..."

„Man geht ja jetzt nach Duisburg." Das mit der besseren

Akustik dort hatte ich übrigens einfach erfunden. Wie sich später herausstellte, lag ich damit goldrichtig.

„Noch ist man damit die Avantgarde", packte der Erwin die Kandidelkunden bei ihrem Snobismus.

„Aha?"

„Aber wenn Sie schönes Blech wollen, dann besuchen Sie lieber unser Porschezentrum. Denn schöneres Blech bekommen Sie nirgendwo", schwärmte er und streichelte wieder seinen Targa. Die Kunden waren ganz aus dem Häuschen. Motto: Wie geistreich Er heute wieder ist, o Prälla!

Vielleicht lebt ihr in einer Traumwelt und denkt, im oberen Gesellschaftssegment wandeln nur ätherische Schöngeister herum. Den Zahn kann ich euch aber ziehen! Die meisten Prälla-Kunden waren nichts anderes als mit Zaster aufgepimpte Prolls, die zum Beispiel das Musical „Les Misérables" für die Krone abendländischer Kultur hielten und/oder zu Open-Air-Konzerten der Ten Tenors pilgerten. So sieht das nämlich aus in der Welt der Führungskräfte und Leistungsträger. Macht euch doch nichts vor!

„Da lernsse dat Geschäft von der Pike auf und dann machsse dat." Warum er so große Stücke auf mich hielt, war mir schleierhaft. Ich wollte das Geschäft gar nicht von der Pike auf lernen, denn Autos interessieren mich summa summarum einen feuchten Kehricht. Auf der anderen Seite mochte ich meinen Gönner natürlich nicht enttäuschen, denn schließlich hatte er mir einen Job gegeben, nachdem mein damaliger Arbeitgeber, die „Vermögensverwaltung Reinmar von Zweter", aufgrund der Finanzkrise hopsgegangen und ich mitsamt Prälla junior aufs Pflaster geworfen worden war. Hätte ich damals schon gewusst, dass ich Vater Prälla gar nicht enttäuschen konnte, weil er bis heute zu meinen Gunsten total verblendet geblieben ist, hätte ich mich im Autohaus gar nicht erst so sehr angestrengt.

Jedenfalls der Prälla: Der kam nun zwar im Fährkauf ganz groß raus, aber das nützte ihm erst einmal nichts, denn als Sohn des Chefs war er natürlich ein Karpfen im Hechtteich. Die Kollegen beargwöhnten ihn. Alte Fahrensmänner lassen sich ungern vom Juniorchef in die Suppe spucken. Nicht dass der Prälla sich aufgespielt hätte, im Gegenteil, er wollte ja dazugehören und sagte auch immer brav „Fährkauf". Außerdem warf er mit den üblichen Abkürzungen um sich, redete von „LD" („Lieferdatum"), „Jawawa" („Jahreswagenwartung") und „Nowalis" („Normwagenliste"), als hätte er nie einen anderen Jargon gepflogen. „Mal ins Wawi reingucken", meinte er manchmal zu der Chrissy Wolfgram, einer Tussi, die es silikonmäßig ganz schön in sich hatte.

„Im Wawi ist noch kein LD verzeichnet, Herr Prälla."

„Mal auf den VÖ warten."

„Geht klar, Herr Prälla."

„Mal den Abverkauf verfolgen."

Den Abfährkauf konnte man verfolgen, den Abzukauf hingegen nicht. Merkwürdige Welt des Handels!

Das mit den Abkürzungen kannte der Prälla noch von der Bundeswehr, wo immer von „Uffz" und „StUffz" und dergleichen die Rede war und der Geist auch sonst durch Abwesenheit glänzte. Der Prälla riss sich sogar richtig den Arsch auf, um wie ein seriöser Geschäftsmann zu wirken, blieb aber trotzdem ein Knallkopf. Das kennt ihr sicher: Im Bemühen, sich anzupassen, übertreibt man es meist und wird deshalb von der Ziel-Group als Out-Groupie gedisst. Da konnte er einem schon leidtun. Zum Glück merkte dieser indolente Kerl ja nie etwas, sondern überspielte etwaige Irritationen einfach mit seinem fiesen Lachen oder mit einem seiner Herrenwitze. Letztere machen sich bei Arbeitern und Angestellten immer gut, aber der Funke wollte einfach nicht überspringen. Wie früher in der Vermögensverwaltung war ich der Einzige, der über seine spermatösen Knallkopfgeburten geradezu zwanghaft lachen musste. Die anderen grunzten immer nur so ein bisschen herum.

Ihm fehlte einfach Stallgeruch. Daran konnte auch seine großangelegte Fachliteratur-Aboaktion nichts ändern. Im Büro und im Raucherzimmer lagen immer diverse Zeitschriften herum, worin sich nackte Frauen auf Motorhauben herumräkelten und/oder ihren Knackarsch an einem Motorradsitz rieben. Manche standen mit geöffneter Lederjacke hinter so einem „Krad" und hielten ihre blanke Brust in die Kamera, während ihre zweifarbigen Lockenmähnen von der Windmaschine ordentlich durchgewirbelt wurden. Dabei guckten die immer aus der Wäsche wie der Richard Gere, wenn er schauspielerisch etwas ausdrücken will – nämlich total ausdruckslos. Für angegeilte Angestellte mag das irgendwie „verrucht" aussehen, wenn solche Modelle den Mund halb geöffnet haben, aber ich muss dabei immer nur an den Richard Gere denken. „Mach den Mund zu, es zieht", sagte meine Mutter immer. Geilheit kommt bei mir da jedenfalls nicht auf. Fehlanzeige. Null. Komplett. Schon nach einer Woche galt ich daher wieder mal als schwul.

Der Prälla sorgte gleich am Anfang dafür, dass immer die aktuellen Ausgaben aller auf dem Markt befindlichen Auto-Motor- und-Sex-Blätter ins Haus geflattert kamen. Das gefiel den Verkäufern natürlich, brachte den Prälla aber ingroupmäßig keinen entscheidenden Schritt weiter. Im Gegensatz dazu war ich sofort auf der Pole Position gelandet, denn ich stellte mich beim Verkauf derart dusselig an, dass ich als schwuler Intellektueller, dem man mal auf die Sprünge helfen müsse, bei den Kollegen gleich einen Stein im Brett hatte. Selbstverständlich musste ich einigen Spott über mich ergehen lassen. Aber der Spott war immer mit einem Quantum Trost versehen. Ich habe ja das seltene Glück einer vollkommen harmlosen Ausstrahlung und gelte als farbloser Langweiler. „Dieter Lang-Weiler" werde ich seit meiner Kindheit von originellen Köpfen genannt. Haha. Hoho. Von mir fühlt sich niemand bedroht oder in seiner Geltungssucht beeinträchtigt.

Der Prälla ist hingegen aus ganz anderem Holz geschnitzt. Mit seinen über zwei Metern und seinen breiten Schultern wirkt er wie eine Testosteronschleuder aus dem Katalog für Übergrößen. Ein Glück für die quallige und knorpelige Kollegenrotte, dass er ein totaler Simpel war, sonst hätten die sich alle mal warm anziehen können. Über dreißig Jahre musste ich auf eine Regung der Vernunft in diesem wohlgeratenen Koloss warten!

Natürlich fing auch gleich das Gefrotzel wieder an. Die Verkäufer frotzelten genauso herum wie damals meine Kollegen in der Mö-Gla-Versicherung und später in der „Vermögensverwaltung Reinmar von Zweter". Das ganze Programm, Bildzeitungs- und Heimwerkerlatein inklusive. Immer dasselbe! Ob in der Versicherung, in der Vermögensverwaltung oder nun im Verkauf: Überall laufen die gleichen Klone herum, produzieren kopierte Bürowitze und trinken aus Tassen, auf denen „Boss" oder „Der Chef braucht mal ne Pause" steht.

Die Kollegen versuchten von der ersten Minute an, mich in ihren Auto-Motor-und-Sex-Wahn hineinzuziehen. Aber im Gegensatz zum Prälla bemühte ich mich wenigstens um etwas inneren Abstand, wenn mir so ein applausheischendes Verkäufergesicht nach abgesondertem Sperma-Witz feist ins Gesicht glotzte. Hähä. Hoho. Und fertig war die Laube.

„Nä, Herr Weiler? Dann machsse dat, und fertig ist die Laube."

„Ja, Herr Heinelt, und fertig ist die Laube."

„Geht klar, nä?"

„Geht klar, Herr Heinelt."

„Ich bin der Werner."

„Ich bin der Dieter, Werner."

Mir bot unser Leiter Teiledienst schon am ersten Tag das Du an, aber dem Prälla? Pustekuchen!

Das mit dem Sich-Fernhalten funktionierte zugegeben nicht immer, denn es gibt so einen Frotzelsog, dem man sich nicht vollständig entziehen kann, ohne seelischen Schaden zu nehmen. Schon am zweiten Tag wurde ich daher ungewollt zu einer Art Frotzelmitläufer. Als der Kollege Würz mir nämlich das Tor zur Auto-Welt öffnen und die verschiedenen Motorenarten nahebringen wollte, meinte er zum Thema „V-Motor" nur so augenzwinkernd: „Prinzip Votzenmotor, nä?" Ich trat daraufhin voll ins Fettnäpfchen, als ich ihn belehrte, dass man „Votze" genaugenommen mit „F" schreibe, er also korrekterweise eher von einem „Vaginalmotor" sprechen solle. Da grölte der dicke Würz plötzlich aus voller Kehle: „Sie sind wohl so ein Intellelli von Pirelli?" Damit hatte er tatsächlich den Nagel auf den Kopf getroffen, denn nur „Intellellis" wie ich schreiben Fotze mit F. Die Deppen immer mit V. Das könnt ihr euch mal merken fürs spätere Leben.

Der Würz war dann aber gar nicht böse oder beleidigt, sondern klopfte mir mit dem Handrücken auf die Brust und meinte: „Vaginalmotor ist auch nicht übel." Hähä. Hoho. Und fertig war die Laube.

„Vaginalmotor und fertig ist die Laube."

„Geht klar, Herr Würz."

„Alles klärchen?"

„Alles klärchen!"

„Ich bin der Clemens."

„Ich bin der Dieter, Clemens."

„Dieter Clemens?", hätte die ehemalige Azubine Bürofachangestellte aus der Vermögensverwaltung Reinmar von Zweter jetzt gefragt. Sie hieß Sabrina Krause und war dumm wie ein Schaf. Ich vermisse sie manchmal, weil ich ein Faible für Wiederkäuer habe.

Während sich also der beargwöhnte Prälla mit seiner bedrohlichen Größe den Kopf an der oberen Abneigungsbarriere stieß, flutschte ich mit meinen einsfünfundsiebzig mal wieder unten durch. Ich war für die Kollegen ein derart kleines Licht, dass ich auf deren Aggressionsradar gar nicht auftauchte, obwohl ich vom Porsche-Erwin ganz offen protegiert wurde. Aber da hatte ich auch wieder Glück, denn die Kollegen unterstellten natürlich dem Junior, dass er vom Senior protegiert würde. Dabei schikanierte der Senior den Junior immer nur. Ja, ja, argwöhnten jetzt die Kollegen, der Senior zieht hier nur eine Show ab, damit wir nicht denken, er würde den Junior bevorzugen. Die Verkäufer guckten bei ihrem raffinierten Denkmanöver immer wie empörte Steuerzahler, die um ihr Erspartes bangen. Motto: Wir lassen uns von denen da oben doch nicht ins Bockshorn jagen! Die hielten sich in dieser Angelegenheit für oberschlau, dachten aber leider einmal zu viel um die Ecke – genau wie die empörten Steuerzahler, die sich immer ausgerechnet dann betrogen fühlen, wenn sie einmal nicht übers Ohr gehauen werden.

Dass der Prälla beim Autoverkauf ganz groß rauskam, war eine richtige Sensation, denn bis dato hatte er summa summarum in jedem Job nur Mist gebaut und war die größte Pfeife, die man sich nur vorstellen konnte. Aber plötzlich machte ausgerechnet diese Pfeife den erfahrenen Kollegen hopplahopp einfach was vor! Um zu verstehen, wie er das anstellte, müsst ihr wissen, dass es zwei Sorten von Verkäufern gibt: die großen Redner und die großen Schweiger. Weil nun der Prälla sein Maul nie aufkriegte, avancierte er ratzfatz zum General Moltke des Verkaufsgesprächs.

Mir wurde im Gegensatz dazu angst und bange, als der Erwin mir den Job als Autoverkäufer anbot, denn Autos liegen, wie gesagt, so weit außerhalb meines Interesses wie der Dromedar-Nebel-Dingsbums oder so da hinten in der Galaxie. Wenn ich die Namen Schrempp, Zetsche und Pischetsrieder höre, denke ich immer, jemand will mich verarschen. Pi-schets-rieder! „Ich mein, hallo? Geht's noch?", hätte meine Exfreundin Susi zu diesem Thema nur gesagt.

„Aber ich habe doch gar keine Ahnung von der Materie, Herr Prälla", wandte ich ein.

„Dieter, du hass dat Zeusch. Und wenn isch dat sage, dann schaffsse dat auch", meinte der Chef und fügte hinzu: „Ob de Äppel verkaufst oder Autos, dat is von de Mattärje her aal dat Gleische."

„Da vergleichen Sie jetzt aber Äpfel mit Birnen, Herr Prälla."

„Von mir aus auch Birnen. Dat is aal datsellebe! Lass dir dat ma von ein' Mann mit fuffzisch Jahre Erfahrung im Fährkauf sagen."

„Und wenn ..."

„Pass ömal auf, Jong: Da nimmsse dir mal dat Handbuch zur Brust, nä. Hier Schwacke-Liste wälzen unpipapo, und unsere Broschüren zur Hand. Dann lernsse dat auswendisch und dann machsse dat."

„Aber die Porsche-Kunden sind bestimmt anspruchsvoll, was die Beratung betrifft."

„Ach Quatsch! Dat sind aal Idioten, Jong. Arschlöscher und Idioten!"

Jetzt empört ihr euch bestimmt und ruft: Wie denkt der Kerl denn über seine Kundschaft? Aber ich finde, dass eine maßvolle Kundenverachtung menschlicher ist als eine maßlose Kundenliebe. Am schlimmsten sind ja die Leute, die den „Kundengedanken" als große Menschlichkeitsidee ausgeben und auf ihre eigene Propaganda selber reinfallen. Mit aufgesetztem Grinsen zu behaupten, man liebe die Kunden, ist genauso meschugge wie als Kunde zu behaupten, man liebe die Verkäufer, denn mit Liebe und Menschlichkeit hat der Fährkauf so viel zu tun wie der Schlachter mit dem Schwein.

„Lass dir dat ömal sagen von ein' alten Fuchs: Dat sind aal

Idioten! Denen kannsse die Karosserie unterm Arsch wegziehen, dat merken die gar nit!"

„Da bin ich aber beruhigt."

„Du hass dat Zeusch."

Aufgrund meiner totalen Inkompetenz bemühte ich mich beflissen, mir das nötige Verkäuferwissen möglichst rasch anzueignen. Ich war sehr fleißig beim Auswendiglernen des Handbuchs und habe wertvolle Informationen gespeichert. Immerhin weiß ich heute, dass es nicht nur „Vaginalmotoren", sondern auch Boxermotoren und Reihenmotoren gibt. Es gibt ja schließlich auch Boxerhunde und Reihenkompositionen. Gab es nicht sogar mal einen Boxeraufstand? In China, glaube ich. Schade, dass die Boxer damals noch keine Motoren hatten, sonst hätten die bestimmt gewonnen. Aber ich schweife ab.

„Ist das ein Einspritzer?", war die erste Frage, die mir ein Kunde stellte.

„Natürlich", antwortete ich bravourös. Das ist nämlich das kleine Einmaleins des Autoverkaufs: Die Frage nach dem Einspritzer immer mit „natürlich" beantworten, denn Kunden, die danach fragen, haben keinen blassen Schimmer und wollen bloß einen fachkundigen Eindruck machen. Der Würz belehrte mich bei seinem Vortrag, dass heute fast alle Motoren Einspritzer sind.

„Vergasermotoren sind von gestern, Dieter."

„Von gestern", notierte ich.

„Vergasermotoren gleich Versagermotoren!"

„Versagermotoren, hmm."

„Nee, ich sach: Ver-sa-ger-motoren, Dieter! Hähä!"

„Ach so, Clemens!"

Haha. Hoho. Fertig war die Laube.

Beim Notieren fiel mir auf, dass die rammelnden Karnickel neben dem Schriftzug „Injection", die man eine Zeit lang auf manchen Autos sehen konnte, offensichtlich aus der Mode gekommen waren. Nun wusste ich auch, warum: Wo alle einspritzten, konnte man mit seiner Karnickel-Injection distinktionsmäßig einfach keinen Blumentopf mehr gewinnen. Die Einspritzerfrage hatte jedoch als eine Art Evergreen des Verkaufsgesprächs überlebt wie ein Song, der sich seit dreißig Jahren in den Charts hielt, obwohl dessen Interpret längst totgegangen war.

Weniger nostalgische Kunden legten allerdings eine andere Platte auf: „Ist das ein Sauger?", fragten sie. Und da musste man schon andere Geschütze auffahren, denn so ein Sauger-Kunde war ja schon von Natur aus adhäsiver als ein Einspritzer und ließ sich nicht so einfach abspeisen.

Ich also: „6-Zylinder-Sauger, hmm ..."

Der Sauger-Kunde: „Hmm. Schöner Wagen."

Ich dann wieder: „Hmm, schöner Wagen. Mit Boxermotor."

Der Kunde dann wieder: „Ach, mit Boxer. Hmm, hmm ..."

Ich weiter: „Mit 6-Zylinder-V-Boxer."

Der Kunde wieder: „Aha, V-Boxer ... hmm, hmm ..."

Ich dann wieder, quasi als Fazit: „Hmm ..."

In puncto Kompetenzsimulation sitzen Kunde und Verkäufer beide in einem Boot, paddeln aber in entgegengesetzter Richtung. Ich versuchte, durch scheinkompetentes Salbadern von meinem Nullwissen abzulenken und zugleich zum Kauf eines Wagens zu animieren. Wenn ein Kunde dreimal „hmm" machte, fiel ich mit meinen auswendig gelernten Versatzstücken über ihn her, weil ich den Sack zumachen wollte. In dem Sack wirbelte ich allerdings die Stücke ganz schön durcheinander.

„Jetzt hier bei dem Modell: Sonderfall ..."

„Hmm ...?"

„Will sagen: Lagerung von zwei Pleueln auf einem gemeinsamen Hubzapfen."

„Hmm ... Hubzapfen ..."

„180°-V-Motor. Sagt Ihnen was?"

„Hmm ... klar ... V-Motor. 180°."
„Aber Boxster."
„Hmm ... ach so ... Boxer ... hmm."
„Nein, Box-ster."
„Ach, Boxster ... hmm."
„Tequipment Boxster Cayenne."
„Hmm ..."
„Also quasi: Tequipment V2-Boxer-Boxster Cayenne."
„Ja, kenn ich ... hmm."
„Mit zwei Pleueln auf gemeinsamem Hubzapfen."
Während ich noch in der Luft am imaginären Hubzapfen herumfriemelte und an den Pleueln herumkurbelte, gab der Kunde unter einem Vorwand Fersengeld, bevor ich den Sack schließen konnte. Rhetorisch großes Geschütz gleich suboptimales Ergebnis, könnte man zusammenfassend sagen.

Der Prälla hingegen! Der wirkte im Verkauf einfach durch sich selbst. Vielleicht kennt ihr noch den Film „Einer flog übers Kuckucksnest". Da stand doch auch die ganze Zeit so ein riesenhafter Indianer schweigend in der Ecke herum, und als der endlich mal was sagte („Hm, Pfefferminzgeschmack"), gab es gleich ein ganz großes Hallo. Das wäre eine Rolle für den Prälla gewesen, denn der wirkte wie ein Monument, wenn er nur die Klappe hielt.

Er stand also wie versteinert in seinem Verkaufsbereich herum und verzog keine Miene. Die Kunden ließen die beflissen herumwieselnden Altverkäufer, zum Beispiel den Würz mit seinem fachgerecht graumelierten Meckischnitt, einfach links liegen und steuerten schnurstracks auf den Prälla zu. Der guckte weiter geradeaus, so dass die Kunden zu ihm heraufschauen mussten, und damit hatte er sie schon im Sack. Kunden sind nämlich autoritätssüchtig bis ins Mark. Im Grunde verhalten die sich alle wie verzogene Kinder, die nach einer Tracht Prügel lechzen. Und wenn sie ihre Prügel nicht bekommen, fahren sie mit dir Schlitten. Die wollen, wie viele Frauen, einfach mal jemanden haben, zu dem sie aufschauen können, und da war der Prälla eben ihr „Mister Right".

Die Kunden fragten ihn irgendwas fadenscheinig Fachkundiges, aber der Häuptling reagierte gar nicht richtig, sondern öffnete die Tür des Wagens und antwortete: „Einsteigen! Probefahrt." Das wirkte ein bisschen wie in einem Mafiafilm, wenn sie das Opfer zum Einsteigen nötigen, um es andernorts mit Blei vollzupumpen und dabei „Küss mir den Arsch, Pinkie" zu rufen. Ihr denkt vielleicht, ich will euch auf den Arm nehmen, aber das funktionierte tadellos. Die Kunden gehorchten alle ganz kleinlaut, es fehlte nur das „Jawohl, mein Führer!". Aber das brauchte man gar nicht auszusprechen, das lag dann ohnehin immer in der Luft. Sie trauten sich hinterher gar nicht mehr, den Wagen nicht zu kaufen.

So lief das im Fährkauf für den Prälla wie geschmiert. Mit seiner Führer-Masche war er der richtige Mann am richtigen Platze. Man musste allerdings die richtigen Qualitäten mitbringen und durfte nicht von des Gedankens Blässe angekränkelt sein. Das Genie schafft schließlich unbewusst. Wenn ich nämlich von einer „Masche" spreche, so ist das eigentlich zu viel gesagt. Denn der Prälla steuerte ja gar nicht bewusst, was er da machte. Der fühlte sich nur plötzlich im Autohaus wie der King und wirkte dementsprechend unerschütterlich. Er war schlicht und einfach in seinem Element gelandet. Wenn er dann den Kunden gegenüber unvermittelt einen seiner Herrenwitze riss, pullerten die sich fast ein vor Jauchzen und Frohlocken. Motto: Der Führer hat sogar Humor! Denen hätte er nur noch sagen müssen, wo sie einmarschieren sollen, und sie wären für ihn den Heldentod in der Walachei gestorben. Ich übertreibe, denkt ihr? Pustekuchen! Die Kunden hockten beim Vertragsabschluss vor dem Schreibtisch wie Schäferhund Blondi in Habachtstellung. Das kann ich euch schriftlich geben.

Wenn es sein Vater nur zugelassen hätte, wäre ja schon viel früher rausgekommen, dass der Prälla im Fährkauf ganz groß rauskommen würde. Vielleicht hatte der Senior aber einfach zu viele Biographien von großen Unternehmern gelesen und sich deshalb verpflichtet gefühlt, ständig auf seinem Sohn herumzuhacken. Schließlich war das bei den Krupps, Quandts und Flicks nicht anders gewesen: Der jeweilige Junior bekam vom jeweiligen Senior so lange was auf die Omme, bis Letzterer endlich das Zeitliche segnete. Und dann war der Junior der Senior und hackte seinerseits wieder auf dem Junior herum. Wenn es mehrere männliche Juniors gab, sagen wir zwei, dann war der ältere Junior immer der verkniffene Streber und der jüngere Junior immer der Künstler und/oder Träumer. Am Ende machte meist der Träumer das Rennen und der Streber guckte in die Röhre. Wenn eine Schwester vorhanden war, wirkte sie als ausgleichender Faktor und heiratete einen Tunichtgut, der von der Familie nur zähneknirschend akzeptiert wurde. Die Mutter war der gute Geist im Hause oder eine verharzte Schreckschraube. Alle Unternehmer-Dynastik ist summa summarum bloß eine Mischung aus „Buddenbrooks", „Dallas" und „Der Pate", könnte man zusammenfassend sagen. Immer derselbe Schmonzes!

Dass aus dem Prälla aber weder ein verkniffener Streber noch ein Träumer wurde, sondern einfach nur ein Knallkopf, war ganz allein die Schuld vom Porsche-Erwin gewesen. Der musste das doch von Anfang an im Urin gehabt haben, dass sein Sohn einmal als Verkäufergenie groß rauskommen würde, denn niemand anderes als er selbst hatte dem Filius doch bei der Zeugung eine volle Ladung Fährkaufsperma mitgegeben. So ein Kopulationsmotor ist ja quasi auch ein Einspritzer und funktioniert nach dem Prinzip kleine Ladung, große Wirkung.

Als Zylinder für Erwins Kolben stellte sich Gattin Else zur Verfügung. Unter Traditionalisten gelten Frauen nur als Gefäß für den männlichen Nachwuchs und haben sonst nicht viel zu bestellen. Das mütterliche Prälla-Gefäß war allerdings randvoll mit Martini gefüllt, so dass sich der Heiko-Fötus an einem Mutterkuchen mit Schuss labte. Da für den Porsche-J. R. Erwin das Unternehmen stets an erster Stelle stand, fühlte sich die Else wie eine Sue-Ellen vom Niederrhein. Um ihr Elend zu ersäufen, musste sie sich von Anfang an ordentlich einen hinter die Binde kippen, was der Fötus dann buchstäblich ausbaden konnte.

Elisabeth Prälla lungerte meist besoffen im Negligé auf der Couch herum und führte Lallgespräche mit ihren beiden lebensgroßen Porzellanleoparden Hadubrand und Hildebrand. Wenn sie sich vorbeugte, um die Tiere zu streicheln, fladderte manchmal eine lappige Titte aus dem Morgenmantel und gab stummes Zeugnis von der Vergänglichkeit weiblicher Prälla-Pracht. Ganz hinten in der Ecke stand ein riesiger halbnackter Porzellanindianer. Aber mit dem redete sie kein Wort. Vielleicht hatten sie sich nach einer stürmischen Affäre nichts mehr zu sagen gehabt. Der Standesunterschied war wahrscheinlich zu groß gewesen, und deshalb stand nun der Indianer tief gekränkt in seiner Schmollecke herum, während Mutter Prälla ihr Leben der Rettung bedrohter Porzellantierarten weihte.

Im Eingangsbereich hockte noch ein Cockerspaniel aus Graphit und guckte wie der steingewordene Vorwurf. Mutter Prälla hatte nämlich mal einen echten Cockerspaniel namens Pelo besessen, der von Frauchens Alkoholfahne womöglich eine Leberzirrhose bekommen hatte und eingegangen war wie eine Primel. Die Else befürchtete, dass ihr petrifizierter Pelo am Jüngsten Tag als steinerner Spanielgast Rechenschaft von ihr verlangen könnte.

Sie hatte aber nicht so einen Arsch in der Hose wie zum Beispiel der Don Juan, der dem steinernen Gast einfach seinen Stinkefinger zeigte und daraufhin grandioso in die Hölle rauschte, sondern nur noch körperliche Restbestände und Verschleißteile. Diese hätte sie ihrem Pelo am Tage der Abrechnung zur Besänftigung vor die Füße geworfen. Aber Pelo rechnete nicht ab, sondern wechselte je nach Wetterlage die Farbe und meißelte sich immer weiter in Frauchens Promillehirn.

Einmal konnte ich beobachten, wie sie vor dem Graphitköter auf dem Boden lag und um Gnade winselte. Ich war damals etwa dreizehn Jahre alt und traute mich nicht zu ihr hin, denn sie robbte da so merkwürdig mit geöffnetem Morgenmantel herum, dass ihre ausgesogenen Brustlappen ganz unwillkürlich den spiegelglatten Fliesenboden ablederten. Das machte so ein unheimlich quietschendes Geräusch, dass ich mich ängstlich davonschlich.

Wenn ich Heikos Mutter sah, musste ich immer an die vom Kampf ausgezehrte Ulrike Meinhof denken, die bei ihrer Verhaftung klapperdürr mit aufgedunsenem Gesicht dastand und einen Flunsch zog, der – quasi als Fazit – ihre ganze Verachtung für das Schweinesystem ausdrückte. Die Else guckte auch immer so stier und wurde von der Isolationsfolter ihres Daseins vollkommen aufgerieben. Vielleicht wäre die Ulrike Meinhof, hätte sie nicht so viel Remmidemmi gemacht, auch irgendwann als alkoholkranke Unternehmergattin geendet, zum Beispiel als Ehefrau von Bernd Pischetsrieder oder Dieter Zetsche, die als junge Männer bestimmt mal so eine Revoluzzerphase hatten, während der sie die Meinhof hätten schätzen und lieben lernen können. Immerhin tragen beide noch heute stolz ihre Revoluzzerbärte. Summa summarum ist „der Ulrike", wie man sie in Sympathisantenkreisen noch heute nennt, durch ihr Frühableben einiges erspart geblieben. Aber das ist jetzt nur meine Privatmeinung.

Irgendwann wurde es jedenfalls dem Porsche-Erwin zu bunt mit seiner Else und er verbrachte sie in eine Beratungsstelle der Betty-Ford-Stiftung. Eine Betty-Porsche-Stiftung gab es ja leider nicht und daher musste der Erwin mit einer weniger glamourösen Marke vorlieb nehmen. Das war im Prinzip gut gedacht, doch Mutter Prällas malträtierte Psyche zerschellte vollständig am knallharten Zwölf-Punkte-Plan der Stiftung:

1. Einsicht in die eigene Machtlosigkeit gegenüber dem Suchtmittel

2. Einsicht der Hilfemöglichkeit

3. Entschluss, sich anderen anzuvertrauen

4. Gründliche und furchtlose Inventur im Inneren

5. Fehler zugeben

6. Bereitschaft, Fehler zu beseitigen und beseitigen zu lassen

7. Demütige Bitte um Hilfe

8. Erstellung einer Liste aller Personen, denen Schaden zugefügt wurde

9. Entschluss, diesen Schaden wieder gutzumachen, wo immer es möglich ist

10. Fortsetzung der Inventur (Schritt 4) und künftig Fehler sofort zugeben

11. Kraft schöpfen, um fortan Fehler zu vermeiden

12. Ausrichtung des täglichen Lebens nach diesen Grundsätzen und anderen Betroffenen helfen.

Zur Fortsetzung der Inventur kam es leider nicht mehr, denn die Else kippte schon bei Punkt 8 aus den Pantinen. Bei Punkt 7 war sie bereits vollkommen aufgelöst und bezichtigte sich im Stile eines Angeklagten beim Schauprozess lautstark selbst. Beim nächsten Punkt schrieb sie tausendmal „Pelo" aufs Blatt und führte auch ihren Indianerhäuptling sowie die beiden Porzellanleoparden auf, denen sie furchtbares Leid zugefügt habe, das man nie, aber auch niemals wieder gutmachen könne. Daraufhin wurde sie direkt in die Psychiatrische Abteilung der LVR-Klinik Köln eingewiesen. Dort lebt sie heute ein zurückgezogenes Leben unter ärztlicher Aufsicht. Ihr könnt sie gerne mal besuchen, aber sprecht dabei bloß nicht das Pelo-Trauma an!

Ihr Martini-Fötus kam aber trotz mütterlichen Abusus als vollkommen gesundes Riesenbaby zur Welt und entwickelte sich im Ganzen sehr prächtig – nur im Kopf war offensichtlich Schmalhans Küchenmeister gewesen.

Den merkwürdig hartnäckigen Vereinnahmungsversuchen des Porsche-Erwin wich ich instinktiv immer wieder aus. Dieser joviale Fraternisierer bot mir dauernd das Du an, aber ich reagierte darauf wie Michael Ande in der Krimiserie „Der Alte" auf das gleiche Angebot von Siegfried Lowitz: „Sie sind eine zu große Respektsperson für mich."

„Pass ömal auf, Jong: Jetz lassen wir den ganzen Driss mit dem Respekt ömal weg! Isch bin der Erwin."

„Ja, gut, Herr Prälla."

Es ging einfach nicht. Ich kannte ihn von meiner Kindheit an und schon immer hatte er mich gegen seinen Sohn auszuspielen versucht. Ich hätte zum Beispiel bereits vor zwanzig Jahren bei Porsche Prälla anfangen können. „Jong, da machsse önne schöne Lehre beim Erwin, und dann kannsse dat, und dann übernimmsse mal den ganzen Driss hier", hatte er mir angeboten, als ich noch aufs Gymnasium ging. Aber erst, als ich wirklich keine andere Chance mehr sah, nahm ich das Jobangebot an.

Autos interessieren mich nun einmal nicht. Fehlanzeige. Null. Komplett. Ich finde, dass der PKW eine der überflüssigsten Erfindungen der Neuzeit ist, geschaffen vor allem für Typen, die sich irrtümlich für gute Liebhaber halten und mit Bleifuß auf der linken Spur herumrasen. Als ich das dem Erwin eines Tages wortwörtlich auf den Kopf zusagte, lachte der aus voller Kehle und rief: „Dieter, du bist ein Mann nach meinem Geschmack! Du hass dat Zeusch!" Gegen seinen Fraternisierungs-Saugmotor fand ich einfach kein Mittel. Was steckte bloß dahinter? Manchmal glaubte ich, er hätte einen veritablen Dachschaden, dass er ausgerechnet eine Null wie mich derart hofierte. Fragt doch einfach mal meine Exfreundin Susi, was für ein Loser ich bin.

Väter wie der Erwin wollen zwar einen würdigen Stammhalter haben, doch dass sie diesen Stammhalter auch mal machen lassen müssen, kapieren diese Väter einfach nicht und ziehen statt dessen wildfremde Menschen wie mich heran. Ich tauge aber generell nicht zum Heranziehen und ziehe es vor, mich zu entziehen.

Früher hatte ich es nicht im Einzelnen mitbekommen, wie der Senior den Junior fertigmachte. Aber im Autohaus konnte man das nicht mehr übersehen. Es war ja immer ganz fürchterlich, wenn der Senior reingeschneit kam und als Erstes seinen Sohn anranzte. Der Heiko grinste blöde vor sich hin, woraufhin der Erwin schrie: „Was grinst du so?" Der Heiko grinste weiter einfach hohl in der Gegend herum. Das brachte den Erwin natürlich noch mehr auf die Palme – wie in dem Film „Full Metal Jacket", wo der Sergeant immer den armen Private Paula zur Minna macht. Angesichts dieses beschämenden Schauspiels nutzte ich meinen Einfluss, um eine Lanze für den Junior zu brechen:

Als mein „Ziehvater" mich wieder einmal vertraulich zur Seite nahm, um mir die Geheimwissenschaft des Fährkaufs nahezubringen, meinte ich zu ihm: „Gucken Sie sich doch mal den Heiko an! Der hat das Zeug. Merken Sie denn nicht, wie der im Verkauf auflebt?"

„Nää, der hat dat Zeusch nit."

„Glauben Sie mir doch! Sie müssen Ihrem Sohn auch mal was zutrauen."

„Wat? Dem? Enää!"

„Doch!"
„Der hat dat Zeusch nit."

Das war vielleicht ein sturer Bock! Ich ließ aber nicht locker, denn man muss verkrustete Strukturen im Dienste des gesellschaftlichen Fortschritts aufbrechen. Und der Senior war so verkrustet wie ein Einsiedlerkrebs, wenn es um seinen zugegeben nicht sehr gewitzten Sohn ging. Ich konnte ihm immerhin abtrotzen, dass er dem Heiko mal einen Porsche zum Herumstrunzen gab, denn skandalöserweise fuhr der Sohn vom Porsche-Prälla die ganze Zeit mit einem popeligen VW durch die Gegend! Einen Porsche konnte er sich von seinem Gehalt nicht leisten und sein Vater gab ihm nichts dazu.

„Damit muss mal Schluss sein, Herr Prälla! Was macht das denn für einen Eindruck? Der eigene Sohn mit einem VW!"

„Na gut, Dieter, weil du dat bist. Aber der Heiko, der hat dat Zeusch trotzdem nit."

„Was zu widerlegen wäre", fügte ich mit einer derart süffisanten Miene hinzu, dass der Erwin mich anguckte wie ein falsch geparktes Auto.

Das mit dem Widerlegen hatte ich einfach so dahingesagt, aber im Nachhinein wurde mir schlagartig bewusst, dass es allein meine Aufgabe war, zu beweisen, dass Prälla junior „dat Zeusch" hatte.

Ich steckte ja seit der letzten gescheiterten Beziehung tief in einer Sinnkrise. Obwohl ich im Autohaus erstmals ein anständiges Gehalt bekam und mir mit knapp 40 Jahren endlich eine eigene Wohnung leisten konnte, war ich doch ein bisschen schwermütig geworden. Was hatte denn das Leben überhaupt für einen Sinn, fragte ich mich sinnloserweise. Und mangels Masse stopfte ich dieses schwarze Sinnloch nun mit Heiko Prälla. Ich wurde ihn ohnehin einfach nicht los, seit ich ihm als sechsjähriges I-Dötzchen mal zwei Zähne ausgeschlagen hatte. Der Prälla tyrannisierte damals die ganze Klasse. Eines Tages hatte er mich in der Mangel und würgte mich so heftig, dass ich in Todesangst seine beiden kleinen Finger auskugelte und ihm, als er vor Schmerz losließ, mit voller Wucht in die Fresse schlug. Danach wurde ich sein bester Kumpel. Die Klasse war mir dankbar, denn das Monster war gezähmt. Warum die Leute immer ausgerechnet eine Affenliebe zu demjenigen entwickeln, der ihnen in die Fresse haut, verstehe ich bis heute nicht. Aber seitdem folgte mir dieser Koloss wie ein Hündchen, wurde zweites Kind im Weiler-Hause und fraß uns zur Freude meiner ununterbrochen kochenden Mutter die Haare vom Kopf. Ohne die Hilfe meiner Mutter wäre der Prälla bestimmt nur ungefähr einsfünfundneunzig geworden. Aber dank der exzellenten Zufütterung ist er heute sage und schreibe zwei Meter sieben groß und wiegt 139 Kilo – ohne ein Gramm Fett am Körper! Das habe ich alles ganz genau vermessen.

Natürlich war dieser Wuchs irgendwie auch im Prälla-Genpool enthalten. Vom Erwin konnte das aber nicht so richtig kommen. Der misst schätzungsweise einsdreiundachtzig, was für einen Mann seiner Generation auch schon einigermaßen stattlich ist. Das Großrahmige musste der Junior also von seiner Mutter geerbt haben. Wenn man sich nämlich das Hochzeitsfoto der Prällas anguckt, sieht man neben dem damals noch schlanken Erwin eine glückliche Kuh Else: widerstandsfähig und gut im Futter. Vielleicht habt ihr diese schwarz-weißen Kühe schon mal gesehen, die lustigerweise „Schwarzbunte" heißen, obwohl man doch schon aus dem Fotokursus weiß, dass es entweder „in Schwarz-Weiß" oder „in Farbe" gibt – einen schwarzbunten Film habe ich jedenfalls noch nie gesehen. Ihr etwa? Jedenfalls waren diese Kühe vor ungefähr dreißig Jahren alle groß und kräftig, mit dicken

Pobacken, massigem Körper und allem, was das Herz begehrte. Genau wie die junge Else. Und nun guckt euch diese Viecher heute einmal an! Die sind inzwischen klapperdürr und tragen unendlich schwer an ihrem riesigen Euter. Der Rassenwahn der Züchter hat bewirkt, dass so ein Vieh von der ganzen Ausmelkerei ratzfatz total groggy und reif für den Schlachter ist. Genau wie die alte Else. Die ist auch ganz ausgezehrt und ihr einstmals pralles Euter labbert, wie schon geschildert, nur noch so schlauchartig aus dem Negligé. Die modernen Schwarzbunten torkeln und tapsen immer ganz unsicher im Stall herum, weil das baumelnde Euter ihren Gleichgewichtssinn stört und sie keine Muskeln mehr haben, um es auszugleichen. Wenn ich so eine Schwarzbunte wäre, würde ich vom eigenen Getaumel glatt seekrank werden. Die Else torkelte ja auch den ganzen Tag herum und gab in der Konsequenz ein ziemlich schwarzbuntes Bild des Jammers.

Zusätzlich zum Verkaufsgen seines Vaters hatte der Prälla also noch das großrahmige Kuh-Gen seiner Mutter intus und wirkte wie ein Stier, der vor Kraft kaum laufen, geschweige denn denken konnte. Ich sage bewusst: Er wirkte. Denn nun komme ich noch mal auf die heftige Kontroverse zwischen mir und dem Nebenfach-Uwe zurück, die unseren Halbgebildeten-Diskurs wieder in Schwung brachte.

„Imbezillität, Dieter. Lu-pen-rein. Da kannst du gar nix machen gegen. Doof bleibt doof", meinte nämlich der Uwe.

„Das habe ich ja auch gedacht", erwiderte ich, „aber der Prälla ist nur scheindoof und in Wirklichkeit verkappt schlau."

„Verkappt schlau? So was gibt es doch gar nicht!"

„Wieso nicht? Es gibt ja auch verkappt dumm, guck dich doch mal an!" Da hatte der Nebenfach-Uwe als geistiger Scheinriese aber sein Fett weg.

Jetzt fühlte er sich durch meine Bemerkung natürlich bei seiner Psychologenehre gepackt: „Alles genetisch, Dieter. Lu-pen-rein. Loch im Hirn. Alkoholismus der Mutter", rundete er seine Diagnose ab und machte wieder so ein wissendes Gesicht, dass man ihm auf der Stelle eine reinhauen wollte.

„Und du hast den Krefeld-Defekt, Uwe, hundertpro!"

„Den was?"

Ihr müsst wissen, dass ich in Bezug auf Krefeld ein gebranntes Kind bin. Denn alle Krefelder, die ich kenne, leiden unter demselben Syndrom und sind allesamt untalentierte Hobbydichter mit esoterischem Schlag schräg. Lupenreine Spinner! Ob das an dem vielen „Krefelder" liegt, das sie trinken? Ob Altbier mit Cola einen Gendefekt verursacht, der eine lyrische Fehlschaltung im Gehirn erzeugt? Vielleicht ist das Krefelder der Absinth des Niederrheins und macht einen porösen Kopf. Vieles spricht dafür. Natürlich nennen die Krefelder das Gesöff nicht „Krefelder", sondern „Diesel", denn es ist ja für einen Krefelder ziemlich unsinnig, sich selbst an der Theke zu bestellen. Berliner bestellen ja auch nicht sich selbst, sondern heißen als Backware Pfannkuchen.

Ich tue jetzt bestimmt den vielen braven Krefeldern Unrecht, die noch nie eine Zeile gedichtet und noch nie ein Hemd selbst gebatikt haben, aber ich kenne eben nur solche Exemplare. Wahrscheinlich bewege ich mich einfach in den falschen Zusammenhängen. Aber ist nicht das ganze Leben ein falscher Zusammenhang, frage ich mal so in die Runde.

„Der Prälla ist intelligenter als du", behauptete ich kühn, um dem Uwe eins auf sein Krefelder Urgestein zu hauen.

„Das macht keinen Sinn, Dieter."

Das macht keinen Sinn! Damit brachte er mich natürlich auf die Palme. „Verstehst du das denn nicht? Er hat sich in seine Imbezillität doch nur geflüchtet!"

„Du flüchtest dich in Scheinargumente, Dieter."

„Er leidet unter dem Drama des verkappten Einzelkindes", schrie ich fast durch die Kneipe. Das war nämlich so ein schwachsinniger Nebenfach-Uwe-Ausdruck, und ich wollte ihn mit seinen eigenen Waffen schlagen.

„Der Prälla ist doch ein Einzelkind, oder?"

„Ja, eben!"

„Dann braucht er das doch gar nicht zu verkappen", meinte er süffisant.

„Aber guck dir doch die Eltern an! Die besoffene Pelo-Else und der abwesende Porsche-Erwin. Da muss man als Kind doch irgendwie geistig auf Durchzug schalten, verstehst du das denn nicht?"

„Ach, das sind doch jetzt nur solche Mama-Papa-Geschichten, Dieter. Die sind in der Psychologie längst überholt", meinte der Uwe und machte ein Gesicht, als hätte ich behauptet, die Erde sei eine Scheibe.

„Mama-Papa-Geschichten! Pah! Das sagt ausgerechnet derjenige, der seine Umwelt ständig mit solchen Geschichten tyrannisiert."

„Das ist ganz andere Baustelle, Dieter. Ich habe das ja studiert und weiß, wovon ich rede."

„Du bist ja noch nicht mal fertig mit dem Studium!"

„Andere Baustelle, Dieter. Ganz andere Baustelle."

Der mit seiner Baustelle! „Man müsste beim Prälla im Oberstübchen nur mal die Fenster schließen", beharrte ich, „denn das kann er nicht alleine, weil seine Dauerverkappung die Scharniere blockiert."

„Lu-pen-rein genetisch, Dieter. Da änderst du gar nichts dran. Doof bleibt doof."

Jetzt wurde es mir aber zu bunt und ich machte Nägel mit Köpfen. „Intelligenztest. Nur wir drei! Und dann wollen wir doch mal sehen, wer hier was verkappt!"

Das konnte der Uwe schlecht ablehnen. Also machten wir einen Intelligenztest, der ein bisschen an das berühmte „Triell" aus dem Film „The Good, the Bad and the Ugly" erinnerte. Ergebnis: The Bad 120 Punkte, The Good 113, The Ugly 98. „Intelligenztests besagen ja nicht viel und werden überschätzt", wiegelte ugly Uwe auf einmal ab und da fühlte ich mich erst richtig bestätigt.

Der Test war zugegeben nur so ein Online-Dings der Zeitschrift „Psychologie heute" gewesen, die mit dem Titel „Emotionen für den Erfolg – wie Gefühle Ihre Karriere beflügeln" aufmachte (ich hatte erst gelesen: „Wie Geflügel Ihre Karriere befühlen"). Aber immerhin konnte ich es dem Uwe jetzt schriftlich geben: Big Bad Prälla war ein verkappter Schlaumeier! Und an mir war es nun, diese Verkappung zu lösen und aus meinem „Golem" einen Supertypen zu kneten, denn ich war ja The Good, wie ihr euch sicher schon an den Fingern abgezählt habt. Mein Leben hatte wieder Sinn. Voller Optimismus machte ich mich ans Werk.

Ich hatte ja gar keine Ahnung!

Neue Liebe, neues Leben, dachte ich frei nach Jürgen Marcus von Goethe und paraphrasierte den Satz ein bisschen prällagerechter: „Neues Auto, neue Liebe." Als ich die frohe Kunde überbrachte, dass Erwin ihm nach geschlagenen 39 Lebensjahren endlich mal einen seiner zig Porsches überantwortete, meinte der Prälla nur: „Ey, Weiler, ey."

„Pass auf, Heiko, dat is önne Tarja", mahnte der Senior, „fahr vorsischtisch am Anfang. Der jeht ab wie ein Zäpfschn."

„Geht klar", rief der Prälla, gab Gas und fuhr den Wagen schon bei seiner ersten Spritztour zu Schrott. Im Grunde hatte er lediglich nach der bewährten Devise aller Führungspersönlichkeiten gehandelt und sich gesagt: „Ich schaue nur nach vorn." Dieser Devise folgend war er ohne Rückspiegelblick einfach losgefahren und hatte prompt einen Lastwagen hinten dringehabt. Der Porsche hatte sich wie ein Brummkreisel einige Male um die eigene Achse gedreht und war schließlich an einem Baum gelandet. Während die Kastanien auf den Targa niederhagelten, stieg der unversehrte LKW-Fahrer aus und ballte drohend die Fäuste wider „diese Scheiß-Porschefahrer!".

Das gab natürlich böses Blut und hämische Blicke, als der Prälla mit einem Schaumstoffkragen um den Hals wieder ins Autohaus gekrochen kam. Porsche-Erwin hatte ihn schon im Krankenhaus total zur Minna gemacht und so heftig am Krankenbett herumgeruckelt, dass der Junior seekrank wurde und kotzen musste.

„Önne Tarja, Heiko! Önne Taarjaa!"

„Ja, ey, Papa, ey ..."

„Hann isch dir nit jesaat, dat der wie ein Zäpfschn abgeht, du Jeck!"

„Ja, ey, ich hab den LKW nich gesehn, der kam irgendwie von hinten ... keine Ahnung ..."

„Nää, nää, nää! Nit jesehen, Jong! Dat war önne Vierzischtonner Actros!"

„Nee, Papa, dat war kein Actros", muckte der Heiko plötzlich auf, „dat war n Axor II 1840 Facelift, war dat!"

Ich saß daneben und verstand nur Bahnhof. Facelift? Brauchte jemand eine Gesichtsoperation? Aber die beiden bemerkten mich gar nicht, denn Porsche-Erwin war ganz damit beschäftigt, fachmännisch die Oberhand zu behalten, indem er immer lauter krähte: „Actros!"

Der Heiko: „Axor."

Der Erwin: „Actros!"

Usw.

Je lauter der Erwin, desto leiser der Heiko.

Ich versuchte es zwischendurch mit einem zaghaften: „Ihr habt beide ein bisschen Recht."

„Nää, Dieter, dat geht nit", stellte Porsche-Erwin richtig, „entweder er oder isch."

Also spielte ich eine weitere Trumpfkarte der Beschwichtigung aus: „Die Wahrheit liegt doch bestimmt in der Mitte." Da hatte ich aber was gesagt! Jetzt prasselte das Prälla-Fachwissen auf mich nieder wie die Kastanien auf den Targa.

„Nää! Der Axor is doch dat mittlere Modell, Dieter", meinte der Porsche-Erwin gütig zu mir und hielt daraufhin einen Vortrag über die verschiedenen LKW-Typen, bis sein Sohn wieder einhakte:

„Axor."

„Actros!"

„Axor."

„Dann sag doch gleich Atego."

„Heureka", rief ich dazwischen, „das ist die Lösung: ein Atergo war's. ,A tergo' ist lateinisch und heißt ,von hinten'. Der LKW kam doch von hinten, oder?"

Da schaute mir der Porsche-Erwin ganz mitleidig in meine glänzenden Heureka-Augen und sagte: „Pass ömal auf, Dieter: Du hass zwar dat Zeusch. Und du bist ja auch dem Heiko sein Freund, nä. Alles schön und gut. Aber mit Latein kommen wir hier wirklisch nit weiter, Jong. Jetz jehsse dir mal n Momentschn die Füße vertreten, nä? Mal schön auf dem Flur eine rauchen und dann machsse dat. Okayschn?"

„Ist gebongt, Herr Prälla", antwortete ich resigniert und gehorchte.

Kaum war ich zur Türe heraus, spielten die beiden wieder das Actros-Axor-Spiel, das sich von weitem anhörte wie der Warnschrei eines großen Rallenvogels. Die beiden rallten sich so lange an, bis sie auf einmal die Rollen tauschten, also plötzlich der Erwin immer „Axor!" rief und der Heiko immer „Actros!" echote. Als sie das dann endlich bemerkten, herrschte kurz Stille. Senior sammelte sich als Erster und holte zum entscheidenden Schlag aus: „Dann sag mir dat ömal, Jong: Wenn du den nit gesehen hast, woher weißt du dann, dat dat önne Axor war, hä?"

„Ey, Papa, ey ... keine Ahnung ... äh ..."

Da ärgerte ich mich, dass ich nicht mehr dabeisaß. Ich hätte den Heiko nämlich rausgehauen und geantwortet: „Dass das ein Axor war, hast du bestimmt erst nach dem Unfall gesehen, stimmt's?"

„Jau, Weiler", hätte der Prälla dann schnell gesagt und Porsche-Erwin hätte sich was anderes einfallen lassen müssen, um seinen Sohn ins Unrecht zu setzen. Aber der Junior fühlte sich ja immer schon vorauseilend ertappt, wenn der Senior ihn in der Mangel hatte, und deshalb war er jetzt eben sprachlos.

„Der Heiko hat dat Zeusch nit", plärrte der Erwin, als er mit rotem Kopf die Tür aufriss und auf den Flur herausstürmte. „Önne Tarja! Önne Taarjaa!", blökte er immer wieder. „Mit Boxermotor!" Eine ältere Dame, die uns entgegenkam, begutachtete daraufhin prüfend ihren Rollstuhl. Ich hechelte hinter dem Porsche-Erwin her und versuchte ihn zu besänftigen. Aber jetzt passt mal auf, was passierte: Kaum waren wir um die Ecke gebogen, da wurde aus dem bösen Wetter plötzlich Meeresstille. Prälla senior stieg fröhlich pfeifend in seinen Wagen und machte sich auf glückliche Fahrt. Ich dachte, er wäre vielleicht übergeschnappt. Jähe Stimmungswechsel sollen ja typisch sein für den unmittelbar bevorstehenden Nervenzusammenbruch. Fragt mal den Nebenfach-Uwe! „Eine lu-pen-reine Dissoziation", würde seine Diagnose lauten. „Burnout-Syndrom, hundertpro!"

„Wat is, Jong?", erwiderte nun der Burnout-Erwin auf meinen fragenden Blick und zwinkerte mir zu.

„Ja ... aber ... der Targa ..."

„Wat is mit dem?"

„Der ist doch jetzt Schrott."

„Na und?"

„Der hatte doch Boxer ..."

„Ja sischer dat."

„Das war doch ... ein Einspritzer ..."

Der Porsche-Erwin lachte laut.

Die Dissoziation, dachte ich. Lu-pen-rein. „Ist alles in Ordnung, Herr Prälla?"

Da nahm er mich mal wieder beiseite. „Pass ömal auf, Jong: Der Tarja, dat war schon önne Schrottwagen, bevor der Heiko den an die Kastanie gedonnert hat."

„Wie? Was?"

„Der wär sowieso bald auseinandergefallen."

„Äh ... aber ..."

„Den hann isch offiziell aber als Jahreswagen deklariert, verstehsse dat?" Er zog mit dem Finger ein Augenlid herunter. „Und der Heiko, der Jeck, hat den natürlisch sofort gegen den Baum gefahren. Besser konnte dat doch gar nit klappen."

Ich hatte den Mund sperrangelweit offenstehen.

„Guck nit so, Dieter! Meinst du, isch gebe dem Heiko einen eschten Porsche-Jahreswagen? Isch bin doch nit jeck."

Da war ich mal wieder baff. Der Erwin war gar nicht ausgebrannt, sondern ausgekocht bis dorthinaus. Cookout-Syndrom, hundertpro.

„Aber dem Heiko hätte doch dabei was Schlimmes zustoßen können!"

„Enää! Dem doch nit."

„Wieso denn nit ... äh ... nicht?

„Dat Glück is mit de Jecken. Hasse dat noch nie gehört?"

„Ihn schützt der Torheit Schild", heißt es im „Parsifal", den ich mit der Britta mal im Düsseldorfer Opernhaus gesehen hatte. Aber in Düsseldorf hörte man ja ohnehin nur das Blech.

„Der Heiko hat dat Zeusch nit", lautete wieder mal das Fazit.

Porsche-Erwin klopfte mir väterlich auf die Schultern und stieg in sein Auto.

„Eine Frage habe ich noch."

„Wat denn, Jong?"

„Sind Sie sicher, dass das ein Actros war?"

„Nää. Dat war önne Axor II 1840 Facelift", grinste er mir konspirativ zu, schloss die Tür und brauste davon. Ein lu-pen-reiner Axor, dachte ich noch. Aber da war der Erwin schon über alle Berge.

Aus dem Prälla herauszukriegen, wie sich der Unfall tatsächlich zugetragen hatte, war ein hartes Stück Arbeit. Der druckste ganz schön in seinem Krankenbett herum, als ich ihm auf den Zahn fühlte. Bei der Actros-Axor-Kontroverse war mir nämlich klargeworden, dass der Prälla sehr wohl in den Rückspiegel geguckt haben musste. Mir konnte er auf die Dauer sowieso nichts vormachen.

„Jetzt mal ehrlich: Was war denn da los bei dem Unfall?"

„Ey, Weiler, ey, die Karre …"

Ich musste ihm die Würmer aus der Nase ziehen: „Was war mit der Karre?"

„Keine Ahnung, ey. Ich so die Zündung am anmachen, nä", schilderte er in seiner Kindersprache.

„Ja, die Zündung. Und weiter?"

„Ich also so die Zündung am anmachen, nä, und die Karre sofort Einspritzsignal und Zündfunken."

„Ja, ja: Einspritzsignal, meint er", frotzelte ich ihn an, um ihn zu quälen.

„Nee, im Ernst getz ma!"

„Zündfunken, meint er. Ja, ja …"

„Ey, Weiler, hör ma auf!"

„So geht es mir mit dir. Egal, was ich sage: Jedesmal folgt dein dämliches ‚meint er' und frotzel-frotzel. Merkst du jetzt, wie einem das auf die Eier gehen kann?", pädagogisierte ich. Der Prälla grinste aber nur blöd und antwortete: „Eier, meint er." Hoho. Hähä. Da war meine Pädagogik schon wieder mit ihrem Latein am Ende.

„Und du hast den Laster wirklich nicht gesehen?"

„Ja, schon ... aber irgndswie ... die Zündung ... Kupplung ... Gas ... Weiler, ey ... "

Um euch hier nicht länger auf die Folter zu spannen, fasse ich das Ergebnis meines zweistündigen Interviews jetzt mal zusammen: Nachdem er mit dem Targa zunächst ein paar kleine Runden auf dem Hof des Autohauses gedreht hatte, fuhr er auf die Kastanienallee direkt um die Ecke. Er stand gerade am Seitenstreifen, spielte ein bisschen an den Armaturen herum und versuchte, seine langen Extremitäten im Wageninneren zurechtzufalten, als ausgerechnet in diesem Moment die Chrissy Wolfgram vorbeikam. Sie schaute zu ihm herüber und muss wohl gelächelt haben. Jedenfalls nahm der Prälla sofort seine Imponierhaltung ein, startete den Motor und trat mächtig aufs Pedal, um einen gewaltigen Kavalierstart zu fabrizieren. Er sah durch den Rückspiegel besagten Axor II 1840 Facelift heranbrausen und wollte ganz cool mit Vollgas vorauspreschen wie der Tom Selleck im Vorspann von „Magnum". Aber als der Prälla dann die Kupplung zu schnell kommen ließ, soff ihm der Motor unterm Hintern ab und der Targa ruckelte ein paar Meter auf die Fahrbahn. Den Rest kennt ihr ja schon: LKW, Brummkreisel, Baum, Kastanie, Kastanien, Totalschaden, Schleudertrauma, Krankenhaus.

Jetzt denkt ihr vielleicht: Klare Sache, der Prälla hatte Schuld. Aber Pustekuchen! Nach eingehender Untersuchung der Polizei, unbrauchbarer Zeugenaussage der Chrissy und ein paar Mauscheleien des Porsche-Erwin wurde der arme LKW-Fahrer verdonnert. „Dat Glück is mit de Jecken." Porsche-Erwin freute sich schon auf die Auszahlung der Versicherungssumme.

Nach dem Axor-Fiasko beobachtete ich die Chrissy Wolfgram etwas genauer. Als der Prälla mit seiner Halskrause im Autohaus auftauchte, bemerkte ich, dass die Chrissy ihn trotz des jämmerlich peinlichen Targa-Auftritts irgendwie gut zu finden schien. Das war im Grunde eine Sensation. Denn der Prälla war bis dato immer in eine unsichtbare frauenabweisende Schicht eingeschweißt gewesen. Obwohl er wirklich klasse aussah und ein richtig gutes Gesicht hatte, wandten die Frauen sich immer angewidert von ihm ab und dachten: Der geht ja gar nicht. Frauentechnisch ein absolutes No-Go. Was hatte ich mir in der Vergangenheit nicht alles ausgedacht, um ihn zu verkuppeln! Der quoll doch seit Jahr und Tag über vor Sperma. Aber es war zum Mäusemelken: Er kriegte in Gegenwart von Frauen, die er attraktiv fand, einfach sein Maul nicht auf. Und wenn doch, dann kamen dabei immer nur seine berüchtigten Einwortsätze und/oder sein fettes Lachen heraus, das noch die Gutmütigste in die Flucht schlug. Er hatte darüber hinaus auch einfach das Pech, dass er zu gewaltig aussah. Mit einsneunzig und zwei Zentnern hätte die Pforte zum Frauenparadies für ihn bestimmt einen kleinen Spaltbreit offengestanden. Aber so als Riesen-Ungetüm bekam er natürlich keinen Fuß in die Tür. Fehlanzeige. Null. Komplett.

Das sollte jetzt anders werden! Da ich mir die Menschwerdung des Prälla aufs Panier geschrieben hatte, nahm ich mir nach dem Targa-Rückschlag vor, meinen Golem mit besagter Tussi namens Chrissy zu verkuppeln. Sie passte prima in sein Beuteschema, denn sie entsprach voll und ganz dem allgemeinen Porno-Baywatch-Schönheitsideal des normdeutschen Penisträgers. Die ganze Frotzelhorde hechelte die Chrissy an: der Heinelt, der Würz, der Ronny Schmidtke und alle anderen Gestalten. Sie war so eine Sonnenbankblondine ohne Augenbrauen, die wie eine Speckschwarte glänzte und die Verkäufer mit ihrer heiseren Prollstimme total verrückt machte. Holz hatte sie sowohl vor der Hütte als auch im Kopf, war also wie geschaffen für meinen Golem. Ich war der Einzige, der nicht auf ihr Silikon-Holz abfuhr, und musste nach einhelliger Meinung der Kollegen schon allein deswegen stockschwul sein.

Die Verkäufer merkten daher gar nicht, dass ich ein heimliches Auge auf unsere Frau Haberstroh geworfen hatte. „Dat Frau Haberstroh ist unser bestes Pferd im Stall", sagte der Porsche-Erwin. „Wenn du Fragen hast, halte disch an dat Monnika." „Dat Monnika" hatte sich mit Kompetenz und Augenmaß ihren Platz im Autohaus erkämpft, galt aber unter den Kollegen als graue Maus, obwohl sie erstens prima aussah und zweitens mit Abstand am meisten Ahnung hatte. In den ersten Wochen hing ich ihr förmlich am Rockzipfel und sie beantwortete alle Fragen geduldig und fachkundig. Ich konnte mich allerdings nie richtig konzentrieren, wenn sie etwas erklärte, weil ich immer auf den kleinen Leberfleck an ihrem Alabasterhals starren musste, der bei jeder Bewegung des Kehlkopfs hin- und herhüpfte. Nichts geht über einen schönen Frauenhals, sage ich immer. Verschont mich bloß mit euren Gummititten! Leider war „dat Monnika" mit so einem „Hörbie" verheiratet. In ihrem Inneren loderte keine Flamme für mich, nicht mal ein Teelicht. Schade! Immerhin bot sie mir nach einer Woche das Du an.

Nun aber die Chrissy Wolfgram: Für mein Verkupplungsvorhaben erwies es sich als sehr günstig, dass sich keiner von den Verkäufern mehr an sie herantraute, seitdem sie einen überaus eifersüchtigen Kickboxer namens Maik zum Freund hatte. Maik war ein muskulöser Elektroinstallateur mit Drachen-Tattoo auf der Brust, der den Verkäufern mit seinen giftigen Augen gehörig Respekt einflößte. Er hatte die Chrissy kennengelernt, als das Autohaus komplett renoviert wurde. Da stand er eines Tages neben ihr bei den Schaltkreisen, erklärte ihr auf einer Karte die Stromwege, und nach einem Kurzschluss hatte es dann gefunkt. Als es da so funkte und glühte, fiel den beiden auf, dass sie sich schon aus dem Internet kannten, wo sie als Avatare in einem berühmten Fantasy-Onlinespiel ihr Unwesen trieben. Er war dort ein Ritter und sie eine Elfe. Im weiteren Verlauf des innigen Schaltkreisdiskurses stellte sich heraus, dass der Ritter Maik die Elfe Chrissy avatarmäßig schon oft vor dem bösen Fiesling Gorgelbjorg gerettet hatte. Und da war's um sie geschehen. Im Gleichstrom der Gefühle küssten sie einander und friemelten sich ein Liebesnest aus Kabelsalat.

Diese Lovestory erzählte die Chrissy jedem in unregelmäßigen Abständen aufs Neue. „Ist das nicht total verrückt?", fragte sie dann immer.

„Total verrückt", antwortete ich dann immer.

„Total süß!"

„Total süß."

Ich war schon zufrieden, wenn sie nichts von ihrem Hund Tabasco erzählte.

Maik schenkte seiner Elfe zu ihrem 28. Geburtstag eine Brustvergrößerungs-OP. Von der finanziellen Seite her könnte man also für seine Eifersucht durchaus ein bisschen Verständnis aufbringen, denn eine solche Silikon-Investition muss sich schließlich amortisieren. Wenn man das mal auf Heller und Pfennig ausrechnet, mit Verschleiß und Abrieb, dann muss man für die Amortisation wohl locker ein paar Jährchen veranschlagen. Nach kompletter Abschreibung kann man ja darüber nachdenken, ob sich eine neue Implantat-Investition in die alte Freundin überhaupt noch lohnt. Ich pumpe meiner Schnecke doch nicht die Titten auf, wird sich der Maik gesagt haben, damit sie sofort mit dem erstbesten Schlappschwanz die Kurve kratzt.

Er nannte sie „Schnecke" in normal und „Zaubermaus" in romance. Sie nannte ihn immer „Schatzi" – in normal und in romance. Im internen Frotzeldiskurs hießen die beiden „Arschgeweih" und „Klempnerspalte".

Klempnerspalte ließ manchmal Blumen sprechen, indem er Arschgeweih ein Veilchen verpasste. Das war dann immer eine schminktechnische Herausforderung für die Chrissy, die sie mit Hilfe einer zentimeterdicken braunen Cremeschicht zu meistern verstand. Angeblich plante er, ihr im ausverkauften Eishockeystadion der Düsseldorfer EG unmittelbar vor dem Anpfiff mitten auf der Eisfläche per Megaphon einen Heiratsantrag zu machen. Die Chrissy wäre bestimmt vor Rührung erst mal auf den Hintern gefallen. Dann hätten sie geheiratet, zusammen ein zu teures Haus gebaut und nach dem finanziellen Offenbarungseid sowie einem Fernsehauftritt bei Schuldnerberater Peter Zwegat die gemütliche Eckkneipe „Bei Chrissy und Maik" in Düsseldorf-Eller aufgemacht, um dort mit ihren ballonseidenen Gästen die Ungerechtigkeit der Asylpolitik anzuprangern. Da waren aber der liebe Gott und der Prälla vor!

Summa summarum hatte die Chrissy viel Verständnis für ihren Schatzi, gerade wenn er ihr manchmal eine knallte. Schließlich zeigte das ja nur, wie sehr er sie liebte. Verständnis und Liebe sind bekanntlich die Grundpfeiler einer funktionierenden Beziehung.

Wie gut diese Beziehung funktionierte, davon konnte nun wieder der Ronny Schmidtke vom Team Ersatzteile/Selection ein Liedchen singen. Er passte schon rein äußerlich besser zur Chrissy als der kickboxende Kabelknoter, denn der Ronny war so ein Sonnenbanktyp ohne Augenbrauen, der wie eine Speckschwarte glänzte. Seine Haare hatte er stachelig nach oben gegelt und an den Spitzen blondiert. Weil er so unglaublich braungebrannt war, nannte ihn der Prälla folgerichtig „Don Grillo", worauf ich mitten im Kundengespräch wiehern musste wie ein Pferd. Don Grillos Gefühle für Maiks Zaubermaus wuchsen eines Tages über das Normalmaß hinaus. Als Ersatzteil-Fachkraft hatte er selbstverständlich genau das richtige Feeling für Chrissys Ersatzteile, das sich als hüpfender Hubzapfen im Hosenstall bemerkbar machte. Einmal zeigte der Prälla sogar mit dem Finger darauf und meinte: „Nothing more than feelings, nä?"

Von den Frotzelkollegen aufgestachelt, die sich alle ihre Abfuhr schon geholt hatten, lud der Ronny die Chrissy ein, nach Feierabend mit ins „Solaris" („Düsseldorf's größtes Bräunung's-Center") zu gehen. „Da gibt es auch eine Sauna", geiferte er und die Chrissy war überredet. Man weiß nicht genau, was sich dann im Solaris genau zugetragen hatte. Vielleicht waren Grillo und Grilla einander in der Sauna ein bisschen zu eng auf die Pelle gerückt und daraufhin verschmolzen wie zwei Karamellpuddings in der Mikrowelle. Jedenfalls funkte am nächsten Tag der Ritter Maik ganz gewaltig dazwischen und haute dem Gorgelbjorg Ronny vor versammelter Frotzelmannschaft mit einem schulmäßigen Kickbox-Hieb eins auf die Glocke. Don Grillo schmeckte Bodenbelag, der Prälla beömmelte sich in seiner Ecke und wir anderen standen mit offenen Mäulern da, als hätte man einen Film angehalten. Der Maik wollte gerade den winselnden Ersatzteile-Don Grillo in seine Einzelteile zerlegen, da gebot ihm dat Frau Haberstroh mit aller ihr zu Gebote stehenden Autorität Einhalt, indem sie sich schützend vor den am Boden Liegenden stellte. Sie packte den Kickboxer kurzerhand bei seiner Ehre, deren Kodex lautete: „Ich schlage keine Schnecke außer meiner Zaubermaus." Widerwillig legte also der Ritter angesichts einer unwiderstehlich energischen Frau Haberstroh langsam den Rückwärtsgang ein und trollte sich.

Maik bekam zwar Hausverbot und eine Anzeige, aber der Auftritt hatte seinen Zweck erfüllt: Die Verkäufer bibberten seitdem immer ein bisschen, wenn sie die Chrissy sahen. Wenn zum Beispiel der Würz an ihr vorbeiging, schlackerten ihm fast unmerklich seine bärtigen Schweinebacken und er guckte wie Kurt Beck im Angesicht von Franz Müntefering. Als ich das dem Nebenfach-Uwe erzählte, sagte der nur: „Angstlust, Dieter. Lu-pen-reine Angstlust. Hundertpro!"

Die angstlüsternen Verkäufer würden dem Prälla bei der Chrissy-Anbahnung hundertpro nicht im Wege stehen, überlegte ich. Aber es gab noch weitere Argumente für eine günstige Verkupplungsprognose: Chrissys Vagina zum Beispiel. Meinen Berechnungen zufolge musste ihr Geschlechtsteil von all den Unholden, die sich in der Vergangenheit an ihr vergangen hatten, ganz schön gedehnt worden sein. Ich schloss bei diesem Gedanken einfach von ihrem derzeitigen Schatzi auf dessen Vorgänger und blätterte vor meinem geistigen Auge eine Art Hackfressen-Datei durch. Ihr kennt bestimmt auch diese seltsame Art von stinknormalen Handwerkern und Angestellten, die ihren ganzen Ehrgeiz darauf verwenden, wie Sträflinge auszusehen und sich wie Verbrecher aufzuführen. „Lebe wild und gefährlich" läuft ja mottomäßig bei den Männern auf dasselbe hinaus wie „Lebe deinen Traum" bei den Frauen, nämlich auf einen Mallorca-Urlaub. Die Chrissy war jedenfalls auch eine von der Sorte Biederfrauen, denen zivilisierte Menschen zu „spießig" sind und die sich lieber von wildgewordenen Biedermännern wie dem Maik tyrannisieren lassen. Den Kopulationsakt zwischen Arschgeweih und Klempnerspalte musste man sich als Zen in der Kunst der Vergewaltigung vorstellen. Schon am Tonfall seiner Stimme konnte man nämlich die Gewalt raushören, gerade wenn er in romance war. Denn das Schlimmste ist doch, wenn solche giftigen Brutalos anfangen zu säuseln. Dabei verginge mir ja alles, aber der Chrissy sah man bei solchen Gelegenheiten am feuchten Gesichtsausdruck an, dass sie ein feuchtes Höschen bekam.

Immerhin konnte man all diesen Unholden das Verkupplungsverdienst nicht absprechen, die Chrissy für den Prälla passgenau vorgedehnt zu haben. Denn am Prälla war alles XXL, wenn ihr versteht, was ich meine.

Von entscheidendem Vorteil war aber, dass der Prälla als Einziger im Kollegenkreis vor dem Maik nicht die geringste Angst hatte. Denn er war ja nicht nur einfach ein Koloss, sondern hatte vor ein paar Jahren auch eine denkwürdige Begegnung mit dem Karatefilmstar Jan-Kees van Bommel gehabt, den ich aus Versehen immer „Jan-Frits" nenne. Der Prälla war jedenfalls „voll der Fan", wie er selber sagte. Bei ihm zu Hause hingen überall Filmplakate von diesen Hackfressen namens Steven, Chuck, Bruce und besagtem Jan-Frits an den Wänden. An der Schlafzimmertür klebte übrigens ein riesiges Poster von dieser Viva-Moderatorin mit Sprechdurchfall. Der Prälla betete nämlich die Gülcan an. Aber pssst!

Jedenfalls hatte der Porsche-Erwin seinen Sohn und mich zusammen mit ein paar namenlosen Geschäftsfreunden vor ungefähr drei Jahren „jannz jrooß" ins Düsseldorfer Nachtleben mitgeschleppt. Es gab mal wieder irgendeinen Geschäftsabschluss zu feiern. Erst ging es zum Warmsaufen an die längste Theke der Welt und danach hinab in diverse Edeldiskos, wo die Türsteher einen Diener vor dem „Herrn Prälla" machten und dem Junior kollegial zunickten, weil sie ihn für unseren Bodyguard hielten.

In den Diskos fegte das Personal die VIP-Lounge für uns frei. Wir thronten hinter unseren sündhaft teuren alkoholischen Kaltgetränken und schauten den unterkühlten Edelmenschen beim Edel-Schwof zu. Es stank geradezu vor Distinktion. Ich fand das wie immer kläglich, sagte aber nichts. Der Prälla hockte steif wie ein Brett am Tisch und gab sich die Kante. Aus der Klangwolke heraus krähte der Porsche-Erwin plötzlich: „Heiko, jetzt misch disch doch ömal unter dat Volk!" Auch wenn der Senior immer auf seinem Junior herumhackte, war er doch stets darum bemüht, dass der Heiko mal einen Stich bei den Damen machte.

„Und öbberhaupt: Wir in dem Alter, nä? Nää, nää! Wat is dat für önne Jugend heute?"

Die Geschäftsfreunde: „Genau. Wir in dem Alter!"

„Mach doch ömal Remmidemmi, Heiko", rief der Erwin und haute mit der flachen Hand mehrmals auf seine geballte Faust.

„Genau. Remmidemmi!"

„Nee", meinte der Heiko und bekam einen Schluckauf.

„Isch zahl doch dat allet. Dieter! Du hass dat Zeusch. Lass doch mal die Puppen tanzen!"

„Nee", sagte ich und nahm einen Schluck Altbier.

„Wat is dat für önne Jugend?"

„Ich bin 36", gab ich zu bedenken.

„Mit 36 hatte ich schon meine ersten fünf Millionen", plusterte sich ein Geschäftsfreund auf.

„Schulden", blökte der Erwin und alles lachte.

Dann ging zum Glück das Gequater vom sinkenden Investitionstanker Deutschland los und wir hatten vorläufig unsere Ruhe. Aber nach einer Weile blies der Erwin zum Aufbruch und wenig später betraten wir eine Bar mit Tabledance. Nachdem wir allesamt in der ersten Reihe Platz genommen hatten, schüttelten uns die Stripperinnen ihre Implantate ins Gesicht. Da nun der Prälla so weit herausragte, hatten die Stripperinnen ihn natürlich besonders auf dem Kieker und umknoteten den armen Kerl nacheinander mit ihrer Blutgrätsche, dass sein riesiger Kopf zwischen ihren Schenkeln rot wurde wie eine Tomate. Angstvoll starrte er auf eine mit einem winzigen Stoffdreieck verhüllte Vulva constrictor, die immer näher kam und ihn per Unterdruck einzusaugen drohte. Porsche-Erwin und die Geschäftsleute amüsierten sich wie Bolle und stopften es den Girls hinten und vorne rein. Ist das ein Sauger, dachte ich unwillkürlich. „Is dat önne

Sauger", brüllte da schon der Porsche-Erwin und die Geschäftsleute bogen sich vor Lachen. „Natürlich, 180°-V-Motor", antwortete ich reflexartig, als eine der Animierdamen gerade einen Spagat machte. „Önne Votzenmottoor!" Der Porsche-Erwin wäre beinahe geplatzt.

Plötzlich fingerten mir grazile Hände durchs schüttere Haar. Während die Tabledancerin sich vor mir herumräkelte, fixierte sie mich mit einem gut trainierten Richard-Gere-Blick. Ihre aufgespritzten Lippen verformten sich zu einer gummierten Kussmuffe und nahmen Kurs auf meinen Mund. Ich war ratlos. Küssen war doch im Gewerbe ein absolutes No-Go, dachte ich, und bei Stripperinnen sowieso. Schließlich grenzten die sich distinktionsmäßig von den niederen Sexproletarierinnen ab und fassten ihre Tätigkeit als niveauvolle Erotik-Dienstleistung mit Fachverstand auf. Das war summa summarum jedenfalls mein damaliger Informationsstand zu diesem Themenkomplex gewesen. Dieser Informationsstand schien aber irgendwie genauso praxisfern zu sein wie das Programm der Partei Bibeltreuer Christen, denn ich versuchte noch, meine Distinktionsgedanken zu sortieren, als ich bereits einen fetten Knutscher auf den Lippen hatte, der sich anfühlte wie ein Altreifen mit Unwucht. Meine Augen weiteten sich vor Schreck und der ganze Saal tobte. „Dieter, du hass dat Zeusch", hörte ich den Erwin grölen, als mir das Girl zum zweiten Mal seine Spritzlippen ins Gesicht klebte und meinen Kopf zwischen seinen Händen hin- und herwiegte wie einen Kürbis. Jetzt hatte auf einmal der Tomaten-Prälla in seiner Blutgrätsche Oberwasser und ächzte zu mir herüber: „Ey, Weiler, ey!"

„Dieter, mach doch mal Remmidemmi", feuerte mich der Erwin an. „Genau: Remmidemmi", echoten die Geschäftsfreunde. Ich hielt treulich still. Die Unwuchtbrumme transpirierte und müffelte ein wenig. Für den Bruchteil einer Sekunde erahnte ich hinter ihrem Richard-Gere-Blick den Jammer der bedrängten

Kreatur. So einen Scheißjob möchte ich nicht geschenkt haben, räsonierte ich über ihre schweißtreibende Arbeit. Doch kaum empfindet man ein bisschen Arbeitnehmersolidarität, hauen einen die Arbeitnehmer schon in die Pfanne: Von hinten flatterte jetzt nämlich eine andere Hupfdohle auf High Heels heran, spreizte ihre Beine über meinem Kopf und kippte sich den Inhalt einer ganzen Flasche Sekt aufs Dekolleté. Die Plörre pladderte den barbusigen Oberkörper herab und rann tangagefiltert durch die Ritze auf meine kleine Tonsur am Hinterkopf. Ich bekam einen Schauder und schüttelte mich. Der Prälla war inzwischen aus der Blutgrätsche befreit worden und kippte sich erst mal einen auf den Schock. Als nun plötzlich drei Stripperinnen direkt vor mir herumrobbten, wurde mir blümerant zumute, denn das erinnerte mich plötzlich stark an die vorm Graphit-Pelo robbende Else mit ihren quietschenden Lederlappen. Ich stellte mir die drei Girls als dreißig Jahre ältere Abwrackstripperinnen vor, wurde traurig und schaute durch sie hindurch. Nach einer Weile spürte ich einen heftigen Ellenbogenstoß in den Rippen. Der Prälla drückte mir eilig eine Menge Geldscheine in die Hand. Da kapierte ich erst, dass ich den Stripperinnen längst den Zaster in die Tangas hätte stopfen sollen, was ich mit unfroher Miene zur Zufriedenheit aller Beteiligten nachhole.

Froh war ich erst wieder, als wir aus der Tabledance-Kaschemme heraustorkelten, um zwecks Absacker auf eine Bar zuzusteuern. Porsche-Prälla haute mir auf den Rücken, dass es mir ins Gedärm fuhr, und schubste mich ganz ausgelassen über die Straße. „Mensch, Dieter, wie du die Mädels da hast antanzen lassen! Dat war die janz hachte Schule!"

„Die ganz harte Schule, Erwin", grunzten die Geschäftsfreunde. Sie waren inzwischen beim Du angelangt.

„Der hat die Weiber so lange zappeln lassen, bis alle drei vor ihm auf dem Boden gekrochen sinn!"

„Zappeln lassen!"

„Wie im Jeschäftsleben! Dieter, du hass dat Zeusch!"

„Das Zeug", bekräftigten die Geschäftsfreunde und knufften mir von beiden Seiten in die Rippen. Ich bekam an diesem Abend ein Fraternisierungshämatom nach dem anderen verpasst.

Der Prälla ging stumm und stocksteif neben uns her. Kein Wunder, dass ihn alle für unseren Bodyguard hielten. Normalerweise war natürlich so eine doofe Tabledance-Scheiße genau das Richtige für ihn. Aber erstens blieb er in Gegenwart seines Vaters immer vollkommen verklemmt und zweitens guckte er sich so was mit seinen depperten Masch'bauer-Kumpels und anderen Nullabkriegern immer nur auf DVD an. Selbstverständlich besaß er auch eine Pornosammlung, die beinahe so groß war wie die Londoner State Library. Aber das nützte ihm in der knallharten Sex-Realität überhaupt nichts; da bekam er nur einen roten Kopf und Schluckauf, wenn es mal zur Sache ging.

In der Bar wurde zunächst das kontemplative Kontrastprogramm zum sexy Aufruhr geboten. Als wir kurz nach vier Uhr morgens die Bar betraten, hing ganz hinten jemand mit rundem Rücken an der Theke und schaute tief in sein Whiskyglas. Er war der einzige Gast; man konnte ihn im Halbdunkel nur schemenhaft erkennen. Aus den Boxen trötete leise Chet Baker oder ein anderer melancholischer Jazztrompeter. Der Barkeeper war ein stilgerecht erloschener Typ mit Augenlidern auf Halbmast, der seit mindestens dreißig Jahren stoisch seinen Dienst versah. Ihn brachte nichts mehr aus der Ruhe – selbst das nicht, was der Prälla eine Viertelstunde später anrichten sollte.

Es sah zunächst alles nach einem halbwegs wohltemperierten Abschluss des Abends aus. Wir reihten uns fein säuberlich nebeneinander an der Theke auf: der Prälla ganz links, daneben ich, dann Porsche-Erwin, rechts außen die Geschäftsdödel. Nachdem alle etwas bestellt und eine Weile wortlos vor sich hingestiert hatten, wollte der Erwin noch einmal eine genauere Analyse meines Tabledance-Erfolges vornehmen, aber irgendwie fehlte ihm die Energie. Er murmelte gerade etwas von „janz hachter Schule" und „dat Zeusch", das die Geschäftsfreunde pianissimo wiederholten, als der Prälla plötzlich laut „Ey, Weiler, ey" rief und sich mit einer Hand an meinem Arm festkrallte. Ich spürte meinen Knochen bersten: „Aua! Mann, du Alleszermalmer", beschwerte ich mich, aber er schaute ganz aufgeregt zu dem Gast herüber, der sich instinktiv abwandte.

„Weiße, wer dat is?", hechelte er mir zu, „dat is der Jan-Kees van Bommel, ey!"

„Wer?", erwiderte ich matt.

„Demolition-Solution I–III, Mann", brüllte der Prälla, „hab ich allet zu Hause im Director's Cut!"

„Du lieber Gott: Jan-Frits van Bommel", rief ich aus und befürchtete das Schlimmste.

„Heiko, jetz nimmsse disch ma wat zusamm' und dann machsse dat", mengte der Erwin sich ein.

„Nee echt getz, Papa! Weißwerdattiss? Dat is der Jan. Kees. Van. Bom-mel!"

„Kenn isch nit."

„Kenn ich nicht", raunten die Geschäftsheinis, während Porsche-Erwin sein Glas leerte und dem Barkeeper laut befahl: „Ötsellebe norömal, Jong!"

Der Gast machte sich noch kleiner, als er ohnehin schon war, aber das nützte ihm nichts mehr, denn der Prälla fing schon zu hyperventilieren an und scharrte mit den Hufen.

„Lass den doch in Ruhe", mahnte ich vergebens.

„Ey, Weiler, ey! Hard Boiled Eggs in der Limited-Sonder-Edition mit ner fast echten Handgranate bei. Hab ich allet zu Hause, Weiler! Weißt du, wat dat wert is?"

„Ach, geh mir doch weg mit deinem Hackepeter-Scheiß!"

Er beugte seinen Oberkörper über die Theke und glotzte den Barkeeper an. Dann neigte er den Kopf langsam nach links: „Dat is der Jan-Kees van Bommel, nä? Dat is der, nä?"

Der Barkeeper war natürlich ein Profi, schaute seinem aufgeregten Gegenüber unverwandt ins Gesicht und zuckte bloß ein bisschen mit dem Mund. Motto: Und wenn schon!

Der Prälla nahm das aber voll als Bestätigung. „Boa ey, Weiler, ich hol mir getz voll dat Autogramm!"

„Lass den doch in Frieden", versuchte ich es noch mal, aber da stampfte er schon auf den armen van Bommel zu, der, wie ich hinterher erfuhr, nach der Deutschland-Premiere seines neuen Films Steelhacking Amplitude vor Fans und Entourage geflüchtet und in dieser Bar versackt war.

Normalerweise bekommt jeder Mensch Angst, wenn der Prälla mit dampfenden Nüstern auf einen zustampft. Aber der van Bommel war als Hackepeter-Held und Träger diverser schwarzer Gürtel natürlich ganz anders aufgestellt. Da er nun nicht mehr ausweichen konnte, wandte er sich dem herannahenden Riesenross offen zu. Das Ross wieherte mit weit ausgebreiteten Armen: „Ich glaub dat ja nich, ey! Jaaan-Keees vaaan Booommel!"

Der Erwin begriff erst jetzt, was los war. Er stand auf, um seinen Sohn zurückzupfeifen, stolperte aber und landete auf seinem Porsche-Popo. Die Geschäftsleute halfen dem Gestrauchelten umständlich wieder auf die Beine. Beim Aufrappeln sagte er zu mir: „Dieter, geh da ömal fix mit hin. Sonst jibbet wieder önne Katastrophe mit dem Jeck."

„Geht klar."

Ich machte mich also auf den Weg ans andere Ende der Bar und hörte den Prälla schon jauchzen: „Küss mir den Arsch, Pinkie!" Das war offensichtlich ein geflügeltes Wort aus einem berüchtigten Van-Bommel-Film, aber der Angesprochene schien das gar nicht zu begreifen und war überhaupt nicht zum Scherzen aufgelegt, denn er ging sofort in 1a-Kampfstellung. „Verpisch dich, du Schscheiß-Moffe", hörte ich ihn mit niederländischem Akzent fluchen. Der „Scheiß-Moffe" kriegte sich gar nicht mehr ein vor Glück, denn er meinte in seiner Behämmertheit, das wäre auch ein Filmzitat gewesen, und ballte zum Scherz die Faust.

Als ich hinter dem Prälla stand und an ihm vorbeilugte, fiel mir erst richtig auf, wie klein der van Bommel war. Durch meine spätere Internetrecherche erfuhr ich, dass man ihn ursprünglich für die Rolle des „Spinators" besetzt hatte, einer üblen, grünlich schimmernden Kreatur aus dem Weltall, die im Urwald eine ganze Kompanie US-Soldaten aufmischte und am Schluss vom Schwarzenegger persönlich erledigt wurde. Doch leider war der van Bommel über zehn Zentimeter kleiner als der Schwarzenegger, was die pfiffigen Filmproduzenten erst am Set bemerkten. Also kickte man den Mini-Bommel kurzerhand raus und ersetzte ihn durch einen Zwei-Meter-zwanzig-Riesen. Ihr könnt euch vielleicht vorstellen, was das damals für so einen angehenden Hackepeter-Star für ein Trauma gewesen sein muss. Jetzt kam ihm natürlich der ganze Frust wieder hoch, als ausgerechnet in einer Düsseldorfer Bar um halb fünf Uhr morgens ein spinatormäßiger Koloss vor ihm stand und sich mit ihm verbrüdern wollte. Da brannten ihm einfach die Sicherungen durch, dafür muss man Verständnis haben. Jedenfalls drehte sich der Prälla gerade zu mir um und rief voller Glückseligkeit: „Ey, der Jan-Kees macht mit mir hier gerade voll einen auf Demolition-Solution!" Dann fuchtelte er zum Spaß mit seiner Faust herum. „Der is voll in Ordnung", frohlockte er weiter, während der Jan-Kees zum Karatesprung ansetzte.

„Vorsicht!", schrie ich.

„Hä?" Als der Prälla sich instinktiv umwandte, sprang der arme van Bommel mit voller Wucht geradewegs in die zum Scherz geballte Riesenfaust rein. Das hättet ihr mal sehen sollen, wie dieser Karatemeister aller Klassen an dem Prälla abtropfte! Das kennt ihr bestimmt noch aus den Zeichentrickfilmen mit Tom und Jerry, wenn der Tom aus vollem Lauf gegen einen Baum prallt und dann so langsam herunterrinnt. Genauso rann jetzt der Jan-Frits langsam zu Boden. Der Prälla kapierte gar nicht, was los war, aber ich entdeckte eine ganze Menge Zähne auf dem Tresen und war so geistesgegenwärtig, sie schnell in meine Hand zu kehren wie einen Haufen Erdnüsse. Danach filmte ich den bewusstlosen Filmstar heimlich mit dem Handy. „Demolition-Solution, meint er", sagte ich leise zum Prälla, der noch immer wie ein begossener Riesenschnauzer dastand. Alle anderen kamen dazu, mit dem Erwin an der Spitze. „Nä, nää, nääh! Bist du jeck, Heiko?"

„Ey, Papa, ey ... der Jan-Kees ... ey ...", stammelte der Angesprochene. Bedröppelt guckte er mehrfach auf den am Boden Liegenden und danach auf seine Faust. Erst langsam erschloss sich ihm der Zusammenhang zwischen beidem.

„Herr Prälla", erklärte ich nicht ohne Stolz, „Ihr Sohn hat gerade Jan-Frits van Bommel ausgeknockt."

„Kenn isch nit."

„Kenn ich nicht", sekundierten die Geschäftsfreunde.

Der Barkeeper zuckte nur mit den Achseln und rief einen Krankenwagen.

„Jan-Frits van ...", wollte ich erläutern, aber der Erwin war schon wieder auf hundertachtzig und nahm seinen Sohn in die Mangel: „Isch mein, knallhart sein is okay, nä. Aber habe isch dir etwa beigebracht, hier so önne halve Hahn k.o. zu schlagen? Du mit deine Kraft! Hab isch dir dat beigebracht, Jong?" Genau genommen hatte der Senior seinem Sohn gar nichts beigebracht, sondern ihn sein Leben lang mit Missachtung gestraft. Nun wollte er die Erziehung offensichtlich im Schnelldurchlauf nachholen und ruckelte am Junior herum wie ein Schimpanse an einem Affenbrotbaum.

„Ey, Papa, ey ..."

„Findest du dat etwa fair, so önne kleine Würstschn zu verkloppen, dat sisch nit wehre kann?"

„Äh, Herr Prälla, das ist immerhin Jan-Frits van Bom-mel!"

„Und wenn dat der Kaiser von Schina wär! Im Moment is dat önne ganz kleinet Häufschn Elend! Nä, nää, näää, Heiko, dat hat keine Klasse, dat will isch dir ma sagen! Du hass dat Zeusch nit!"

„Das Zeug nicht", bestätigten kopfschüttelnd die Geschäftsfreunde.

„Aber ... Papa, ey ... keine Ahnung ..."

„Jan-Frits ... Kees ...", brachte ich verzweifelt hervor.

„Dieter, jetz halt ömal ö Momentschn lang de Schnüss!"

Der Senior war nicht mehr zu besänftigen in seinem ungerechten Zorn. Schließlich hatte er schon ordentlich einen in der Krone.

„Such dir gefällischst Gegner, die dir gewachsen sinn! Du hast ja die Wrestling-Gene in dir, also schick isch dich demnächst ömal in de Ring. Da nimmt disch dann der Jrooße Jonzales auf de Hörner, oder der Andertäjker maniküürt dir dinge Kopp!"

Was für Wrestling-Gene, fragte ich mich.

„Ey, Papa, ey ..."

Wir verließen die Bar, bevor Krankenwagen und Polizei eintrafen. Dem Barkeeper war das alles völlig schnuppe.

Noch beim Rauswanken schimpfte Papa Prälla: „Dat is önne Armutszeugnis, Heiko, önne janz jrooße Armutszeugnis! Nä, nää, näää!"

Jan-Kees van Bommel hatte einen Kieferbruch, eine schwere Gehirnerschütterung und lag drei Wochen im künstlichen Koma. Per Hubschrauber wurde er in eine Schweizer Spezialklinik geflogen, top secret natürlich. Die Dreharbeiten zu seinem neuen Film Domino Force verzögerten sich um mehr als zwei Monate. Offiziell hieß es, er sei bei einem riskanten Stunt schwer verletzt worden, da er alle Stunts selber mache. Zum Beispiel den in einer Düsseldorfer Bar, dachte ich, als ich das las.

Durch eine Detektei ließen seine Anwälte den Prälla ganz rasch ausfindig machen und strengten erst einmal eine Klage an. Ich fand das ganz schön voreilig von denen. Es war sicher bitter für den van Bommel gewesen, von einem „Spinator" aus Düsseldorf k.o. geschlagen worden zu sein. Aber im Grunde hatte der Prälla eindeutig in Notwehr gehandelt, wenn man von Handeln überhaupt reden konnte.

Porsche-Erwin sprang im Dreieck, als er von der Klage erfuhr, und krähte dem Heiko wieder mal was von Enterbung ins Ohr. Aber ich zog ganz lässig meinen Trumpf aus dem Ärmel und setzte ein wohlformuliertes Schreiben an die Kanzlei Johnson & Jason auf, welchem ich ganz dezent einen der sieben ausgeschlagenen Zähne van Bommels beifügte. Ich drohte ihnen im Pluralis majestatis, falls sie nicht auf die Klage verzichteten, würden „wir" uns den Schritt vorbehalten, das „uns" vorliegende Filmmaterial, welches ihren bewusstlosen und kläglich darniederliegenden Klienten mit ausgeschlagener Kauleiste zeige, bei Youtube zu veröffentlichen. Und dann wäre der Nimbus des Klienten futsch und sein Ruf ruiniert. Ich drehte den Spieß einfach um und verlangte von Johnson & Jason eine große Summe, denn schließlich habe ihr Mandant den „Herrn Heiko Prälla", der ein großer Bewunderer der „Kunst" ihres Mandanten sei, angegriffen – und nicht etwa umgekehrt.

Als ich dem Porsche-Prälla dieses Schreiben zeigte und mein brisantes Filmmaterial präsentierte, machte der fast einen Luftsprung und rief: „Dieter, du hass dat Zeusch! Lass misch dat mal übernehmen. Isch setze meine Anwälte darauf an und dann ziehen wir Johnson & Jason dat Fell über die Ohren! Dat soll dein Schaden nit sein, Jong!"

Tatsächlich bekam ich von ihm später eine größere Summe

Geldes überwiesen, die ich leider in ein Reinmar-von-Zweter-Aktienpaket investierte, das heute weniger wert ist als eine Tüte Gummibärchen. Wie gewonnen, so zerronnen.

Der Prälla wollte sich danach bei seinen Masch'bauer-Kumpels natürlich groß aufspielen. Aber die glaubten ihm die Geschichte einfach nicht, denn Porsche-Erwin hatte gemäß der Abmachung das gesamte Filmmaterial Johnson & Jason übergeben und wollte „von dem ganzen Driss" nichts mehr hören. Außerdem gab es einen digital manipulierten Film, der den Fans zeigte, wie sich Jan-Kees van Bommel beim Stunt verletzt hatte. Der Prälla versuchte zwar bisweilen noch, aus dieser Jahrhundertstory Strunzkapital zu schlagen, und benannte mich als Zeugen. Doch es hieß immer nur: „Ja, ja ... van Bommel ... mhm ... in Düsseldorf an der Bar ... jaaa, jaaa!" Das könnt ihr euch vielleicht vorstellen, wie die uns alle den Vogel zeigten. Da nützte meine Beteuerung auch nichts, dass man so was Bescheuertes doch gar nicht erfinden könne.

Erst sehr viel später sollte der Prälla damit doch noch zur Kultfigur werden, denn die Geschäftsfreunde, die an jenem Abend dabei waren, tratschten natürlich wie Marketenderinnen. Und so wurde die Geschichte vom Fan, der einst Jan-Kees van Bommel mit einem einzigen Faustschlag beinahe terminiert hätte, ganz allmählich zu einem Alltagsmythos – wie die Geschichte von der Spinne in der Yuccapalme.

Neulich landeten der Prälla und ich übrigens erstmals seit Jahren wieder in besagter Bar. Ich fragte den Barkeeper: „Na? Kennen Sie uns noch?"

„Vielleicht", antwortete er mit den Augenlidern auf Halbmast.

„Haben Sie eventuell damals auch Bekanntschaft mit der Kanzlei Johnson & Jason gemacht?"

„Möglich."

Der Prälla verstand nur Bahnhof, aber der Angesprochene wusste genau, worauf ich hinauswollte.

„Und kann es sein, dass ein gewisser Barkeeper sich in Sachen van Bommel mit dieser Kanzlei ... sagen wir: geeinigt hat?"

Ein zaghaftes Lächeln huschte über sein Gesicht: „Könnte sein."

„Könnte es nicht auch sein, dass genau dieser Barkeeper dabei kein schlechtes Geschäft gemacht hat?"

„Und wenn schon", murmelte er mit breitem Grinsen und gab uns einen aus. Ich hatte richtig geraten: Auch er hatte den bewusstlosen van Bommel heimlich mit dem Handy gefilmt.

„Auf den Spinator", lachte der Mann hinterm Tresen, zwinkerte und prostete uns zu.

„Auf den Spinator", erwiderte ich.

„Spinator, meint er."

Jetzt könnt ihr euch bestimmt vorstellen, dass dem Prälla so ein kabelknotender Kickboxer mit seinen Drohgebärden nicht imponieren konnte.

Ich muss an dieser Stelle das Bild, das ihr euch vielleicht inzwischen von der Chrissy Wolfgram gemacht habt, so ein bisschen korrigieren, denn möglicherweise haltet ihr sie für eine total verprollte Tussi. Aber das wäre nur die Teilwahrheit, denn im Gegensatz zur Freizeit-Chrissy machte die Dienst-Chrissy im blauen Kostüm und mit Schleifchen im Haar einen tadellos zivilisierten Eindruck. Sie konnte sogar Sprüche wie „Was kann ich für Sie tun?" und „Schönen Tag noch" vollkommen fehlerfrei aufsagen. Wenn sich jemand bedankte, antwortete sie gerne mit „gerne"; wenn sie jemand um etwas bat, antwortete sie sehr gerne mit „sehr gerne".

„Porschezentrum Düsseldorf, mein Name ist Christina Wolfgram. Was kann ich für Sie tun?"

Am anderen Ende der Leitung das übliche Blabla.

Die Chrissy: „Gerne."

Der Kunde: Blablabla.

Die Chrissy wieder: „Sehr gerne."

Der Kunde wieder: Blablabla.

Die Chrissy wieder, quasi als Fazit: „Schönen Tag noch."

Da musste der Prälla sich aber zusammennehmen, wenn er bei einer Frau mit derart tadellosen Dienst-Umgangsformen in der Freizeit Umgang pflegen und deren Arschgeweih bei den Hörnern packen wollte! Wenn nämlich der Prälla im Autohaus ans Telefon ging, sagte er immer nur „ja" in die Muschel, und die Kunden meinten, sie hätten sich verwählt. Ihr denkt jetzt bestimmt: wie unhöflich! Aber das war eben wieder diese unbewusste Verkäufergenie-Masche, denn am anderen Ende der Leitung musste der Kunde erst wieder katzbuckeln und fragen, ob er richtig mit dem Porschezentrum Düsseldorf verbunden sei. Ihr wisst ja noch: Beim Katzbuckeln fühlt sich der Kunde als Königstiger. Der Prälla antwortete dann wieder einfach mit seinem Ja im Sinne von: Wer zum Teufel will das wissen? Jetzt schloss der verkatzbuckelte Kunde so distinktionsmäßig von der Unhöflichkeit seines Gesprächspartners auf dessen Rang und kam zu dem Schluss, dass es sich nur um den Chef persönlich handeln konnte. Alle anderen Angestellten mussten schließlich „gerne", „sehr gerne" und „Was kann ich für Sie tun?" sagen, dachte der Kunde. Darin wurden sie ja ständig geschult, dachte der Kunde. Der Einzige, der bei solchen Schulungen nicht teilnehmen musste, war der Chef selbst, dachte der Kunde. Daran sieht man mal wieder, dass Denken für den Kunden nicht immer von Vorteil ist, denn er denkt gerne mal sehr gerne ein wenig zu oft um die Ecke.

Anstatt sich also wie die anderen Verkäufer bei enervierenden

Kundengesprächen am Telefon aufzureiben, wo einem aus lauter Mutwillen bloß Löcher in den Bauch gefragt werden, beschied der Prälla kurzerhand: „Vorbeikommen! Probefahrt machen!" Da fühlte sich der Kunde dann in der Pflicht, zu tun, was der Chef ihm befahl, und machte später brav seine Probefahrt. Im Grunde war das die puristische Variante der jovialen Porsche-Erwin-Masche. Der sagte am Telefon immer: „Wissen Sie wat: Da kommen Sie ömal schön vorbei, und dann macht Ihnen dat schöne Frollein Wolfjramm önne schöne Kappotschinno oder önne Lattemackjatto, und dann machen Sie önne schöne Probefahrt mit unsere schöne Tarja und Kajänn, nä? Also, bis gleich. Isch freue misch ganz persönlich auf Sie. Tschö!"

Ihr dürft mich jetzt aber nicht falsch verstehen: Wenn ich am Telefon so unhöflich gewesen wäre wie der Prälla, hätte es Beschwerden noch und nöcher gehagelt. Ihr kennt ja vielleicht den Film „Schnappt Shorty", wo der John Travolta immer einfach „Look at me" zu den gefährlichsten Typen sagt und diese daraufhin brav wie Klosterschülerinnen werden. Als aber der Gene Hackman es mit derselben Masche versucht, wird er vom Dennis Farina halbtot geprügelt.

Der Prälla ging bei den Kunden deswegen als Verkaufs-Travolta durch, weil die gar nicht merkten, dass er einfach nur zu denkfaul war, ganze Sätze zu sprechen. Da man seinem Gesicht die Doofheit nicht unmittelbar ansah, fühlten sich die Kunden beim „Chef" so aufgehoben wie junge Katzen vorm Kamin und fingen wohlig zu schnurren an. Die schlimmsten Katzbuckler waren übrigens die „mündigen Verbraucher". Wenn die sich erst mal an diesem Prällbock ihre Hörnchen abgestoßen hatten, steuerten sie mit seligem Lächeln wie die Lemminge auf den finanziellen Abgrund zu und verschuldeten sich bis über beide Ohren für so einen beknackten Boxster und/oder Cayenne.

Nun aber merke: Was im Verkauf klappt, funktioniert nicht

ohne weiteres auch im sonstigen Verkehr. Bei einem Rendezvous muss man nämlich manchmal etwas in ganzen Sätzen formulieren, denn die jungen Prinzessinnen hocken ja immer bloß auf ihrer Erbse herum und fordern: Unterhalte mich, bespaße mich, erobere mich! Selbst wenn man sich als Mann beim Baggern ein Bein ausrenkt, um ihnen zu gefallen, senken sie meist nur das Däumchen und sagen hinterher zu ihren Freundinnen: „Der ging ja gar nicht."

In diesem Kontext war mir aber Folgendes aufgefallen: Wenn der Prälla mit der Chrissy vorm Computer stand und sie gemeinsam ins Wawi oder Wabsy nach ihren VÖs und LDs fahndeten, dann schauten die beiden immer so innig drein, als guckten sie auf dem Monitor ihrer Leidenschaft beim Aufblühen zu. Es war, als säßen beide in romance unterm Sternenzelt und himmelten einander durch die blasse Scheibe des Mondes an. Dass zwischen ihnen so ein Fluidum bestand, merkte ich vor allem daran, dass der Prälla in solchen Momenten mühelos in ganzen Sätzen sprechen konnte, die nicht durch ein „ey" oder „meint er" unterbrochen wurden. Das wollte ich mir im Verkuppelungskontext natürlich zunutze machen. Aber das war eine heikle Sache, denn jenes Fluidum flutschte möglicherweise nur deshalb so gut, weil die Beteiligten über ihren gemeinsamen Fluidumsprozess nicht im Bilde waren. Wie bei Tarifverhandlungen konnte das dünne Band gegenseitigen Einvernehmens durch überzogene Forderungen und einseitiges Agieren rasch zerrissen werden. Zerrte zum Beispiel der Prälla zu stark an der Chrissy herum, verprellte er sie womöglich; sie bräche daraufhin die Verhandlungen ab und verkündete, dass ein großer Schluck aus der Pulle das falsche Signal zur falschen Zeit sei. Es hieß für mich also, mit Augenmaß und Verantwortungsgefühl über die Verkuppelung zu wachen, ohne die Autonomie beider Fluidumspartner grundsätzlich zu gefährden. Anders ausgedrückt befürchtete ich, dass der Prälla wieder in seinen stockenden und kopfspermatösen Meint-er-Frotzelduktus verfallen würde, wenn man ihm bewusst machte, dass die Chemie zwischen den beiden zu stimmen schien. Wie sich leider herausstellte, war diese Befürchtung vollkommen berechtigt gewesen.

Zunächst hieß es, dem Prälla schonend beizubringen, dass er bei der Chrissy gewisse Chancen hatte. Vor lauter Verzückung hätte der nämlich sonst „Echt, Weiler? Boa ey!" durch den ganzen Saal geblökt und wäre für den Rest des Arbeitstages auf dem Klo verschwunden, um sich mit der Wolfgram-Wichsvorlage stundenlang einen abzunudeln. Doch ich war fest entschlossen, diese ewige Abnudelei wenigstens phasenweise zu beenden. Der Prälla sollte endlich mal aus seiner Wichsecke herauskommen und in den Sexring steigen.

Selbst im Puff war er damals kläglich gescheitert, als er mit seinen bescheuerten Masch'bauer-Hydranten im Hamburger Eros-Center hatte Remmidemmi machen wollen. Als ich ihn später fragte, wie es war, antwortete er natürlich: „Voll geil!" Aber ich kannte ja meinen Pappenprälla und sah ihm an der Nasenspitze an, dass er bei den Eros-Fachkräften keinen hochgekriegt hatte. Denn wäre es im Eros-Center wirklich „voll geil" für ihn gewesen, dann hätte der Prälla in der Folgezeit hundertpro sein halbes Leben in diversen Freudenhäusern verbracht und dabei sein ganzes Geld rausgeschmissen. Die Nutten hätten ihn ausgenommen wie eine Weihnachtsgans, und am Ende vom Lied hätte es wieder geheißen: „Ey, Weiler, ey". Das kann ich euch schriftlich geben.

„Die hat vielleicht Titten", meinte der Prälla, als ich in der Mittagspause ganz vorsichtig das Thema anschnitt. „Boa ey", fuhr er fort, „die würd ich ja gern mal ...", und walkte vielsagend in der Luft herum.

„Was hält dich ab?", fragte ich mit ernstem Gesicht, während er Chrissys Oberweite pantomimisch nachzeichnete. Da schaute er ganz verdutzt zu mir herüber: „Wie jetzt? In echt?"

„In echt."
„Echt?"
„Echt."
„Echt!"
„Ja-ha!"
„Boa ey! Ich muss mal aufs Klo."

Er stand auf, aber ich hielt ihn am Ärmel fest. „Es wird jetzt hiergeblieben!"

„Ich muss doch nur mal eben ..."

„... einen abhobeln. Ich weiß."

„Abhobeln, meint er", lachte er fett und setzte sich wieder.

„Himmelsakrament", schimpfte ich, „diese ewige Hobelei muss doch mal ein Ende haben!"

„Hobelei, meint er ..."

„Behalte deine Späne doch mal ein paar Tage bei dir!"

„Späne, meint er ..."

„Hör mir jetzt mal zu! Wenn du es dir eine Zeit lang verkneifst, dann traust du dich aus lauter Überdruck vielleicht mal in echt an die echte Chrissy ran!"

„In echt?"

„In echt."

„Boa ey, die hat vielleicht Titten", wiederholte er blöde.

„Die sind aber nicht echt."

„Echt?"

„Nein, nicht echt."

„Ey, die sind echt nicht echt?"

„Echt."

„Also doch echt?"

„Menschenskind! Nein! Du machst mich echt wahnsinnig!"

„Echt?"

„Die Titten von der Chrissy sind echt echt nicht echt, Mann!"

Er überlegte kurz und haute dann folgenden Satz raus: „Ist mir echt egal, ob die echt echt nich echt sind, ey. Aber echt jetzt, Weiler, denn die Titten von der Chrissy, die sind echt geil!"

Da war ich ein bisschen stolz auf ihn und klopfte ihm auf die Schulter. „Das ist doch prima. Dann los!"

„Ich geh lieber erst mal aufs Klo ..."

„Hier-ge-blie-ben", zischte ich durch meine Zähne. „Pass auf: Ich glaube, die Chrissy findet dich gar nicht schlecht, so als Mann."

„Boa ey ..." Er wollte schon wieder aufstehen. Allein die Vorstellung, dass so eine Titten-Tussi auf ihn stehen könnte, überlastete seine Sperma-Hydraulik hoffnungslos. Daher ließ ich Gnade vor Recht ergehen und sagte: „Also gut. Aber in fünf Minuten bist du wieder zurück. Ist das klar?"

„Geht klar."

„Schaffst du das?"

„Klar."

„Ich verlass mich auf dich", rief ich ihm hinterher, „bitte kurz und schmerzlos!"

„Echt, Weiler, versprochen!"

Nach zwei Minuten saß er mit zufriedenem Gesicht schon wieder neben mir auf der Bank vor dem Autohaus. Ein schöner Anfangserfolg: Es war für ihn interessanter, etwas über die echte Chrissy zu erfahren, anstatt den ganzen Tag mit Hilfe einer unechten Wolfgram-Phantasie an sich herumzufriemeln.

„Pass mal auf! Du hast jetzt die 1a-Chance auf eine Sex-Premiere im Real Life, verstehst du?"

„Sex-Premiere, meint er ..."

„Und wenn ich noch einmal ‚meint er' höre, dann kannst du sehen, wo du mit deinem Sperma bleibst, klar!"

„Sperma, mei ... geht klar, Weiler. Aber ich hab schon oft in echt gepoppt, ey!"

„Ja, ja, das kannst du in deinem Club der männlichen Jungfrauen deinen Masch'bauern erzählen, aber nicht mir."

„Nee, echt jetzt!"

„Du guckst zu viele Pornos, Prälla. Du kannst doch die Realität schon gar nicht mehr von der echten Wirklichkeit unterscheiden."

„Hä?"

„Soll ich dir nun helfen oder nicht?"

„Keine Ahnung, ey ... von mir aus", sagte er und zuckte mit den Achseln.

„Ich helfe dir nur, wenn du das auch wirklich willst. Willst du nun die Chrissy oder nicht?"

„Boa ey, die hat vielleicht Titten", sagte er tonlos und glotzte dämlich.

„Na also!"

„Ich muss mal eben aufs Klo."

„Hiergeblieben!"

Usw.

Das war vielleicht wieder ein zähes Ringen, kann ich euch sagen! Warum tue ich mir das nur an, haderte ich schon am ersten Tag mit mir und meiner Mission. Aber so schnell ließ ich mich nicht entmutigen.

Am nächsten Tag instruierte ich den Prälla für einen ersten Versuch. Ich hatte alles haarklein mit ihm durchgesprochen. Er hatte kein einziges Mal „meint er" gesagt, also schickte ich ihn mit einer gewissen Hoffnung ins Anbahnungsgespräch. Am günstigsten schien mir eine Anbahnung am Computer. Beim Wabsy konnten die beiden sich unverbindlich etwas näherkommen. Bei einer günstigen Gelegenheit hatte ich den Prälla zur Chrissy geschickt und mich ganz unauffällig in der Nähe postiert, so dass ich ihm durch Gestik und Mimik Tipps geben konnte. Die erste Hürde nahm er noch ohne Fehler. Tadellos sagte er zur Chrissy:

„Frau Wolfgram, mal eben ins Wabsy nach den Tequipment-LDs schauen."

„Sehr gerne, Herr Prälla", antwortete die Chrissy. Dass die beiden sich so ergreifend unschuldig siezten, musste ein Zeichen von tiefer Zuneigung sein, reimte ich mir zusammen, denn der Prälla duzte sonst ja alles, was nicht bei drei auf dem Baum war. Ich hatte ihm einen detaillierten Anbahnungsplan eingebimst, von dem er kein Jota abweichen sollte, weil er sonst sofort in Untiefen geraten würde: Er sollte sich hinter sie stellen und dann zu ihr herabbeugen, so dass ihre Köpfe sich in ungefähr 50 Zentimeter großem Abstand nebeneinander befänden. Das hatte ich mit mir selbst als Wolfgram-Dummy am Tag vorher genau ausgemessen. Wenn sie dann so nebeneinander in Eintracht auf den Bildschirm schauten, sollte er irgendwann ganz unaufdringlich („unaufdringlich, Prälla!") mit dem Finger auf den Bildschirm zeigen und sie dabei ganz unauffällig („unauffällig, Prälla!") an der Schulter („an der Schulter, Prälla!") touchieren. Dann, so lautete mein Plan, sollte er sich entschuldigen und ihr ins Gesicht lächeln („lächeln, Prälla, nicht grinsen!"). Sie hätte dann bestimmt auch gelächelt, und er sollte dann sofort noch einmal ihren Blick suchen. Wenn sich ihrer beider Lächeln ein zweites Mal vereinigt hätte, wäre das schon die halbe Miete gewesen. Danach hätten die beiden noch mal ein bisschen im Wabsy herumgestöbert, und währenddessen sollte der Prälla sie ganz beiläufig fragen, ob sie in der Mittagspause mit ihm ein Eis essen gehen wolle („ein Eis essen, Prälla, nicht Schwanz lutschen!"). Eigentlich keine schwere Übung, werdet ihr jetzt sagen, zumal ja das Fluidum zwischen den beiden schon vorhanden war. Da kennt ihr aber den Prälla schlecht! Oder vielmehr: Inzwischen kennt ihr ihn bestimmt schon so gut, um zu wissen, dass er zielsicher in die beiden einzigen Fallstricke tapste, die es bei der Chrissy-Anbahnung zu umgehen galt.

„Hüte dich vor der Tabasco-Falle", schärfte ich ihm ein. „Wenn die Chrissy anfängt, von ihrem Köter zu erzählen, musst du ihr sofort das Wort abschneiden und abrupt das Thema wechseln, sonst bist du verloren. Hast du das verstanden?"

„Geht klar. Tabasco zerschneiden. Hmm."

Das war ja schon für den Anbahnungsunwilligen eine Tortur, wenn die Chrissy das Tabasco-Diary aufschlug. Sie hatte nämlich zu Hause einen alten Rottweiler, dessen Intimleben sie der ganzen Belegschaft im Detail mitzuteilen pflegte. Ich hatte das irgendwann im Urin, wann wieder so ein Tabasco-Angriff drohte, und machte mich immer genau dann vom Acker, wenn die Chrissy gerade einatmete, um loszulegen. Aber zum Beispiel der Würz kam mit seinem fetten Arsch nicht schnell genug vom Stuhl und wurde deswegen von oben bis unten mit dieser Tabasco-Scheiße eingeschmiert. Im Grunde waren es nur dat Frau Haberstroh und ich, die immer rechtzeitig den Verkaufsbereich verließen, wenn ein Tabasco-Übergriff drohte. Der gemeinsame Spott darüber brachte die Moni und mich einander näher, bildete ich mir ein. Manchmal machten wir uns nach gelungener Flucht einen Spaß daraus, uns langsam wieder heranzupirschen und zu beobachten, wie der Würz kopfnickend auf seinem Hintern herumwackelte, während die Chrissy gerade die neusten Verdauungsbeschwerden ihres vierbeinigen Freundes in allen Farben schilderte:

„... und dann hat er so geguckt und sich so auf die Seite gedreht. Da habe ich dann auch so geguckt und ihn dann so angesprochen, weißt du, so: na, wo drückt es dich denn wieder? Und dann hat er dann so ein bisschen gejault, weißt du, so ein bisschen gewinselt, und da bin ich dann zu ihm hin, so, und habe ihm erst mal den Bauch gestreichelt, und Tabasco so ganz elend, weißt du, dass einem das Herz bricht, und sich dann so auf den Rücken gedreht, so ganz der Pascha, hihihi, weißt du, und dann auf einmal kommt es ihm schon ein bisschen rausgelaufen, verstehst du, aber in so einer milchigen Farbe irgendwie, und so flüssig. Und dann habe ich Tabasco erst mal einen Einlauf verpasst und der so ganz der Pascha, hihihi, und danach musste ich mir erst mal nen Aufnehmer holen, kannst du dir ja vorstellen, und wieder zurückgehen ins Wohnzimmer und das Sofa schrubben, und der Tabasco schon wieder ganz munter und so ganz der Pascha, hihihi, guckte mir ganz seelenruhig beim Putzen zu, verstehst du weißt du glaubst du? und dabei machte er dann immer so wuff-wuff, also nicht so wau-wau oder waff-waff, sondern so wuff-wuff ..."

Uff! Da konnte einem selbst so eine Schweinebacke wie der Würz ganz schön leidtun, der sich schicksalsergeben auf dem Armesünderstuhl herumdrückte und wie Tabasco brav Bestätigungslaute von sich gab.

Die Chrissy gehörte leider zu jener Sorte Menschen, die nicht einfach sagen konnten: „Gestern abend hatte ich nicht genug Bier im Haus und musste noch zur Tanke fahren, um Nachschub zu holen." Sie machte nämlich immer alles ganz „spannend": „Da kam ich so in die Küche rein, und dann ging ich so ein paar Meter und dachte schon so: grübel, ob das Bier für Schatzi wohl reicht? Dann bin ich dann so zum Kühlschrank gegangen und hab so die Tür aufgemacht und da ist dann so das Licht angegangen und da habe ich dann da reingeguckt und erst die Bierflaschen gar nicht gesehen und so gedacht: uups, wo sind denn die ganzen Bierflaschen geblieben? Dann aber so puh habe ich noch zwei in der Gemüseschublade gesehen und so gedacht: das könnte aber knapp werden für Schatzi, aber da bin ich erst mal so schlurf mit einer vollen Bierflasche zurück ins Wohnzimmer getapst und da hat der Tabasco auch schon so geguckt, als wollte er so sagen: grübel, ob das Bier für Schatzi wohl reicht? Aber ganz der Pascha, hihihi ..."

Wenn sie dabei wenigstens so schnell geredet hätte wie die

Gülcan! Sie riss zwar das Maul und die Augen bei der Schilderung ihrer Abenteuer genauso sperrangelweit auf wie die Viva-Quasselstrippe, aber der ganze Sermon zog sich im großen Adagio vollkommen pointenlos dahin.

Dat Frau Haberstroh und ich kamen bei solchen Sternstunden aus dem Lachen gar nicht mehr heraus. Ich zitierte mit Blick auf Würz und die anderen Opfer immer Wilhelm Busch: „Ist fatal!' – bemerkte Schlich. – ‚Hehe! aber nicht für mich!'", und die Moni sagte dann immer, quasi als Ritual: „Wie belesen du bist, Dieter!" Ihr hätte ich auch das ganze Telefonbuch von Düsseldorf vorgelesen, wenn ich dafür ihr Herz geschenkt bekommen hätte. Aber natürlich Pustekuchen!

Dass ich immer rechtzeitig fliehen konnte und dat Frau Haberstroh die Chrissy einfach mitten in ihrer Tabasco-Meditation stehen ließ, lag daran, dass wir beide nicht schwanzgesteuert waren. Die turbogeilen Frotzelverkäufer mutierten hingegen wolfgramtechnisch zu Sklaven ihrer Leidenschaft. Die kamen einfach nicht von der Chrissy los und hofften wohl insgeheim darauf, dass sie nur lange genug zuhören mussten, um irgendwann so ganz paschamäßig, hihihi, in den Genuss eines von ihr persönlich verabreichten Einlaufs zu kommen. Aber natürlich auch Pustekuchen!

Den Prälla hatte sie übrigens bis dato mit ihrem Tabascofimmel in Ruhe gelassen. Offensichtlich war sie zu befangen gewesen, vor dem „Herrn Prälla" ihr kynologisches Intimleben auszubreiten. Ich wertete das als gutes Zeichen und lag damit auch goldrichtig.

„Wenn die Chrissy ‚Tabasco' sagt, dann guckst du augenblicklich ins Wabsy, als hättest du dort eine Unregelmäßigkeit entdeckt, klar? Wenn du nur eine Sekunde lang zögerst, zappelst du in der Falle. Kannst du dir das merken?"

„Geht klar, Weiler."

Ihr fragt euch bestimmt schon die ganze Zeit, was denn bloß das Wabsy sein könnte. „Wabsy" ist die Abkürzung für „Warenbestandssystem". „Die Babsy vom Wabsy", frotzelte der dämliche Würz dauernd, nachdem er der Personalakte entnommen hatte, dass die Chrissy mit Zweitnamen Barbara hieß. „Die Babsy vom Wabsy, nä", rief ihr dieser bärtige Schweinskopf hundert Mal pro Tag hinterher und war sichtlich stolz auf seinen beknackten Reim. „Ja, ja, Clemens", meinte die Chrissy immer etwas hilflos, und da habe ich ihr hinter vorgehaltener Hand einmal den Tipp gegeben, ihn einfach „Delirium Clemens" zu nennen, worauf sie mit ihrer Langstielikeit natürlich selber niemals gekommen wäre. „Delirium Clemens" war zwar total unoriginell, aber gerade deshalb für den Würz genau richtig, weil Auge um Auge und so. Es machte die Runde im Haus; auch der Heinelt und sein gesamter Teiledienst übernahmen es, so dass sich Chrissy und Clemens schon bald in einem Frotzelpatt wiederfanden und der Würz entnervt die weiße Fahne hisste.

Ich mochte die Chrissy übrigens irgendwie gern und vermutete hinter ihren Silikonbergen eine gute Seele. Wie sich leider herausstellte, war sie derart gutmütig, dass sie einfach nicht damit umgehen konnte, wenn man ihr Gutes wollte.

Jedenfalls gab es neben den Tabasco-Geschichten noch einen anderen tückischen Fallstrick: die Schatzi-Geschichten. Die Schatzi-Geschichten waren im Flirtdiskurs natürlich der Super-GAU. Denn bei der Anbahnung mag es zur Not noch hinzunehmen sein, dass die Auserwählte ausdauernd von ihrem Köter erzählt. Aber absolut tödlich ist es, wenn sie einem stundenlang von Schatzi vorschwärmt:

„... und dann hat er so geguckt und sich so auf die Seite gedreht. Da habe ich dann auch so geguckt und ihn dann so angesprochen, weißt du, so: na, Schatzi, wo drückt es dich denn wieder? Und dann hat er dann so ein bisschen gejault, weißt du, so ein bisschen gewinselt, und da bin ich dann zu ihm hin, so, und habe ihm erst mal den Bauch gestreichelt, und Schatzi so ganz elend, weißt du, dass einem das Herz bricht, und sich dann so auf den Rücken gedreht, so ganz der Pascha, hihihi, weißt du, und dann auf einmal kommt es ihm schon ein bisschen rausgelaufen, verstehst du, aber in so einer milchigen Farbe irgendwie, und so flüssig. Und dann habe ich Schatzi erst mal einen Einlauf verpasst und der so ganz der Pascha, hihihi, und danach musste ich mir erst mal nen Aufnehmer holen, kannst du dir ja vorstellen, und wieder zurückgehen ins Wohnzimmer und das Sofa schrubben, und der Schatzi schon wieder ganz munter und so ganz der Pascha, hihihi, guckte mir ganz seelenruhig beim Putzen zu, verstehst du weißt du glaubst du? und dabei machte er dann immer so wuff-wuff, also nicht so wau-wau oder waff-waff, sondern so wuff-wuff ..." Tödlich, sage ich euch!

Natürlich habe ich jetzt die Schatzi-Geschichte mit so einem kleinen Verfremdungseffekt ausgestattet, um die Wahrheit zur Kenntlichkeit zu verzerren, wie man es in Kabarettkreisen zu formulieren pflegt. Ich sage bewusst „Fährfremdung", um die Verfremdung von der Entfremdung abzugrenzen wie den Fährkauf vom Einkauf.

„Entfremdungseffekt, Brecht", sagte aber der Nebenfach-Uwe einmal zu mir und stierte mich wieder so wissend an, dass meine Faust eine Butterfahrt in sein Gesicht buchen wollte.

„Fährfremdungseffekt, Uwe!"

„Wie, Fährfremdung?"

„Das ist der Fährfremdungseffekt Brecht, der die reale Entfremdung zur Kenntlichkeit verzerrt, verstehst du?"

Der Uwe überlegte kurz und lehnte sich dann genüsslich zurück. „Nein, Dieter, das macht keinen Sinn."

Das macht keinen Sinn! Damit brachte er mich natürlich auf die Palme.

„Es gibt die Ver-, die Ent- und die Überfremdung", zählte ich ihm an Daumen, Zeige- und Mittelfinger auf. „Das muss man fein säuberlich auseinanderhalten, sonst landet man hundertpro auf der falschen Baustelle."

„Ganz andere Baustelle", meinte der Uwe und schüttelte wie Sitting Bull sein stolzes Haupt. Motto: Bleichgesicht sprechen mit gespaltener Zunge.

Es gab mal wieder ein endloses Uwe-Dieter-Tauziehen. Am Ende einigten wir uns ausnahmsweise auf einen Kompromiss und tauften unsere begriffliche Missgeburt „Verüberentfremdung", aber da waren wir schon so sturzbetrunken gewesen, dass wir diesen Kompromiss am nächsten Tag annullierten.

Jedenfalls musste man sich bei allem, was die Chrissy über Schatzi erzählte, einfach Tabasco vorstellen, um sofort in the mood zu kommen.

„Wenn die Chrissy ‚Schatzi' sagt", ermahnte ich also den Prälla, „dann guckst du augenblicklich ins Wabsy, als hättest du da eine Unregelmäßigkeit entdeckt, klar? Wenn du nur eine Sekunde zögerst, zappelst du in der Schatzifalle. Kannst du dir das merken?"

„Geht klar, Weiler."

Ich hatte alles fein säuberlich ausbaldowert und mich in einer günstigen Position, quasi als Eckensteher, aufgestellt. Während der Prälla wie ein Leuchtturm weit über den Computer herausragte, verschwand die Chrissy vollständig hinter dem Bildschirm, weil sie auf einem Hocker saß.

Nachdem der bislang verhinderte Casanova sein Sprüchlein korrekt aufgesagt hatte, schauten die beiden in gewohnter Wabsy-Trance auf den Monitor. Jetzt aber der Prälla: Anstatt sie mal so ein bisschen zu touchieren, stierte der nur wie hypnotisiert auf den Bildschirm und brachte kein Wort heraus. Sein Gesicht verfärbte sich peu à peu ins Dunkelrot. Ich versuchte mittels Mimik, ihn zum Angriff zu ermuntern, aber der Trottel guckte nicht mal zu mir hin. Also fing ich an zu winken und mit den Armen zu wedeln. Als er dann endlich aufblickte, sah ich zu meinem Entsetzen in ein gänzlich ratloses Gesicht. Er hatte alles vergessen! Ich deutete mit der Schulter einen kleinen Rempler an, um sein Gedächtnis aufzufrischen. Wieder ein depperter Blick. Das konnte doch nicht wahr sein! Chrissy säuselte ihm wie ein gurrendes Turteltäubchen ihre Tequipment-LDs in die Ohren und der Prälla stand da wie der Ochs vorm Berge. Ich musste also Notfallplan B aus der Tasche ziehen und den Knallkopf erst mal aus dem Ring nehmen. Für einen solchen Fall hatte ich vorgesehen, dass ich ihn wegen einer „dienstlichen" Frage kurz zu mir zitierte. „Herr Prälla, können Sie mir mal kurz helfen?", wollte ich gerade rufen, da fuhr mir ein Kunde in die Parade.

Im Fährkauf ist das nämlich ein ehernes Gesetz, dass Kunden grundsätzlich ungelegen kommen. Was könnte das Porschezentrum für ein wunderbarer Tummelplatz sein, wenn die Kunden nicht wären! Wie im Big-Brother-Container würden sich die Verkäufer/-innen miteinander verkrachen und wieder vertragen; es würden sich Fraktionen und Friktionen bilden; es würde mal hier gefrotzelt, mal da geneckt; es hätten mal diese was miteinander, dann wieder jene, und wer als Letzter übrig bliebe, der hätte gewonnen. Das wäre meiner Meinung nach ein wunderbares Computerspiel, wie die „Sims" oder so, wo man sich seine eigene Welt schafft. „World of Fährkauf" könnte man das Spiel nennen, und darin ließe man zum Beispiel den Dieter Weiler ein bisschen mit dat Frau Haberstroh herumflirten und die Chrissy Wolfgram mit dem Heiko Prälla. Alles wäre kinderleicht. Als Gorgelbjorg könnte sich der Maik durch die schöne heile Verkaufswelt kickboxen. Würz, Heinelt, Schmidtke und Konsorten fungierten als Haustiere. Ab und zu müsste man mal eins schlachten, aber das machte ja nichts, denn man bekäme neue, wenn man brav Punkte sammelte, indem man erfolgreich Kunden abwimmelte, die als Invasoren von außen auf das Autohaus einstürmten.

Die vollkommen selbstgenügsame Lebensweise der Verkäufer, diese kosmische Harmonie, wird also immer nur von jenen seltsamen Wesen gestört, die einem insektengleich auf die Pelle rücken und „beraten" werden wollen, als gäbe es nichts Interessanteres auf der Welt als einen V2-Boxer-Boxster.

Ausgerechnet als ich rettend in die zu scheitern drohende Anbahnung eingreifen wollte, griff mich hinterrücks so ein summendes Kundeninsekt an, piekte mir in mein angespanntes Nervenkostüm und löste eine Kettenreaktion aus.

„Ist das ein Sauger?", stach das Insekt zu. Ich erschrak mich halb zu Tode, konnte einen Schrei nicht unterdrücken, woraufhin der Idiot von Prälla anfing, sich zu beömmeln und die Chrissy per Reflex kumpelhaft anrempelte. Während ich fahrig „Natürlich, ein Sauger ... Boxer ... Reihen ... Hubzapfenmotor" vor mich hinstotterte, hörte ich hinter dem Computer die Chrissy ganz tonlos „aua" sagen.

Aua, dachte ich in diesem Moment nur, das Fluidum, das Fluidum! Denn, liebe Männer, wenn eine Frau so ein tonloses Aua von sich gibt, dann wisst ihr, dass ihr es vermasselt habt! Am Anfang meiner insgesamt nicht sehr erfolgreichen Liebeskarriere passierte es mir während der unbeholfenen Sexfriemelei öfter mal, dass als einzige Reaktion auf eine endlose Viertelstunde emsigen Fingerspiels besagtes tonloses Aua erfolgte. Da war bei mir sofort der Ofen kalt und das Rohr stillgelegt. Toll, dachte ich beim ersten Mal, da macht man und tut man, und was ist der Dank? Wofür hatte man denn monatelang herumgebalzt und sich ihre Limahl- und A-ha-Platten angehört? Wofür war man denn mit ihr in „Die unendliche Geschichte" und „Momo" gegangen? Wofür bitte schön hatte man sich in mühevoller Kleinarbeit drei Griffe auf der Gitarre beigebracht und gefühlvolle Balladen von Dan Fogelberg distoniert? Dass man im großen Moment der Vereinigung gleich vorm ersten Aua kapitulierte? Nein! Ein Dieter Weiler gibt so schnell nicht auf, sagte ich mir. Also bosselte ich weiter todesmutig an ihrem Körper herum, bis ich ein empörtes „Au-aaa!" kassierte und entnervt die Brocken hinschmiss. „Du kannst ruhig auch mal ein bisschen was mithelfen, anstatt dich hier wie eine Flunder am Boden herumzudrücken und Sex-Mimikry zu betreiben", beschwerte ich mich und hatte damit meinen Nimbus als einfühlsamer Träumer auf einen Schlag vollständig verspielt.

Anderes Beispiel: Manchmal, wenn man denkt, jetzt ist sie heiß, dann legt man los und gibt richtig Gas, und nach einer Viertelstunde heftiger Rammelarbeit merkt man an besagtem leisen Aua, dass ihr Stöhnen gar kein Lustgeräusch gewesen war, sondern nur so ein Ächzen, wie wenn man unbequem auf einem alten Sofa sitzt und einfach keine angenehme Position findet. Der Gipfel der Peinlichkeit! „Ich bin nur ein einfacher Sexarbeiter im Garten der Lüste", pflegte ich mich bei solchen Gelegenheiten zu entschuldigen und hoffte auf eine unbeschwerte Fortsetzung des gemeinsamen Sexualprojekts im Sinne eines Abschlusses, mit dem beide Partner leben konnten. Aber natürlich Pustekuchen! Hochkriegen Fehlanzeige.

Das Aua der Chrissy war also ein lupenreines Vermasselungssignal gewesen.

„Gibt es den auch in Zitronengrün metallic?", meinte nun der Kunde.

„Ja, ja ... Boxster zitronengrün metallic. Aber nur mit Boxer", faselte ich und versuchte zu lauschen, ob der Idiot von Prälla sich wenigstens entschuldige. Aber ich konnte nichts verstehen, denn das Insekt piesackte mich weiter.

„Hat der denn auch Einzelradaufhängung?"

„Alles komplett. Der Boxster S hat einen V-Motor."

Die Chrissy schien mit dem Prälla zu reden, denn er schaute sie ganz intensiv an und nickte leicht. Der Kunde hatte zum Glück gerade seine Hmm-Phase, so dass ich bestürzt mitbekam, wie die ganze Anbahnung auf die schiefe Bahn geriet. Denn während ich das vermaledeite Tabasco-Wort mehrmals vernahm, musste ich zugleich tatenlos zusehen, wie das ehedem entspannte und wirklich schöne Prälla-Gesicht so peu à peu den altbekannten Frotzelausdruck annahm. Es kam mir vor, als wäre ich Zeuge der Verwandlung von Doktor Jekyll in Mister Hyde. Dummerweise hatte der Kunde seine Hmm-Phase erfolgreich absolviert und stieg erneut in den Boxster-Ring: „Also S zitronengrün metallic mit V-Boxer?"

„180°", warf ich ihm den Knochen hin, damit er was zu kauen hatte.

„Wie, 180°?" Über dem Kunden erschien eine Denkblase, in der *grübel* stand.

Die Chrissy: „... und dann hat er so geguckt und sich so auf die Seite gedreht. Da habe ich dann auch so geguckt und ihn dann so angesprochen, weißt du, so: na, Tabasco, wo drückt es dich denn wieder?"

„S mit 180° V ..."

„... dann hat er so ein bisschen gejault, weißt du, so ein bisschen gewinselt."

„Gejault, meint er." Der Hirni von Prälla sagte zu der Chrissy doch glatt „meint er"!

„SV 180?"

„Genau, auch in Metallic ... äh, -grün ... von der Farbe her jetzt ..."

„Und da bin ich dann zu ihm hin ... und dann auf einmal kommt es ihm schon so rausgelaufen, verstehst du?"

„Rausgelaufen, meint er!"

„Mit Rauslaufgetriebe. Sagt Ihnen was?"

„Ja, Rauslaufgetriebe, hmm."

„... aber in so einer ganz milchigen Farbe irgendwie und so flüssig, weißt du?"

„Milchige Farbe, meint er!"

Der Prälla drehte jetzt richtig auf. Machtlos wurde ich Zeuge, wie das Fluidum durchs Rauslaufgetriebe verschwand und einer dickflüssigen Kumpelschmiere Platz machte. Offensichtlich hatten Rempler und Aua den Verkupplungsvorgang in einen anderen Modus versetzt. Die Dorfmenschen unter euch kennen das bestimmt von den Landmaschinen, wo es auf der Gangschaltung immer zwei Haupt-Symbole gibt, nämlich Hase und Schildkröte. Wofür die beiden Symbole stehen, könnt ihr euch sicher zusammenreimen. Der Prälla und die Chrissy hatten offensichtlich von Flirten auf Frotzeln umgeschaltet und boxten einander jetzt ungeniert in die Seite wie Brüderchen und Schwesterchen.

„Boxster SV 1860 München ..."

„1860 München, hmm, sagt mir was ..."

„Und dann hab ich Tabasco erst mal einen Einlauf verpasst ..."

„Einlauf, meint er", grölte der Prälla durch den ganzen Saal und die Chrissy kicherte wie Gülcan.

„Gibt's in zwei Ausführungen: mit Schaltgetriebe und mit unverbindlicher Preisempfehlung ..."

„Und wo ist da der Unterschied?"

„... da musste ich mir erst mal nen Aufnehmer holen."

„Aufnehmer, meint er!"

„Vom Preis her keiner."

„Hmm?"

„... und der guckte mir dann ganz seelenruhig beim Putzen zu."

„Putzen, meint er!"

„Von der Schaltung her kein Problem, getriebetechnisch."

„Hmm ... und die Fahrleistung?"

„... verstehst du weißt du glaubst du?"
„Versteh ich voll. Hähähä!"
„Ich empfehle die unverbindliche Preisempfehlung."
„Hmm ..."
„... dabei machte der dann immer so wuff-wuff, also nicht so wau-wau oder waff-waff, sondern so wuff-wuff."
„Wuff-wuff, meint er!"
„Genau. Von der Empfehlung her meine Empfehlung."
„Hmm ..."
„Moment mal, bitte." Jetzt wurde es mir aber zu bunt. Die beiden bellten und jaulten durch das ganze Autohaus! Ich stiefelte zum Prälla hinüber, nahm ihn beim Arm und versuchte ihn mit dem Hinweis auf den Metallic-Kunden wegzuzerren, aber natürlich bekam ich dieses sture Rhinozeros keinen Zentimeter bewegt.

„Ey, Weiler! Wat die Chrissy hier einen vom Tabasco am erzählen is, dat glaubse nich! Da schmeißte dich voll weg bei."

„Waff-waff", bellte die Chrissy zur Bestätigung.

Nun duzten sie sich auch noch – eine Katastrophe! Ich hatte nicht berücksichtigt, dass der Prälla aufgrund seiner Imbezillität der einzige Mensch auf Erden war, der die Tabasco-Geschichten lustig fand. Jetzt werdet ihr in eurer Naivität vielleicht denken: Ist doch gut, wenn man gemeinsam lachen kann. Vielleicht seid ihr sogar in einem Internet-Flirtportal drin und schreibt dort, dass ihr euch einen humorvollen und spontanen Partner wünscht. Dann sollet ihr euch nicht wundern, dass ihr noch solo seid und/oder immer an die Falschen geratet. Denn merke: Gemeinsam lachen ist schön und gut, aber im Anbahnungskontext die ganz falsche Baustelle. Das blöde Gegacker und Gegiggel brachte den Prälla nämlich im Bemühen, seine Bälle ins Chrissy-Loch zu spielen, keinen Schritt weiter; da lag er noch immer genauso weit unter par wie vorher. In der verzweifelten Hoffnung, die beiden noch aus dem Verknuffelungsschlund zu reißen, zerrte ich weiter an dem Riesenklops von Prälla herum. Aber der machte sich extra schwer und wurde sogar ein bisschen ärgerlich.

„Ey, Weiler, wat hass du denn?"

„Du kommst jetzt mit!"

„Wuff-wuff", machte die Chrissy wieder und krauste das Näschen. Das sah zwar süß aus, war aber für den Prälla nun mal falsche Baustelle.

„Ich muss mit dir mal unter vier Augen sprechen."

„Schwester Weiler will mir nen Einlauf machen."

Die beiden grölten wie die Bierkutscher, ich machte eine säuerliche Miene und stöhnte resigniert: „Einlauf, meint er."

Im Nachhinein muss ich sagen, dass die Chrissy-Prälla-Verknuffelung durchaus ein menschlicher Erfolg gewesen war. Aber damals konnte ich das Positive daran noch nicht erkennen, weil ich meinen Golem unbedingt mal voranbringen wollte und dabei viel zu verbissen ans Werk ging. Nun stand ich da wie ein Spielverderber und Sauertopf, während sich zwei verwandte Schrumpfhirne gefunden hatten.

Ich ruckelte noch am Prälla herum, als der Kunde erneut aus seinem Hmm-Koma erwachte und laut „Hallo" rief. „Kommen Sie doch noch einmal her, bitte!"

„Hopp, hopp, Schwester Weiler, Einlauf machen", flüsterte der Prälla und lachte wieder fett. Die Chrissy daraufhin: „Einlauf, meint er." Man konnte quasi dabei zusehen, wie sie sich in einen weiblichen Prälla verwandelte. Und am Ende vom Lied verirrten sich Hänsel und Gretel im Frotzelwald.

„Was können Sie mir denn zu diesem Modell sagen?", meinte jetzt der Kunde. Offensichtlich hatte er Langeweile und erwartete, dass ich „We love to entertain you" rief. Im ganzen Autohaus herrschte fast gähnende Kundenleere, nur dat Frau Haberstroh hatte als Ansprechpartnerin (AP) in ihrem Arbeitsbereich (AB) mal wieder einen dicken Fisch an der Angel. Ich konnte schon am heiteren Tonfall der Leute hören, dass gleich ein Kaufvertrag unterschrieben werden würde, während mir diese zitronengrüne Metallic-Klette am Revers hing. Kein Würz oder anderer Kollege war in Sicht, der mich hätte ablösen können. Wo waren denn die nur alle? Wahrscheinlich hockte der Würz wieder im Raucherzimmer und entrollte seine Wampe. Vielleicht war auch Don Grillo dabei und zupfte vorm Spiegel mit angefeuchteten Fingern in seinen blondierten Stachelspitzen herum. Jedenfalls war ich auf mich allein gestellt. Das Kunden-Insekt musste wohl mit der Fliegenklatsche totgeschlagen werden, sonst würde es noch bis Ladenschluss wie ein falsch programmierter Sprachcomputer sinnlose Satzfetzen in Frageform ausspucken. Was blieb mir anderes übrig, als meine Fährkaufs-Überraschungstüte für den Herrn zu öffnen?

„Dieses Modell ist ein Carrera S Cabriolet."

„Hmm …"

„Fährt 302 km/h Spitze."

„Hmm …"

„Und dann hat Schatzi so geguckt und sich so auf die Seite gedreht …"

„Hat 385 PS unter der Haube."

„Hmm …"

„… und dann kommt es ihm schon so rausgelaufen …"

„Rausgelaufen, meint er!"

„In 4,9 Sekunden von null auf hundert."

„Hmm …"

„… aber in so einer ganz milchigen Farbe irgendwie."

„Milchige Farbe, meint er!"

„Gibt's den auch in Zitronengrün metallic?"

„Moment, da muss ich überlegen …"

„… und da musste ich mir erst mal nen Aufnehmer holen."

„Aufnehmer, meint er."

„Nein, nur in Grünmetallic-Grün. Also erste Schicht grün, zweite Schicht metallic und nochmal Schicht grün. Von der Beschichtung her. Sagt Ihnen was?"

„Klar. Beschichtung. Hmm ..."

„... und der guckte mir ganz seelenruhig beim Putzen zu."

„Putzen, meint er!"

„Also grün im Endeffekt."

„Im Endeffekt, hmm ..."

„... und dabei machte der dann immer so wuff-wuff."

„Wuff-wuff, meint er!"

„Grün im Endeffekt, aber vulkangrau im Innenraum."

„Vulkangrau metallic?"

„Wuff-wuff!"

„Vulkangrau standard."

„Waff-waff!"

„Also grün-grau?"

„Waff-wuff!"

„Eher grau-grün."

„Wuff-waff!"

„Grün."

„Waff!"

„Grau?"

„Wau."

„Genau."

Usw.

So endete meine sorgfältig geplante Anbahnungsszene in einer Klangwolke aus Wortfetzen. Der Kunde und ich hatten uns gegenseitig hypnotisiert. Wir standen einander gegenüber und gaben völlig ausdruckslos unsere Versatzstücke von uns. Irgendwann ist in so einem Kundengespräch der Bogen einfach überspannt. Das ist wie bei einem Boxkampf, wenn zwei gleichstarke Kontrahenten in den letzten Runden stehend k.o. sind. Die heben dann nur noch so andeutungsweise ihre Arme zum Schlag und berühren einander fast zärtlich wie ein sich liebkosendes homosexuelles Paar auf einem Kostümball.

In einer Kunden-Verkäufer-Extremsituation herrscht ja auch eine Art Zuneigung in der Abneigung, wenn ihr versteht, was ich meine. Der Kunde spürt natürlich von Anfang an, dass der Verkäufer ihn loswerden will, weil der Verkäufer weiß Gott mit Wichtigerem beschäftigt ist als mit Zitronengrün metallic: zum Beispiel mit seiner Wampe (Würz) oder mit seinen blondierten Spitzen (Don Grillo). Aber gerade weil der Kunde das von Anfang an spürt, will er nicht als Verlierer vom Platz gehen und macht mit zäher Impertinenz einen auf unentschlossen. Der Verkäufer wirft ihm seine Abspeisungsfloskeln hin und der Kunde rächt sich für diese Missachtung, indem er einfach weiter vor dem Wagen stehen bleibt und „hmm" murmelt. Der Verkäufer denkt die ganze Zeit: Hau doch endlich ab! Der Kunde denkt die ganze Zeit: Hier steh ich und will nicht anders! Aber irgendwie wächst in so einem Clinch ganz untergründig auch der gegenseitige Respekt voreinander. Denn wie gesagt, beide sitzen im selben Boot und wollen möglichst rasch Land gewinnen, aber sie paddeln in entgegengesetzter Richtung. Wenn die Kontrahenten gleichstark paddeln, kommt das Boot keinen Zentimeter vorwärts. Entweder es bleibt auf der Stelle oder es dreht sich um die eigene Achse oder die Paddel verhaken sich. Irgendwann ist dann der Punkt erreicht, wo das „Ver-" über Bord geht und nur noch die gegenseitige Achtung übrigbleibt. Oft geht man nach Beendigung eines solch langwierigen Wettkampfes ganz glücklich auseinander. Man verabschiedet sich völlig gelöst, weil man froh ist, ein Ende gefunden zu haben und sich auf merkwürdige Weise menschlich näher gekommen zu sein.

Ihr habt vielleicht eben über den Schwachsinn mit „grau-grün" und so gelacht, aber jetzt könnt ihr euch bestimmt besser vorstellen, dass es den Gegenspielern irgendwann gar nicht mehr auffällt, was für einen Unsinn sie von sich geben. In Wahrheit ging das „Beratungsgespräch" ja viel länger als hier beschrieben, also etwa eine halbe Stunde. Das ist nicht lang, meint ihr? Ihr habt ja keine Ahnung! Überlegt euch mal, was für einen Stress ich hatte, als ich von diesem Kunden einfach nicht loskam, der im Stupor hin- und herwackelte, während sich im Hintergrund eine bellende Verschwesterbrüderung vorm Wabsy vollzog. Der Prälla steckte ja schon ganz tief in der Schatzifalle und schaufelte sich, was den Sex mit der Chrissy betraf, gerade sein eigenes Grab. Motto: Wir amüsieren uns zu Tode.

In der folgenden Zeit waren die beiden Fehlverkuppelten kaum mehr auseinanderzubringen. Schon morgens bei Arbeitsbeginn bellten sie sich gegenseitig an und bekamen ihre Beömmelungsanfälle. Da hatte ich vielleicht was angerichtet! Die beiden entwickelten sich mit ihrer guten Laune zur Kollegenplage. Denn jetzt gab es natürlich kein Halten mehr für die Chrissy, die jeden Tag mit leuchtenden Augen haarklein berichtete, was Tabasco wieder alles angestellt hatte, zum Beispiel sich so ganz paschamäßig (hihihi) von der einen Seite zur anderen gedreht und dabei wuff-waff gemacht zu haben. Da fing dann der Prälla jedesmal wieder von vorne an mit seinen Meint-er-Kaskaden und schlug Purzelbäume vor Entzücken. Als Bereicherung des Repertoires erzählte die Chrissy ihm auch fast jeden Tag die „total verrückte" Geschichte, wie sich einst die Elfe Zaubermaus und der Ritter Schatzi im gemeinsamen Kampf gegen den Finsterling Gorgelbjorg im Internet kennen und im Real Life lieben gelernt hatten.

„Ist das nicht total verrückt?"

„Total verrückt, meint er!"

Die Folge war, dass sich der Prälla, der vorher mit Online-

Computerspielen nicht viel am Hut gehabt hatte, nun auch in dieses vermaledeite Spiel einklinkte und dort als Avatar sein Unwesen trieb. Jetzt quasselten sie dauernd von ihren „Ebenen" und von ihren verschiedenen „Leben", die sie noch hatten. „Ich habe noch zwanzig Leben", verkündete die Chrissy stolz, und ich dachte: Krieg doch erst mal ein Leben geregelt!

Der Prälla ließ sich von ihr in die Zauberwelt des Elfenreichs einführen und trampelte hindurch wie ein Elfenfant im Porzellanladen. Er hatte als Novize natürlich noch viel zu lernen. Ich kann euch darüber nicht viel mehr erzählen, denn Computerspiele interessieren mich genauso wenig wie Autos. Im Gegensatz zu Letzteren habe ich aber keine prinzipiellen Vorbehalte dagegen. Doch als ein Freund anno 1983 den ersten Commodore 64 geschenkt bekommen hatte, hatte ich mit ihm eine ganze Nacht lang Rat Race gespielt: Die Ratten wurden von Katzen und anderem Gedöns durch ein Labyrinth verfolgt und konnten sich ihrer Verfolger durch das Absondern von kleinen dunklen Kügelchen erwehren, die sie – unserem Verständnis nach – auskackten. Die Kackfunktion konnte per Knopfdruck ausgelöst werden. Wir saßen also die ganze Nacht vor dem Bildschirm und schrien alle paar Sekunden „Scheiß doch!" und „Jetzt abkacken!". Am nächsten Tag spielten wir bis ultimo Frogger, wo man als Frosch einen Fluss überqueren musste, in dem sich Baumstämme befanden. Nach vierundzwanzig Stunden Computerspielen war ich so dulle, dass ich nie wieder Interesse daran finden konnte. Noch Tage danach hatte ich die Begleitmusik zu den jeweiligen Spielen im Kopf.

Aber der Prälla war jetzt anstatt für die Chrissy für dieses blöde Onlinespiel entbrannt und kam morgens mit Ringen unter den Augen zum Dienst. Er führte die Elfe jeden Tag zur Eisdiele aus und bekam von ihr Lektionen in Avatarkunde.

Ich hatte die Hoffnung schon aufgegeben, da ging dem stolzen

Ritter Maik sein Rappen namens Eifersucht durch und galoppierte eine Schneise ins Verkupplungsgestrüpp, durch die ich plötzlich wieder etwas Licht sah.

Eifersucht ist bekanntlich Marterpfahl und brennt so wie beim ersten Mal. Das meint jedenfalls der Klaus Lage in seinem berühmten Lied zu diesem Themenkomplex. Und da muss ich dem Texter einmal gratulieren, denn in diesen Zeilen ist alles enthalten, was man zu einer gesunden Eifersucht braucht.

Das Thema Eifersucht brachte die halbintellektuelle Sado-Maso-Kiste, die ich mit dem Nebenfach-Uwe am Laufen habe, ganz schön zum Rappeln. Ich nenne das Sado-Maso-Kiste, weil ich dem Nebenfach-Uwe immer schon eine reinhauen will, wenn ich ihn nur von weitem sehe, aber trotzdem seit unserer ersten Begegnung an der GH Duisburg einfach nicht von diesem Hirni loskomme. Umgekehrt gilt natürlich dasselbe. Wenn ich jetzt theatralisch veranlagt wäre, würde ich sagen, wir sind einander verfallen. Wir können uns eigentlich nicht leiden und wollen einander ständig unwiderlegbar beweisen, wie blöd der jeweils andere ist. Aber wie in diesen ergebnislosen Kundengesprächen ist ein solcher Beweis aufgrund der verbissenen Sturheit beider Parteien gar nicht zu erbringen, denn keiner von uns beiden würde in Gegenwart des anderen je irgendwas zugeben. Meistens labert der Uwe einen solchen Blödsinn daher, dass wenig Gefahr besteht, ihm beipflichten zu müssen. Er sieht das in Bezug auf meine Person bestimmt genauso, obwohl ich die besseren Argumente habe. Aber Argumente sind ja bekanntlich nur was für Loser.

Ich weiß nicht, ob ihr das aus eigener Erfahrung kennt, dass euch so total bescheuerte Typen irgendwie faszinieren. Nehmt mich als warnendes Beispiel, denn diese Faszination kann einen geradezu süchtig machen. Beim Prälla freue ich mich immer auf seine Spermakopfgeburten, und beim Nebenfach-Uwe lauere ich auf seine Schlaumeiereien, die nicht lange auf sich warten lassen, und stürze mich gierig darauf wie ein ausgehungertes Raubtier. Ich erkläre mir meine Sucht damit, dass ich als harmloser Dieter nie wusste, wie ich mich des allgemeinen Schwachsinns erwehren sollte. Also fing ich eben an, eine Art perverse Liebe zum konkreten Schwachsinn zu entwickeln. Und wenn ich Entzugserscheinungen bekomme, weil mir die Prälla-Dröhnung nicht mehr ausreicht, dann treffe ich mich mit dem Uwe und werde bestens bedient. Wenn ihr so wollt, besorgt er's mir tüchtig. Also jetzt nicht sexmäßig, sondern schwachsinnsmäßig, versteht sich.

Jetzt ist der Nebenfach-Uwe kraft seiner natürlichen Bekloppheit natürlich nicht nur Psychologe, sondern Experte für alles, und hält sich darüber hinaus für einen Schöngeist von Rang. Meist stacheln wir uns erst mal mit allgemeinen Themen auf, zum Beispiel mit seinen Ansichten zu Kunst und Gedöns. Ich gebe dann den kunstfernen Ignoranten, was ihn erwartungsgemäß gleich auf die Palme bringt. Er ist so ein Typ, der in weihevollem Ton die primitivsten Phrasen von sich geben kann, ohne rot zu werden. Er hat in Wirklichkeit genauso wenig Ahnung von Kunst wie ich, bewegt sich aber in der Künstlerszene und sieht aus wie ein Kreativer. Seine Liebe zur Dichtkunst wird partout nicht erwidert, was ihn als echten Krefelder natürlich nicht im mindesten abhält, weiter um sie zu buhlen. Wenn ich die Dichtkunst wäre, würde ich mich vom Uwe gestalkt fühlen und die Polizei einschalten. Der Typ kennt absolut keine Skrupel und sagt zum Beispiel Sachen wie: „Für mich ist nirgends Welt als innen, weißt du?" Und danach fixiert er einen ganz intensiv. Motto: Was habe ich da wieder für eine Sentenz von mir gegeben! Bei den Erstsemesterinnen hätte er mit dieser Masche bestimmt Erfolg, wenn er nur einen Tick weniger impertinent wäre und ihnen nicht sofort mit seiner Visage so nahe käme, dass sie gleich jeden Aknekrater mit Vornamen kennen. Im Prinzip könnte er in seinem Club der vergewaltigten Dichter reihenweise kleine Novizinnen vernaschen. Aber natürlich Pustekuchen!

Bei mir ist er mit seinem Geschwurbel ohnehin an der falschen Adresse. Er weiß das auch, macht es aber trotzdem. Das ist eben unsere Sado-Maso-Kiste. Er bringt mich sofort auf die Palme, wenn er einen Satz mit „für mich" beginnt, um dann ein verhunztes Zitat anzuhängen. Ich brauche das alles gar nicht gelesen zu haben, um zu wissen, dass er immer nur Rilke zitiert. Denn der Rilke war in seiner Eigenschaft als lyrischer Innenausstatter des deutschen Seelenhohlraums ein Ur-Krefelder par excellence. Ich will dem großen Dichter jetzt aber nicht Unrecht tun, denn er war immerhin ein echter Profi und verstand eine Menge von sachgemäßer Gemütsvertäfelung. Der Nebenfach-Uwe ist ja auch nur eine Art fünfter Aufguss vom Rilke, wo das ganze Talent bereits herausgefiltert und nur noch der Sud übrig geblieben ist – also Rilke Beste Bohne und Uwe Kaffeesatz.

„Ich lese gerade wieder Rilke", sagt der Nebenfach-Uwe oft.

„Ist ja ganz was Neues", lautet mein angemessen matter Kommentar.

Dann geht unser Spielchen los. Der Uwe, nicht verlegen, führt den ersten Schlag.

„Ich entdecke Rilke jedesmal wieder neu, weißt du?"

„Ja, das Elend hat viele Gesichter."

„Aber für mich ist das Elend irgendwo ein stiller Glanz von innen."

„Aus innen, du Hirni, aus innen!"

„Wie, aus?"

„Na, aus innen heißt es bei Rilke."

„Nein, das macht keinen Sinn", antwortet der Nebenfach-Uwe im Brustton der Überzeugung. Das macht keinen Sinn! Damit bringt er mich natürlich auf die Palme. Eine Weile lang leugnet er hartnäckig. Motto: Wer ist denn hier der Poet? Daraufhin gerate ich in Rage und beschwere mich lautstark, dass der Hirni nicht mal das bekannteste Rilke-Zitat korrekt wiedergeben kann.

„Lu-pen-rein verhunzt, Uwe! Hundertpro. ‚Armut' heißt es, und ‚aus innen'!"

„Ach, auf einmal heißt es also ‚Armut'! Ich glaube, du musst dich erst mal sammeln."

So geht das dann ein Weilchen weiter. Ich gebe kein Jota nach, bis der Uwe scheinbar einlenkt, nur um sich mit einer tolldreisten Volte am eigenen Schopfe aus dem Sumpf zu ziehen: „Dass du das Zuhören nie lernst, Dieter! Ich habe gesagt, für mich ist Elend ein stiller Glanz von innen. Das ist eben so meine ganz eigene Ansicht über die Poesie des Alltags. Die hat mit Rilke gar nichts zu tun."

„Ich sage nur: Krefeld. Du bist innen total verkrefeldet, und du merkst das nicht mal! Lu-pen-rein verkrefeldet!"

„Was hat denn Krefeld damit zu tun?"

„Krefeld ist ein Firlefanz aus innen, verstehst du?"

„Das ist hundertpro Schwachsinn, Dieter, und das weißt du auch."

„Das weißt du auch" – damit bringt er mich immer vollends in Wallung und ich werde meist ziemlich laut, während er mich mit seinem Du-blockst-noch-Gesicht auflaufen lässt. Aber wie bei einem Tennismatch ist es ein langer Weg zum Sieg und meine Aufgabe besteht im Verlaufe des Abends darin, ihn mit einer Bemerkung so aus der Fassung zu bringen, dass er besagtes Gesicht verliert, was mir bei steigendem Alkoholpegel meist auch gelingt.

„Rilke, Rinser, Riefenstahl", rufe ich dann oft, wenn ich einen gewissen Pegel erreicht habe, und mache eine Geste wie der Porsche-Erwin: „Für misch is dat aal ötsellebe!"

„Das sind ganz verschiedene Baustellen, Dieter, und das weißt du auch."

„Öt-sellebe, Uwe. Hundertpro!"

„Ganz andere Baustelle."

Der Mann bringt mich noch um den Verstand, denke ich jedesmal und nehme mir vor, mich nie mehr mit ihm zu treffen. Aber so ist das nun mal mit Süchtigen: Sie können es einfach nicht lassen.

Mit dem Thema Eifersucht war ich bei dem Nebenfach-Uwe natürlich in besten Händen. Als ich es anlässlich meiner Beziehung zur Susi einmal aufs „Trapez" brachte (wie der Uwe immer sagt) und beiläufig bemerkte, dass ich fast überhaupt keine Eifersucht empfunden hatte, als die Susi mit anderen flirtete, um mich zu demütigen, sagte der Uwe erwartungsgemäß: „Du verdrängst da was, Dieter."

„Und was, bitte schön?"

„Deine Eifersucht", meinte der Nebenfach-Uwe mit vollem Ernst.

Ich nahm den Knochen, den er mir da hingeworfen hatte, nicht auf. Überlegt mal: diese Tautologie! Weil ich nicht reagierte, fing der Uwe an, mir was zu erklären, und dann wird es immer ganz schlimm: „Für mich ist das wie mit einem Haus. Wer keines hat, der baut sich auch keines, verstehst du?"

„Bin ich hier im Baumarkt?"

„Die Eifersucht ist ein Haus, das du nicht gebaut hast."

„Ich wohne zur Miete."

„Ja, eben", versetzte der Uwe, „du lebst in deinem eigenen Seelenhaus zur Miete. Lu-pen-rein vermietet, Dieter. Komm mal nach Hause!"

Das war für mich ein Fest aus innen, wie der Uwe da ratz-fatz sein Fertighaus der verhunzten Gleichnisse baute.

„Was ist das denn wieder für eine Krefelder Rainermariade?", stichelte ich, und er antwortete: „Für mich bist du einer, der lange allein bleiben wird, weil er sich kein Haus gebaut hat. Von innen, verstehst du?"

„Aus innen, bitte!"

„Du hast doch deine Eifersucht ganz tief verkappt", rief er plötzlich so laut, dass ich erschrak. „Ganz tief von innen, Dieter!"

„Aus!"

Und dann glotzte er mich wieder so an, dass ich ihm am liebsten auf der Stelle eine reingehauen hätte. Aber statt mit den Fäusten bereitete ich sorgsam einen verbalen Hieb vom Feinsten vor.

„A propos verkappt. Du bist doch Psychologe, oder?"

„Ich bin Sozialpsychologe", warf er sich in die Brust. Im Grunde war er natürlich nichts, denn er hatte ja nicht mal einen Abschluss und war so ein typischer ewiger Student mit Dauerfaselitis.

„Und du willst mir mit deinem windschiefen Hausvergleich also sagen, dass Eifersucht normal oder sogar wünschenswert sei?"

„Für mich ist Eifersucht Marterpfahl und brennt so wie beim ersten Mal", stellte er zunächst fest. Dann guckte er suchend in die Luft, als würde er spontan etwas dichten: „Also ... für mich ist das wie ... wie ... Feuerpfeile überall ... da stirbt man fast vor Höllenqual ... und das Telefon ... das schweigt wie gefrorenes Holz ...", plagiierte er stolz.

„Ja, ja, du Diether Dehm!"

„Für mich ist Eifersucht aber ein unentbehrlicher Bewohner unseres Seelenhauses."

„Du bist also ein eifersüchtiger Mensch?", fragte ich listig.

„Natürlich", rief er reflexartig, als hätte ein Kunde ihm die Einspritzer-Frage gestellt, „das gehört doch zur Liebe dazu."

„Weißt du, was Sigmund Freud zur Eifersucht schreibt?"

„Ach, Freud ...", hub er nun kraft seines Ranges als weltweit führender Sozialpsychologe zu kommentieren an. Doch gerade als er sich richtig schön aufgeplustert hatte und mit Feldherrngeste über Freud befinden wollte, knallte ich mein As auf den Tisch.

„Freud sagt, Eifersucht ist verkappte Homosexualität. Du bist lu-pen-rein verkappt homosexuell, Uwe!" Ich wusste ja, dass der eifrige Sozialpsychologe nie einen Blick in die Werke Freuds geworfen hatte. Er las nämlich summa summarum nur die Sprüche auf den Literatur-Abreißkalendern, die ihm seine Mutter zu Weihnachten schenkte. Dafür fand ich seine Bildung wiederum ganz beachtlich. Aber nun hatte ich ihn im Sack, denn er machte unwillkürlich ein staunendes Richard-Gere-Gesicht.

„Mach den Mund zu, es zieht", meinte ich trocken. Jetzt hatte ich ihn gleich zweimal überführt, nämlich erstens, nichts von Freud zu wissen, und zweitens, seine Homosexualität zu verkappen. Er tat mir sogar den Gefallen, wie jeder andere Trottel zu reagieren und ohne nachzudenken „Das ist ja totaler Schwachsinn!" zu rufen, obwohl der Freud das in Wirklichkeit prima beobachtet hatte, denn die Homoverkappung bei der Eifersucht ist ja offensichtlich. Ich verschwieg ihm selbstverständlich, dass der Freud aufgrund meiner Eifersuchtsfehlanzeige eher mich als den Uwe auf die Couch gelegt hätte, denn in unserer Sado-Maso-Kiste ging es ja nur ums Rechthaben, und dabei war eben jedes Mittel recht. Ich war also vollkommen zufrieden damit, dass dem Uwe der Angstschweiß auf der Stirn stand, weil er einmal mehr befürchtete, ich hätte ihn als Homo entlarvt.

Es ist immer wieder lustig zu beobachten, wie liberal sich alle geben und sagen: „Homo? Na und?" Aber wenn man sie einfach aus purem Schabernack der verkappten Homosexualität verdächtigt, springen sie alle im Dreieck und/oder gehen auf die Barrikaden. Der Uwe war auch so einer, nach dem Motto: Einige meiner besten Freunde sind Homos. Also verkappt schwulenfeindlich, weil selber verkappt schwul – ein doppelt verkappter Typ eben. Und weil er ein latenter Schwulenfeind war, hatte er mir in der Vergangenheit seinerseits immer unterstellt, ein latenter Homo zu sein, sogar der latenteste überhaupt. Aber ich hatte das im Gegensatz zum Uwe gar nicht ausgeschlossen und war mit einer Prachttunte namens „Jürjen" mutig in den Praxistest gegangen. Der Test endete jedoch im Fiasko, weil ich schon beim ersten Kuss kotzen musste.

Ich hätte im Grunde überhaupt nichts dagegen, schwul zu sein. Es gab in meiner Sturm-und-Drang-Periode der schwellenden Triebe sogar Momente, da hätte ich was darum gegeben. Denn außer dass sie diskriminiert werden, haben es die Homosexuellen viel leichter, mal unbeschwert zum Schuss zu kommen. Die müssen sich nämlich nicht mit diesen weiblichen Prinzessbohnen und ihrem ewigen „Erobere mich!" herumschlagen. Aber vielleicht verkläre ich jetzt das Schwulsein ein bisschen, weil ich es als Hete im Flachlegebereich kaum über einen Mängelwesenstatus hinausgebracht habe. Jedenfalls konnte man den Uwe mit dem Schwulenverdacht immer aus der Fassung bringen, denn er verdächtigte sich schließlich selber so ganz still aus innen.

Nun setzte ich es dem vorübergehend Sprachlosen haarklein auseinander, dass sich notorische Eifersuchtstaranteln hauptsächlich mit den Eigenschaften derjenigen Personen beschäftigen, die Anlass ihrer Eifersucht sind. Motto: Du findest den wohl attraktiv, was? Findest du wohl toll, solche Typen, die Gedichte aufsagen, was? Hä? Wie? Und die so ein sensibles Gesichtchen machen und so zarte Lippen haben? Hä? Was? Wie? Komm schon! Solche schönen Jungs machen dich doch an, so Bubis mit glatter Haut und straffen Schenkeln …

Usw.

„Lu-pen-rein verkappt, Uwe", lautete daher mein Fazit. Der Uwe schnappte immer noch nach Luft und stammelte nur mehrmals „Freud … ach der Freud …"

Ich wusste schon, was er sagen wollte, ließ ihn aber zappeln, denn ich bin als Halbwiener Blut schon aus Lokalpatriotismus ziemlich für den Freud eingenommen. Ich hatte sogar während meines Studiums die Chuzpe besessen, ein paar seiner Bücher so richtig von vorne bis hinten durchzulesen, und damit die Kommilitonen in blankes Erstaunen versetzt. Die meisten Studenten lasen, wenn überhaupt, ja nur Tertiärliteratur und stöhnten zu Semesterbeginn beim Anblick der Literaturliste fürs Seminar immer wie die I-Dötze bei einer Strafarbeit. Motto: Müssen wir das etwa alles lesen? Menno – wir wollen studieren, nicht lesen! Da hatte ich dann ratzfatz meinen Nimbus als „Freudianer" und Experte weg. Freudianer wurden aber zu meiner Zeit wie überführte Sittenstrolche behandelt. Die Freud'sche Theorie war für weibliche „Studis" ungefähr das Gleiche, was heute die Kinderpornographie für die Ursula von der Leyen ist, nämlich ein Sumpf, den es trockenzulegen gilt. Denn der Freud, der dachte immer nur an Sex!

Der Maik dachte auch immer nur an Sex, und zwar nicht nur an seinen eigenen, sondern vor allem an Chrissys möglichen Fremdsex mit anderen Männern. Da er mit seiner Eifersucht immer mehr über die Stränge schlug, wurde Chrissys Ausschnitt zum Verdruss der spermatösen Verkäuferrotte immer kleiner, bis sie ganz seltsame Rüschenkrägen trug, die ich in Anlehnung an den Begriff „Vatermörder" als „Muttermörder" bezeichnete. Quo vadis schöne Aussicht, stand in den Würz- und Schmidtkegesichtern geschrieben. Immerhin hatte die Chrissy eine Art Restwürdensimulationsprogramm in ihrer Software, das ihr die Tyrannei ihres Freundes etwas erträglicher machte. Motto: Ich lasse mich von Schatzi doch nicht tyrannisieren! Schließlich bin ich eine moderne Frau und stehe im Fährkauf meinen Mann. Ich überlegte, ob man diese Restwürdensimulation zum Verkuppeln nutzen konnte, denn es wurde höchste Zeit, dass mir etwas einfiel, damit die Chrissy und der Juniorchef nicht gänzlich im Frotzelsumpf versanken.

„Ed von Schleck?", rief der Prälla immer durchs ganze Haus, wenn er sie wieder mal auf ein Eis einlud.

„Ed von Schleck, meint er", antwortete sie dann auf Prällasch, was ins Deutsche übersetzt „ich komme" hieß.

Der Grad der Intimität, den ihre Frotzelfreundschaft inzwischen erreicht hatte, machte mich schaudern. Die Chrissy erkannte bereits jedes Spermium aus Prällas Lieblingsporno „Die Dreilochstuten vom Ponyhof" an der Geißelkrümmung und er wusste genau, auf welche Art die Chrissy im Real Life von Schatzi am liebsten durchgenommen wurde. Beider Entsexualisierung hatte bereits jenen Punkt erreicht, wo man sich die größten Aufgeilgeschichten erzählte, ohne einander aufzugeilen. Sie hatten sich der Sexualität bereits so sehr entkleidet, dass sie entkleidet bestimmt aussahen wie Barbie und Ken. Geschlechtsteile Fehlanzeige. Null. Komplett.

In meiner Verzweiflung erwog ich sogar, mittels Internet-Flirt-Gedöns schnell eine Ersatzfrau für den Prälla zu angeln. Aber beim Internetangeln hatten wir bereits vor ein paar Jahren statt dicker Fische nur alte Schuhe an Land gezogen, könnte man metaphorisch sagen. Ich war damals für den Prälla in die Bresche gesprungen und hatte ihn in allen möglichen Flirtportalen angemeldet. Gleich zu Anfang wäre das Unternehmen schon fast am vergeblichen Versuch gescheitert, das im Ruhezustand sehr ansehnliche Prällagesicht so zu fotografieren, dass man nicht sofort den Knallkopf erkannte. „Lächle doch mal", rief ich und er machte daraufhin sein Meint-er-Gesicht. Es war zum Mäusemelken. Später versuchte ich, ihn statt freundlich lächelnd männlich entschlossen aussehen zu lassen, aber er schaute so grimmig drein wie der Spinator und schimmerte grünlich. Zum Weglaufen, kann ich euch sagen. Aus lauter Not stellte ich einen Schnappschuss von ihm ins Netz, wo man seinen Kopf im Profil sah und nicht so gut erkennen konnte.

In der Folgezeit fungierte ich als Internet-Cyrano und füllte die ganzen depperten Anbahnungsfragen des Flirtprofils aus, weil der Prälla wahrscheinlich überall nur „meint er" hingeschrieben hätte. Aber die vielen humorvollen und spontanen Frauen, die sich auf solchen Seiten herumtrieben, wären mit ihren Kalendersprüchen wie „Lebe deinen Traum" eher das Richtige für den Nebenfach-Uwe gewesen, der beim ersten Date gesagt hätte: „Weißt du, für mich sollte man nicht sein Leben träumen, sondern seinen Traum leben." Und weiter: „Für mich ist ein Tag ohne Lächeln irgendwo ein verlorener Tag." Die Frauen hätten ihm bestimmt zu Füßen gelegen, denn er hatte genau den richtigen Dalai-Lama-Ton drauf, mit dem man solchen Galimathias zur Weltweisheit aufpimpt. Aber die humorvollen Frauen hätten wohl spontan die Flucht ergriffen, wenn er ihnen mit seinem kraterigen Mondgesicht zu nahe gekommen wäre und ihnen dabei den Odem seines letzten Cevapcici in die Nüstern geblasen hätte, welches im Magen der Wiedergeburt als Pantschen-Lama harrte, wenn ihr versteht, was ich meine.

Der Nebenfach-Uwe war und ist nämlich summa summarum bei den Frauen ein noch größerer Chancentod als der Prälla, denn er übertreibt immer maßlos. Darauf hatte ich ihn in lauterster Absicht auch mal hingewiesen, denn das konnte ich so gesamtmenschlich nicht mitansehen, wie der Uwe trotz seiner fast genialen Kalendersprucheröffnung beim schöneren Geschlecht am Ende immer in seine eigenen Krater stürzte. Aufgrund unserer Sado-Maso-Kiste verstand er aber nicht, dass ich kurzzeitig aus dieser Kiste rausgesprungen war, und interpretierte meinen Hinweis als Aufschlag in unserem alten Ping-Pong-Spiel.

„Nein, Dieter, das macht keinen Sinn", quittierte er meine

menschliche Anteilnahme. Das macht keinen Sinn! Damit brachte er mich natürlich auf die Palme.

Als Resultat rückte er den Frauen bei seinen folgenden Flirtversuchen noch enger auf die Pelle, so dass die Auserwählten mit einem stillen Schrei aus innen rasch das Weite suchten, bevor es überhaupt zur Absonderung eines Dalai-Lama-Spruches kommen konnte. Der Uwe dachte mit Blick auf unsere Kiste natürlich vollkommen logisch, wenn er kombinierte, dass der Weg, von dem ich ihm abriet, in Wirklichkeit die Via Regia in den Schoß der Frauen sein musste, denen er dann pferdestehlend was flüstern konnte. Er kombinierte weiter, dass er die erforderlichen Impertinenzmaßnahmen nur zu verstärken brauchte, um endlich mal seinen Rainer in der Maria zu versenken. Aber natürlich Pustekuchen!

Im Prinzip dachte er dabei vollkommen richtig, denn ich hatte mit derselben Denke ja damals meine Freundin Susi abgegriffen, und wir passten zusammen wie die rechte Denke zur linken Schreibe, also quasi wie eine liberale Wochenzeitschrift mit Altbundeskanzler als Herausgeber. Der Nebenfach-Uwe hatte mir nämlich an dem Abend, als wir beide zur Geburtstagsfete der Nele gingen, gesagt: „Mit diesem Outfit machst du keinen Stich." Seinen Baustellen-Satz könnt ihr euch bestimmt inzwischen dazudenken: „Die Fete ist ganz andere Baustelle. Mit Anzug und Krawatte, das macht da gar keinen Sinn, Dieter. Das weißt du auch."

Das macht keinen Sinn! Das weißt du auch! Damit brachte er mich natürlich auf die Palme und ich kombinierte messerscharf, dass ich mit meiner Dienstkleidung bestimmt Furore bei den weiblichen Gästen machen würde. Ich kam ja damals direkt aus der Vermögensverwaltung und hatte keine Zeit gehabt, meine obligatorische Langweilerkluft anzuziehen, die aus der total verrückten Kombination von Polohemd und Bluejeans bestand. Ich hatte genau richtig kombiniert, denn die Susi hielt mich beim Kennenlernen aufgrund meines Anzugs prompt für den einzigen Erfolgsmenschen unter all den erloschenen Künstlertypen. Diesen Erfolg hatte ich nur dem alten Uwe-Dieter-Spiel zu verdanken gehabt. Aus Sicht des Nebenfach-Uwe war mein menschlich aufrichtiger Hinweis also nachvollziehbar ganz falsche Baustelle gewesen.

Das Internet war nun wiederum für den Prälla ganz falsche Baustelle, wie ich nach etlichen vergeblichen Versuchen resigniert feststellen musste. Ich habe für ihn meine Phrasendreschmaschine auf Hochtouren laufen lassen, damit er mal bei einer dieser Pferdestehlerinnen aufsatteln konnte. Aber Pustekuchen! Wenn es zum Date kam, war immer Hängen im Schacht. Ich bekam für ihn ohnehin wegen seines Riesenwuchses immer nur so Zwei-Meter-Zossen vor die Flinte, die eine Schulter zum Anlehnen suchten und auch mal zu einem Mann aufschauen wollten. Eine sah zum Beispiel aus wie eine Elchkuh und trabte x-beinig auf den Sitzriesen Prälla zu, der mit einer Boxster-Beschleunigung von 5,9 Sekunden flüchtete, bevor sie an seinem Tisch angelangt war. Denn merke: Obwohl sie alle schreiben, dass Ehrlichkeit und Offenheit „definitive Essentials" sind, wird in Flirtportalen geflunkert, dass sich die Upload-Balken biegen. Die grassierende Flunkerei hat zur Folge, dass zum Beispiel ein elchgesichtiges altes Klappergestell mit Gardemaß als flotte Jungbiene durchs Portal surrt, weil deren Flirtprofil von einer fünfzehn Jahre jüngeren Freundin und Bürokollegin angelegt worden ist. Die hat auch gleich ihr eigenes Foto statt des Elchtierbildes ins Netz gestellt, um dem alten Klepper den Antrittsgalopp auf der Pferdestehlrennbahn ein bisschen zu erleichtern. Dass diese „Freundin" in Wirklichkeit mit ihren Frotzelkollegen im Büro eine Wette laufen hat, dass die Elchkuh auch dann keinen Bullen findet, wenn sie sich „Deckhengst", „Rammbock" und „Sledgehammer" als frisch gestriegelte Jungstute anbietet, ahnt sie nicht einmal im Traum.

So etwas muss man aber unbedingt bedenken, wenn man per Internet herumflirtet. Der Prälla wäre ja gar nicht in der Lage gewesen, auch nur ein bisschen von dem Bild, das die Damen präsentierten, auf das viel mattere Original zu schließen. Und obwohl ich bei jedem Frauenprofil im Geiste schon kohleske Stirnfalten mitsamt tappertösen Tränensäcken hinzudachte, stolperten wir beide trotzdem meist in die Elchfalle.

Ich saß bei den von mir eingefädelten Dates stets unauffällig am Nebentisch, und wenn endlich mal eine erschien, die soviel Silikon intus hatte, dass der Prälla seine Angel ausfuhr, vermasselte dieser Simpel alles, indem er frotzelnd zu mir herüberblinzelte. Motto: Ey, Weiler, guck dir mal die Möpse von der Alten an!

Die „Alte" bemerkte das natürlich sofort und fragte irritiert: „Flirtest du gerade mit einem Kerl herum?"

„Ey, nee ..." Aber dabei wurde er rot wie eine Tomate und das Silikonhirn kombinierte sich eine schwere bisexuelle Verunstaltung des Datepartners zurecht.

„Das ist ohne Worte", rief sie und traf damit den Nagel auf den Kopf, denn der Prälla bekam tatsächlich kein Wort mehr heraus.

„Offenheit und Ehrlichkeit sind für mich definitive Essentials!"

Der Prälla verstand nur noch Bahnhof, während ich mich kopfschüttelnd über mein Bierglas beugte und ins unvermeidliche Desaster schickte.

„Das ist hier ja wohl die ultimative Verarsche", rief die Silikonbraut im No-Go-Modus, um definitiv das Spielfeld zu verlassen.

„Ey, Weiler, ey, ich hab gar nix gemacht ...", stammelte das Rindvieh zu mir herüber und hob ratlos seine Arme. Aber ich schaute noch tiefer ins Glas und sagte nur: „Nix gemacht, meint er." Das Internet-Flirten hatte jedenfalls definitiv keinen ultimativen Sinn gemacht.

Ich musste dann aber doch nicht zurück ins Internet, denn zum Glück war der Maik nicht nur eifersüchtig, sondern manchmal auch auf Montage. Er musste seine Sachen packen und ein, zwei Wochen verreisen, um in Dubai beim Hochziehen eines neuen Prachtbaus mitzuwirken. Dort war er von seiner Schnecke ein bisschen abgelenkt, weil er sich bestimmt mit anderem Weichgetier nach Feierabend eine Abwechslung vom heimischen Sex-Einheitsbrei verschaffte. Als er also auf Montage ging, witterte ich Morgenluft und sagte zum Prälla: „Mach doch mal Remmidemmi!" Aber auf diesem Ohr war er durch Erwins Tabledance-Konditionierung wohl ein wenig schwerhörig geworden. Also musste ich konkreter werden und startete die DEG-Offensive.

Die Düsseldorfer EG heißt ja inzwischen „DEG Metro Stars", weil deren Mitgliedschaft ausschließlich aus metrosexuellen Emos besteht, die mit Wattebäuschen werfen. Kleiner Scherz. Für alle Glücklichen, die nicht aus dem sympathisch beknackten Rheinland stammen, sei erläutert, dass Eishockey in diesen Breiten vor allem deshalb einen so hohen Stellenwert hat, weil es die mit Abstand beknackteste Mannschaftssportart der Welt ist. Wenn man an den Wochenenden in den Zügen der Regionalbahn reist, wird man meist von marodierenden Eishockeyfans eingekeilt, die in voller Trikotage die Züge verstopfen und „Deeh-Eeh-Geeh!" grölen. Der Prälla war mit seinen Masch'bauer-Kumpels fast jede Woche im Stadion und schaute den kastenförmigen Gestalten bei der Massenkarambolage zu. Vom Puck sieht man ohnehin nichts, weil der viel zu klein ist und mit irrwitziger Geschwindigkeit über die Eisfläche saust. Also konzentriert sich der typische Eishockeyfan auf das Wesentliche und lauert auf eine Massenkeilerei auf dem Eis, die meist nicht lange auf sich warten lässt. Bei den Spielern kommt natürlich immer Frust auf, weil sie dem kleinen Muck von Puck in Astronautenanzügen hinterherrutschen und sich jede Woche komplett zum Affen machen müssen. Die Spieler sehen ja aus wie überdimensionierte Zweijährige in unförmigen Daunenanzügen, die sich heulend alle nasenlang auf den Hosenboden setzen.

Um den Infantilismus auf die Spitze zu treiben, gibt man sich in der Branche Tiernamen wie zum Beispiel Eisbären Berlin und Kassel Huskies. Aber dann wird es schon knifflig mit den Tierarten, die zu einer solchen Sportart passen könnten. Es gibt zum Beispiel keine Solinger Seeleoparden oder Wolfsburger Walrosse, keine Braunschweiger Belugas oder Osnabrücker Orcas. Stattdessen wimmelt es in der Eishockeyliga von Tieren, die in Arktis und/oder Antarktis gar nichts zu suchen haben. Kölner Haie könnte man noch durchgehen lassen, weil die ja immerhin im nassen Element zu Hause sind. Aber was sollen Frankfurt Lions, Augsburger Panther, Straubing Tigers, Hannover Scorpions und (Gipfel der Einfallslosigkeit) Duisburger Füchse auf einer Eisfläche? Die Spinnerstadt Nummer eins wandelt hingegen erstaunlicherweise auf geographisch richtigen Pfaden, nennt ihre Mannschaft Krefeld Pinguine und bekommt einen Kuschelbonus der Extraklasse. Weil sich aus Mitleid niemand traut, die watschelnden Tollpatsche anzugreifen, haben es die Krefelder immerhin ins Mittelfeld der Tabelle und in die Herzen der Zuschauer geschafft. Am elegantesten ziehen sich indes die Sinupret Ice Tigers aus der Affäre, denn mit diesem vollkommen absurden Oxymoron verwirren sie seit Jahren die gesamte Liga und stehen heuer auf dem fünften Tabellenplatz.

Woher ich das alles weiß? Weil Eishockey eines der ganz wenigen Themenfelder war, die der Prälla täglich mit seinem geistigen Unrat düngte. Ihr könnt euch ja bestimmt prima vorstellen, dass der beknackte Prälla zu dieser beknackten Sportart genauso perfekt passte wie der beknackte Guido Westerwelle zur beknackten FDP.

Für meinen Verkupplungsversuch traf es sich besonders gut, dass die Chrissy mit dem Maik ebenfalls oft zur DEG pilgerte und sich bestens in diesen Gefilden auskannte. Wenn der Prälla und sie nicht über Schatzi, Tabasco oder Onlinespiele redeten, quasselten sie ausdauernd über die DEG und deren Metro Stars:

„Ey, Prälla, hast du schon mitbekommen? Der Jamie Storr beendet seine Karriere."

„Der Arsch, ey, dann muss ich mein Trikot ändern lassen!"

„Persönliche Gründe sind ausschlaggebend, hat er gesagt."

„Persönliche Gründe, meint er", frotzelte der Prälla vielsagend und lachte fett. Die Chrissy tat es ihm gleich. Sie imitierte ihn inzwischen so gut wie ein Echo in der Eiger-Nordwand.

Aber trotz dieses gemeinsamen Interesses war der Prälla noch nie auf den Gedanken gekommen, die Chrissy ins Eishockeystadion auszuführen, und die Chrissy hatte sich wegen dem Maik ja niemals getraut, selber zu fragen. Das war für den Prälla natürlich so ein Männerding, das Eishockey. Da hatte er immer seine Maschbauer im Schlepptau und machte Remmidemmi. Frauen schienen dabei fehl am Platze zu sein. Aber das musste sich nun einmal ändern, denn jetzt machte ich Nägel mit Köpfen und konnte auf dieses Männerdings keine Rücksicht mehr nehmen. Der Zufall wollte es nämlich, dass an dem ersten Wochenende, das der Maik auf Montage in Dubai verbrachte, ein Spiel der DEG gegen die Kölner Haie stattfand und es dabei erwartungsgemäß zu Keilereien gigantischen Ausmaßes kommen würde. Ich setzte alles auf den Beschützerinstinkt und malte mir aus, wie der Prälla sich im Tumult über die Chrissy beugte und sie wohlbehalten heimführte. Es musste doch mit dem Teufel zugehen, wenn da nicht endlich mal ein Fünkchen überspringen sollte!

Zwei Hindernisse mussten allerdings auf dem Weg zum Glück aus selbigem geräumt werden. Zum einen musste man die Maschbauer-Kumpels irgendwie neutralisieren, denn mit denen zusammen im Pulk wäre es Pustekuchen mit Petting zum Puck. Diese Christians, Marios, Torstens waren im Grunde nichts anderes als kleine und fiese Ausgaben vom Prälla. Ich kannte diese Gestalten ja auch seit meiner Schulzeit und ging ihnen möglichst aus dem Weg. Im Gegensatz zu denen blieb der Prälla trotz seines Spermahirns immerhin irgendwie ein Knuffi. Er war im Grunde friedfertig, ließ sich aber von seinen Kumpels oft zu Rangeleien im Stadion hinreißen: Die Masch'bauer provozierten erst die gegnerischen Fans und versteckten sich dann hinter ihm. Mit diesem Prällbock konnten sie es ja machen.

So sehr ich auch darüber nachgrübelte: Mir fiel keine Möglichkeit ein, die Masch'bauer davon abzuhalten, in das DEG-Haie-Spiel zu gehen. Und dass der Prälla einfach so tat, als ob er nicht hinginge, um sich dann heimlich mit der Chrissy doch hineinzuschleichen, wäre zu riskant gewesen. Denn man erkannte ihn ja selbst im Stadion aus hundert Metern Entfernung. Also blieb nur die Flucht nach vorn. Er sollte den Masch'bauern klipp und klar sagen, dass er eine Frau am Start hätte und zwecks Anbaggerei ohne seine Kumpels bleiben wollte. Natürlich hätten sie dann alle anerkennend gepfiffen und versprochen, sich fernzuhalten. Aber wie ich diese Typen kannte, konnten sie sich am Ende nicht zurückhalten, den Turteltauben frotzelnd auf die Pelle zu rücken.

Ein weiteres Hindernis war Prällas Aufzug. Der Knallkopf kleidete sich nämlich immer von Kopf bis Fuß mit einer gigantischen Torwartkluft ein. Die Unkundigen unter euch machen sich vielleicht keine Vorstellung davon, wie verboten ein Eishockeytorwart in voller Montur aussieht. Denkt einfach mal an solche Combos wie Lordi, die Eurovision-Contest-Gewinner von 2006, und dann stellt euch deren Hackfressen unter Helmen mit Schutzgittern vor: So ungefähr sehen Eishockeytorhüter aus. Jetzt aber der Prälla erst! Sein Mummenschanz war eine Sonderanfertigung in Sondergröße. Wenn er den ganzen Krempel nach einer Stunde Gefuhrwerke endlich anhatte, sah er absolut furchterregend aus – und ich meine das nicht im Sinne von „dämlich", sondern wortwörtlich. Wenn man ihn damit herumstapfen sah, kam man sich vor wie ein Sündenpuck im Angesicht des Höllentorhüters. Um allem die Krone aufzusetzen, besaß der Prälla auch noch eine weiße Gesichtsmaske wie dieser Myers aus dem Film „Halloween". Die trägt man zwar ganz selbstverständlich in der Hockey-Modewelt, aber stellt euch nur einen Moment lang diesen quaderförmigen Riesen vor, der in seiner Rüstung noch viel breiter aussah als ohnehin schon – und dann mit dieser Maske auf! Der Leibhaftige war ein Furz dagegen, das könnt ihr mir glauben. Der Prälla wankte nach dem Spiel in dieser Maskerade durch die Straßen, gab seine DEG-Urlaute von sich und alles floh in Panik vom Bürgersteig auf die andere Straßenseite. Er passte mit seinem Outfit natürlich nicht ins Auto und quetschte sich daher mit seinen ebenfalls von Kopf bis Fuß kostümierten Horrorkumpels immer in die Regionalbahn.

Als ich mich noch im Internet für ihn umschaute, stieß ich eines Tages mal auf eine Flirtfrau, die begeisterte DEG-Anhängerin war. Ich ließ mir vom Prälla das ganze Eishockeylatein erklären und gab es dann der Frau chattend weiter. Sie biss an. Alles passte: Sie war ungefähr genauso hohl im Kopf wie er und sah, wie wir wenig später feststellten, in der Realität sogar besser aus als auf dem Foto. Also machte ich für den Prälla ein Treffen vor dem Stadion klar. Um die Anbahnung zu überwachen, begleitete ich ihn unauffällig in die Eishockeyarena. Schon damals war es unmöglich, die Masch'bauer loszuwerden. Bereits die Zugfahrt mit ihnen war eine schwere Prüfung für mein Nervenkostüm, obwohl ich mir Watte in die Ohren gestopft hatte. Das Gegrunze vom Prälla war wirklich jenseits des Erträglichen gewesen und die anderen Brüllaffen stimmten jedesmal in den DEG-Grunzkanon ein. Die Schaffner störte das nicht, sie klopften Prälla und Konsorten freundlich auf die Schulter und wünschten viel Erfolg. Dabei saßen alle Fahrgäste wie verängstigte Kaninchen auf ihren Plätzen und eine ältere Dame, die kurz vorm Kollaps stand, fragte schüchtern, ob „der Herr Wärter" die jungen Leute nicht ein bisschen zur Mäßigung aufrufen könne. Der Zugbegleiter ermahnte daraufhin ihren Teenager-Sitznachbarn streng, gefälligst die Füße vom Sitz zu nehmen. Ich schimmerte schon grünlich vor lauter Scham und ärgerte mich, dass ich vollkommen unterschätzt hatte, wie sehr der Prälla im DEG-Rausch aufdrehen würde.

Es kam alles, wie es kommen musste: Die Flirtfrau stand vor dem Stadion, und als sie die Büffelherde mitsamt Torwart-Prälla auf sich zustampfen sah, stand ihr die Vollkrise im Gesicht. Nach ein paar Schrecksekunden riss sie sich aber zusammen und beantwortete das Gegröle mit einem kläglichen DEG-Ruf. Der Prälla trampelte voller Freude auf sie zu, verlor vor lauter Aufregung das Gleichgewicht und schlug unter schallendem Masch'bauer-Gelächter der Länge nach aufs Pflaster. Das gab eine Staubwolke wie beim Zusammenbruch der Twin Towers und war natürlich ein Date-Auftakt, wie man ihn sich in seinen schlimmsten Träumen nicht ausmalen konnte. „Ist dir was passiert?", fragte ich schockiert, während ich vergeblich versuchte, ihn hochzuhieven. „Nee, nix", meinte der Prälla. Er war ja optimal gepolstert. Als er endlich wieder auf seinen Beinen stand und ich ihn so ein bisschen abklopfte, war die Flirtfrau schon vom Masch'bauer-Pulk in die Arena entführt worden. Im Verlaufe des Spiels kam der Prälla einfach nicht mehr an sie heran, weil sie von den Masch'bauern vollständig absorbiert wurde. Sie füllten sie ab und ließen sie hochleben, aber ob einer von denen bei ihr hinterher auch nur bis zum Vorspiel gelangte, wissen die Götter. Wahrscheinlich wieder Pustekuchen.

Jedenfalls war das ein Desaster der höchsten Kategorie gewesen, und deswegen hatte ich auch Bedenken, den Prälla wieder aufs Hockey-Glatteis zu führen. Aber man musste die Chancen nutzen, wie sie kamen, und deshalb brachte ich den Knallkopf bei einer günstigen Gelegenheit dazu, über meinen Vorschlag nachzudenken.

„Ed-von-Schleck-Stadion Düsseldorf?", fragte er die Chrissy wenig später, als beide wieder mal vorm Wabsy saßen.

„Ed-von-Schleck-Stadion, meint er", antwortete sie und nickte begeistert. Ihr Frotzeldiskurs wuchs sich allmählich zu einer veritablen Geheimsprache aus.

„DEG-Haie. Sonntag. ISS-Dome?"

„Geht klar."

Die Sache war geritzt und die Chrissy bestimmt froh, dass sie mal ausgehen durfte, ohne von Schatzi drangsaliert zu werden. Von Schatzi wurde sie dann auch nicht drangsaliert.

Um die Kontrolle zu behalten, überwand ich mich zum zweiten Mal in meinem Leben, ins Eishockeystadion zu gehen. Denn irgendwer musste die Masch'bauer ja ablenken, damit sie die schöne Ed-von-Schleck-Anbahnung nicht bereits nach fünf Minuten mit ihrer Anwesenheit zerstörten.

Ich gab also vor, auf einmal mein Herz für die Metro Stars Düsseldorf entdeckt zu haben, und verabredete mich mit den Masch'bauern, die nicht übel staunten. „Ey, Weiler, wat is denn mit dir auf einmal los?", meinte der Christian oder Torsten oder Mario, als ich am Telefon fragte, ob ich mich ihnen anschließen dürfe. „Na klar, Weiler, et is nie zu spät für die DEG", tönte es am anderen Ende der Leitung. So wie ich diese Typen kannte, heckten die bis Sonntag bestimmt irgendwas aus, um mich in die Pfanne zu hauen. Aber das musste ich nun mal riskieren. Solange sie mich auf dem Kieker hätten, würden sie die beiden von Schlecks in Frieden lassen.

Meine Nächstenliebe hätte für dieses Selbstmordkommando nicht ausgereicht, es mussten schon eine Sinnkrise und vor allem meine verbissene Rechthaberei dem Nebenfach-Uwe gegenüber hinzukommen. Denn je öfter wir beieinandersaßen und die Imbezillitätskontroverse zelebrierten, desto größer wurde mein Ehrgeiz, zu beweisen, dass der Prälla sehr wohl „dat Zeusch" hatte. Da ich wie der Freud angeblich die Sexualität überbetonte, dachte ich mir, dass man einen Durchzug im Oberstübchen am besten herbeiführen konnte, indem man das Untergeschoss mal ordentlich von allem Spermakrempel befreite, der sich über die Jahre dort angesammelt hatte. Ich vermutete, dass der Prälla bestimmt einen klareren Kopf bekäme, wenn er sich rohrverlegend mal richtig austobte. Aber natürlich Pustekuchen!

Jedenfalls stürzte ich mich todesmutig ins Masch'bauergetümmel. Das waren im Grunde gar keine eigenständigen Individuen, sondern eher Teile einer großen Gesamt-Hydra. Schlug man zum Beispiel dem Christian den Kopf ab, wuchs an derselben Stelle sofort eine Torstenbirne. Sie alle verschwammen vor meinem Auge immer zu einem einzigen Frotzelklumpen, aus dem besagte Hydraköpfe herausragten, die alle durcheinander johlten und grölten. Das Masch'bauer-Ungetüm wälzte sich in einer riesigen Staubwolke aus geistigem Unrat über die Fläche und hinterließ nichts als verbrannte Erde. Mit einem seiner vielen Tentakel packte sich das Ungetüm manchmal jemanden aus der Menge. Wenn es eine Frau war, untersuchte es, ob es zu einem seiner Köpfe passte; wenn es ein Mann war, drehte und wendete es ihn, bis er in seinen Frotzelkörper passte – oder warf ihn wieder von sich.

Zu meiner Schulzeit nannte sich die Hydra etwas umständlich „Mario-Chris-und-Torsten-Gang". Damals war das Ungetüm noch klein, aber schon genauso gefräßig gewesen wie heute. Beim Kampf gegen den Prälla überhob es sich allerdings, da er für sie mehr als eine Nummer zu groß war. Also machten sie ihn sich zum Kumpel und absorbierten ihn auf diese Weise fast vollständig. Das war übrigens entwicklungspsychologisch gesehen auch ein Grund für seine Imbezillität, dass er sich von klein auf immer mit den größten Vollidioten umgeben hatte. Ich hingegen war für das Ungetüm ein zu kleiner Fisch und taugte nur zum Gequältwerden. Doch da war Gott sei Dank der Prälla vor, der mich beschützte, seit ich ihm damals mal eins auf die Glocke gegeben hatte. Aber mit meiner Zähmung des einstigen Terror-I-Dötzchens kamen die Hydra-Diadochen erst richtig zum Zuge und festigten ihre Macht bis zum Abitur.

Ihr dürft bei meinen Schilderungen nie vergessen, dass das alles keine Jungs aus der Gosse waren, sondern Söhne aus „gutem Hause", wie man so sagt. Ich kam als Einziger aus eher mickrigen Verhältnissen. Die anderen hatten alle solche Zaster-Eltern wie den Porsche-Erwin und waren stets mit allem ausgestattet, was man als Angeberjunge so brauchte: vom Bonanzarad über die 80er-Maschine bis zum Cabriolet. Nur ich fuhr immer mit der Straßenbahn zum Gymnasium nach Düsseldorf.

Die meisten meiner Schulkameraden stammten aus Oberkassel oder Kaiserswerth, also oberes Segment. Ich war nur deshalb auf dieser Schule gelandet, weil irgendein Grundschullehrer meinen Eltern eingeredet hatte, ich sei zu begabt, um in einem Duisburger Gymnasium zu versauern. „Das Umfeld", menetekelte er meiner Mutter ins Gesicht, „das schädliche Umfeld!" Da glaubten meine Eltern einen Moment lang, sie hätten einen kleinen Einstein zum

Sohn, weil ich im Keller erfolglos am Baukasten herumfriemelte, und schon landete ich auf einer „besseren" Schule, wo aber summa summarum auch bloß Gipsköpfe ihr Unwesen trieben. Der Heiner Pfropf, ein hochbegabter Überflieger aus meiner Klasse, war da eine der wenigen Ausnahmen gewesen. Die Chris-Mario-Torsten-Gang gelangte jedenfalls durch die Protektion ihrer reichen Eltern zum Abitur und studierte danach geschlossen Maschinenbau, um später im elterlichen Betrieb zu wissen, wo der Hammer hing.

Das waren also Prällas Kumpels, mit denen zusammen er auch den Wehrdienst absolvierte, während ich mir als Zivildienstleistender meine Sporen beim Urinkellnern verdiente. Ein paar von den Typen hatten sich sogar auf vier Jahre verpflichtet, was der Prälla auch unbedingt wollte. Aber den haben sie nicht gelassen – keine Ahnung, warum. Zu groß? Zu intelligent? Man weiß es nicht. Beim Bund bewegten sich seine ehemaligen Schulkameraden dann in merkwürdigen „Elite"-Zirkeln, bestehend aus Uffzen, StUffzen, Offizieren und ähnlich strammen Mäxen, die die Erneuerung Deutschlands aus dem Geiste der rassischen Volksgesundung planten. Im Studium traten sie dann schlagenden Verbindungen bei. Der Prälla hätte kraft seines Hirnitums natürlich gerne dabei mitgemischt, aber sein Vater hatte ihm das mit dem Hinweis aufs Erbe schlichtweg verboten: „Solschen Natzis ziehe isch dat Jeld aus de Täsch, aber sonst haben wir damit nix zum donn, is dat klar, Heiko?"

„Geht klar, Papa."

Jedenfalls bildete der Heiko mit der Masch'bauer-Hydra einen riesendicken Frotzelhaufen aus geistiger Antimaterie. Daher war es heikel, ihn allein mit der Chrissy getrennt von seinen Kumpels im Stadion zu lassen. Er war so etwas einfach nicht gewohnt und fing womöglich mittendrin an, der Hydra hinterherzuwinseln wie ein alleingelassener Hund vor dem Supermarkt. Es existierte so eine Art Hirni-Schwerkraft, die dafür sorgte, dass der Prälla sich im Falle einer Trennung irgendwann ganz von selbst wieder mit dem Masch'bauerknäuel verknotete. Selbst in so einem großen Stadion wie der DSS-Arena würden die sich kraft jener Schwerkraft bestimmt über den Weg laufen, auch wenn sie in ganz verschiedenen Kurven hockten. Außerdem hatte der Prälla die dumme Angewohnheit, sofort aller Welt zeigen zu wollen, was für einen tollen Fang er gemacht hatte, wenn er nur zufällig neben einer Frau stand. Der Drang, sich mit der Chrissy bei den Masch'bauern zu brüsten, konnte außer Kontrolle geraten. Und wenn die erst mal wieder alle zusammensteckten, würde die Chrissy von den Tentakeln eingesogen werden wie ein Butterfisch von einer Seeanemone.

Ich bereute schon, mich auf dieses Himmelfahrtskommando eingelassen zu haben, als ich mit der Hydra in der Regionalbahn saß. Zur besseren Tarnung hatte ich einen kümmerlichen Wimpel mitgebracht, den ich, quasi als weiße Fahne, zähneknirschend schwenkte, wenn die Hydra mir zu nahe kam. Die war schon besoffen, als wir uns am Bahnsteig trafen, und empfing mich laut johlend mit ihren Schlachtrufen. Ich musste mit den Wölfen heulen und den gelehrigen Novizen spielen:

„Weiler, dat heißt Deeh-Eeeh-Ge-heee!"

„Ja gut: d-e-ge ... hehe ..."

„Nee, Weiler: D'öeeeh-Ö'eeeh-G'öeeh-heee!" Das klang wie bei manchen Tenören, die ihr hohes C anpeilen, indem sie den Ton erst mal eine Oktave tiefer ansetzen und dann so hochschleifen; also quasi „ti voglio ard'öeeeente d'amor!". Das meint der Calaf nämlich zu der Turandot, die offensichtlich schwerhörig ist, deshalb hohes C. Und die schwerhörige Turandot schreit natürlich noch lauter zurück, nämlich auch mit einem hohen C, bloß eine Oktave höher. Das habe ich mal im Düsseldorfer Opernhaus gesehen, aber in Düsseldorf hörte man ohnehin nur das ... (bitte selbst eintragen).

„Ich probier's nochmal: dö-äh-gee-hee", machte ich.

„Boa ey, dat hört sich an wie so'n Ossi!"

„Mann, Weiler, du muss aber noch üben!"

Und dann blökten die mir mitten im Zugabteil ihren besemmelten DEG-Schlachtruf ins Gesicht, dass mir die Haare zu Berge standen. Ich wedelte mit meinem Wimpel und reimte kleinlaut: „Ha-Ho-He, De-E-Ge!"

„Ey, Weiler, dat is gut: Haaa-Hooo-Hee-heee! D'öeee-Ö'eeee-G'öeee-heee", jubilierte die Hydra und wackelte begeistert mit ihren Köpfen. Meine lyrische Glanzleistung hatte ich dem Schlachtruf der Hertha-BSC-Fans entlehnt, den zu hören ich mal das Vergnügen hatte, als ich in Berlin mit der U-Bahn unterwegs gewesen war. Die Masch'bauer kannten aber diesen Ruf nicht und ließen mich jetzt als ihren Haus-Rilke hochleben. Ich legte gleich noch ein „Metro Star – wunderbar!" nach, was aber nicht so gut ankam, weil zu komplexes Metrum. Aus lauter Verzweiflung kippte ich mir im Zug ordentlich einen hinter die Binde und kringelte mich bereits auf dem Weg zum Stadion vor Lachen. Die Fans wurden auf dem Weg in ihre Kurve fuchsteufelswild, wenn sie nur von weitem einen Kölner Hai erblickten. Dann wedelten diese Racker drohend und krakeelend mit ihren Rackets, Fahnen oder Damenbinden. Wie die Tiere, dachte ich, nur mit schlechteren Manieren. Im Stadion komme ich mir immer vor wie in einem gigantischen Affenstall, wo sich die verschiedenen Primatengruppen gegenseitig ankreischen und drohend mit Ästen auf dem Boden herumhauen. Nur ist das bei den Affen Natur und bei den Menschen Propaganda, könnte man sagen. Denn das wird den Leuten ja immer von oben eingetrichtert, damit sie bloß nie Frieden miteinander machen. Anstatt, sagen wir mal, den Dieter Zetsche und/oder den Bernd Pischetsrieder zu verkloppen, hauen die sich zur Freude der Arbeitgeberverbände lieber als DEGler und Haie gegenseitig die Köpfe ein.

Als die Stadionmusik ertönte und die Mannschaftsaufstellung mitgegrölt wurde, war ich schon ziemlich betrunken und grinste fast ununterbrochen. Ich fühlte mich inmitten der Hydra auf einmal so geborgen wie ein Clownfisch im Inneren einer Anemone. Es gibt beim Betrinken immer einen bestimmten Alkoholpegel, bei dem man plötzlich wie auf einer Wolke der Seligkeit schwebt und sich pudelwohl fühlt. Darauf folgt allerdings unweigerlich der totale Absturz. Noch aber griente ich ausgiebig und ließ mich treiben. Das Spielgeschehen interessierte mich nicht die Bohne. Wenn ich hinsah, hatte gerade ein Hai zugebissen und riss gewaltige Brocken aus seinem DEG-Opfer. Offensichtlich bekam die Heimmannschaft ganz schön die Hucke voll, was mich grundsätzlich freut, denn das ist immer eine gerechte Strafe für die mangelnde Gastfreundschaft, die den „Gästen" beim Sport erwiesen wird. Der Sport als Massenveranstaltung bringt nun mal die niedersten Instinkte im Menschen hervor. Kein Wunder, dass der Prälla und seine Masch'bauer dabei aufblühten wie Karbunkel.

Als das erste Drittel vorbei war, waberten wir alle bedächtig aufs Klo und entleerten unsere Blasen. Die Masch'bauer kramten ihren eingeschmuggelten Alkohol in Form von kleinen Feiglingen, Apfelkorn und sonstigen Widerlichkeiten hervor und halfen mir das Zeug auf der Toilette ein. Als wir wieder herauskamen, krähte es plötzlich aus ihren Köpfen: „Der Prällaaa!" Ich bekam einen Schreck. Tatsächlich, auf der gegenüberliegenden Seite des Stadions sah man den riesigen Monstertorwart mit seiner blonden Silikonbraut stehen. Dabei hatte ich dem Prälla eingeschärft, nicht seine beknackte Montur anzulegen, sondern nur ein einfaches Trikot überzuziehen, denn er sollte die Chrissy gefälligst mit dem Auto abholen, weil das mehr hermachte und eine zufällige Kollision mit den Masch'bauern in der Regionalbahn ausschloss.

Aber nun stand der Knallkopf in voller Glamrockkluft drüben und die Chrissy sprang immer an ihm hoch, um ihm etwas ins Ohr zu rufen. Er war eben manchmal unbelehrbar stur. Wahrscheinlich regte sich in ihm auch ein untergründiger Widerstand gegen meine totale Bevormundung. Ich hätte ihm vielleicht etwas mehr Vertrauen schenken sollen, aber dafür war ich – den Nebenfach-Uwe im Hinterkopf – einfach zu verbissen gewesen.

Man konnte nicht verhindern, dass die Hydra mit hundert Tentakeln winkend aus tausend Kehlen Prällas Namen durchs Stadion rief. Ich sprang zwischen den Tentakeln hin und her und verfing mich natürlich darin.

„Lassass doch, ihr Hirnis", lallte ich, „der will doch seine Braut abführn ..."

„Abführn, meint er!"

„Boa ey, Leute! Guckt euch mal dat Geschoss da an!"

„Die is doch viel zu scharf für den Prälla!"

„Lassass, lasses doch ..."

„Ey, ich glaub, der braucht unsere Hilfe, wa!"

„Guckt ma! Jetzt hat er uns entdeckt!"

Mir wurde schwindelig und ich taumelte, denn ich konnte dieses aufgesetzte Apfelkorn-Feigling-Zeug einfach nicht vertragen. Schockiert musste ich dabei zusehen, wie der Hornochse von Prälla seiner Masch'bauer-Antimaterie zuwinkte und voller Stolz mit dem Finger zuerst auf die Chrissy und dann auf sich zeigte.

„Die Hirnischwerkraft", dachte ich laut, „ich muss sie neutralisieren!" Verzweifelt ruderte ich mit den Armen, schrie aus voller Kehle meinen „Ha-Ho-He"-Schlachtruf, um das Ungetüm davon abzuhalten, auf Prälla und Chrissy zuzuwalzen.

„Ey, Weiler, du biss ja schon nach dem ersten Drittel erledigt!"

„Ich glaube, unser Dieter braucht mal ne kleine Pause."

„Nein, ich ... ich ... brauch keine Pause ...", rülpste ich mit den Resten meiner Kraft.

„Doch, doch, du brauchs jetz mal deine Ruhe, Weiler", zwinkerte ein Kopf dem anderen zu.

„Was ... was ... wollt ihr denn ...?"

Die Hydra packte mich und hob mich jubelnd in die Höhe. Mir wurde kotzübel.

„Komm, Weilerchen, mach mal ein Mittagschläfchen."

„Ich bin gar nich müde!"

„Doch, du biss gaaanz müde."

„Kuck ma, unser Kleiner!"

Der Tross setzte sich in Bewegung und verschleppte mich in die Katakomben des Stadions. Um mich aus der Umklammerung zu lösen, setzte ich aus Verzweiflung meine Kotze als Waffe ein wie ein Oktopus seine Tinte, aber es half nichts.

„Lasst mich runter, ihr Ärsche!"

„Du komms jetz in unsern Ruheraum."

„Da schläfst du dich erst mal richtig aus."

Ich zappelte und strampelte wie eine Marionette von der Augsburger Puppenkiste. „Das könnt ihr doch nich ... nich machen ... ihr Schweine!"

Der Christian oder Torsten oder Mario öffnete mit einem Dietrich in Windeseile die Tür zu einer entlegenen Kammer, und die anderen schubsten mich hinein.

„Take it easy, altes Haus", meinte einer.

„Hier hast du noch ein bisschen Proviant." Sie warfen mir ein paar kleine Feiglinge zu und schlossen die Tür von außen ab. Ich befand mich in einer Art großer Besenkammer, in der lauter Putzkram gestapelt war – offensichlich der Equipment-Raum der Reinigungskräfte. Mein Klopfen und Rufen hörte oder interessierte niemanden. Nach einer Weile gab ich entkräftet auf und zog mir die Feiglinge rein. Dann fiel ich in einen komatösen Schlaf.

Erst am nächsten Morgen wurde ich vom Reinigungsteam geweckt. Die Putzfrauen bekamen einen riesigen Schreck, als sie mich dort liegen sahen, denn sie meinten wohl, eine Leiche gefunden zu haben. Offensichtlich sah ich übel aus und roch nach Kotze, fühlte mich aber frisch wie ein junger Frühlingstag. Ich verabschiedete mich von den verdutzten Damen mit einem freundlichen „Guten Morgen allerseits" und gab rasch Fersengeld.

„Na? Gut geschlafen, Weiler?", frotzelte der Prälla mich sofort an, als ich verspätet ins Autohaus kam. Ohne zu zögern ging ich auf ihn zu und packte ihn am Arm:
„Mitkommen!"
„Ey, wat is denn mit dir los?"
Ich zog ihn wie ein unartiges Kind ins leere Raucherzimmer.
„Und? Ich höre!"
„???"
„Was war denn nun mit Chrissy und dir?"
Der Prälla guckte auf seine Fingernägel und sagte leise: „Der Gentleman genießt und schweigt."
„Aha. Also nix!"
Denn das könnt ihr euch gleich mal als Vermerk notieren: Wenn ein Mann auf die Frage, was am Abend X mit Frau Y gelaufen sei, mit diesem beknackten „Gentleman"-Satz antwortet, dann könnt ihr euch hundertpro eine tote Hose hinzudenken.
„Nee, Weiler, ich sach: Der Gentleman ..."
„Papperlapapp! Mir machst du nichts vor!"
„War aber trotzdem schön ...", murmelte er kleinlaut und wurde rot. Da hätte ich ihn beinahe geknuddelt. So menschlich hatte ich ihn noch nie erlebt und verbuchte das als Teilerfolg in meinem Rechthaberkreuzzug wider den Nebenfach-Uwe.
„Jetzt lass dir doch nicht jeden Wurm aus der Nase ziehen!"
„Wurm, meint er ..."

„Was war denn mit deinen Kumpels?"

„Ey, die haben dich ja schön weggesperrt, ey! Ich schmeiß mich in die Ecke!"

„Ja, ja. Ist doch jetzt egal. Ich lach später drüber."

„Na ja, die Jungs fanden die Chrissy auch gut."

„Und die Chrissy? Wie hat die sich denn so verhalten?"

„Ja, nä ... wat soll ich sagen? Die war lustich, nä."

„Heinz Schenk ist auch lustig. Und sonst?"

„Heinz Schenk, meint er ..."

„Und so-honst?"

„Die hat gesagt, dass sie mich gern hat."

„Motto: Du kannst mich mal gern haben, oder was?"

„Nee, die hat gesagt, sie findet mich lustig!"

„Lustig, lustig, tralalalala! Weißt du, Prälla, das bringt uns mal wieder keinen Schritt vorwärts!"

„Ey, keine Ahnung, ey ..."

„Hast du sie wenigstens nach Hause gebracht oder so?"

„Nee", druckste er herum.

„Wieso nee?"

„Der Christian und der Mario und der Torsten, weiße, die sind mit der abgezogen ... bestimmt auf die längste Theke der Welt."

„Waaas?"

„Die haben die Chrissy entführt."

„Waaas?"

„Als ich vom Klo kam, weiße. Ich so am gucken, nä, und die nur noch so *abdampf* ... mit der Chrissy im Schlepptau."

„Waaas?"

„Ey, sach doch nich immer ‚waaas'! Dat macht mich ganz porös im Kopp."

„Wieso bist du denn nicht hinterhergelaufen? Menschenskinder! Lässt der sich die Chrissy von diesen Pfeifen vor der Nase wegschnappen! Ich glaub das einfach nicht!"

„Ich bin ja hinterhergelaufen, aber ..."

„Was aber?"

„Bin gestolpert", nuschelte er kaum hörbar, „und dann haben sie mich abgehängt."

Ich ging hoch wie ein HB-Männchen. „Du mit deiner bescheuerten Torwartmontur!"

„Ja, scheiße, weiße!"

„Was habe ich dir gesagt? Zieh das verdammte Ding nicht an!"

„Ja, keine Ahnung, ey, ich dachte ..."

„Mann, wenn du mal das Denken anfängst, dann gibt's aber gleich ne Katastrophe!"

„Und dann bin ich noch so *such* in der Altstadt rumgelaufen. Aber nicht gefunden."

„Du bist mir vielleicht ein Spezi", sagte ich versöhnlich und klopfte ihm auf die Schulter.

„Die Chrissy fand mich richtig gut, so als XXL-Jamie Storr, weiße."

„Noch ist nichts verloren. Dranbleiben!"

„Dranbleiben, meint er ..."

„Deee-Eeee-Geeheee!", grölte die Chrissy und betrat den Raucherraum. „Mensch Prälla, wo bist du denn gestern geblieben?"

„Ey, keine Ahnung, ey ..."

„Wir haben noch alle die längste Theke der Welt unsicher gemacht!"

„Hab euch gesucht."

„Da hast du was verpasst! Der Torsten und der Christian und der Mario, die haben richtig die Sau rausgelassen", rief sie markig und knuffte dem Prälla mal wieder ihren Kumpelellenbogen in die Seite.

„Und? Haben die dich wenigstens nach Hause gebracht?", fragte ich listig.

„Na klar! Der Christian oder Torsten oder Mario ist sogar noch mit hochgekommen auf meine sturmfreie Bude." Jetzt zwinkerte sie dem Prälla unverhohlen zu.

„Aber ihn hochbekommen hat er nicht mehr, oder?", frotzelte ich ostentativ, um meine Neugier zu kaschieren.

„Die Gentlefrau genießt und schweigt", meinte die Chrissy und ich atmete auf. Also war nichts gelaufen zwischen den beiden, die hatten nur genossen und geschwiegen. Aber dass die Chrissy den Prälla weiterhin behandelte wie einen geschlechtslosen Kameraden, ärgerte mich.

„Eigentlich warst du doch mit Ihmchen hier verabredet und nicht mit den Masch'bauern", kommentierte ich mit aggressivem Unterton.

„Na und?", meinte sie nur und zuckte mit den Achseln.

„Findest du das okay, ihn einfach stehenzulassen und mit seinen Freunden abzudampfen?"

„Stört dich das, Prälla?", fragte sie mit erstaunter Unschuld.

„Nee, nee ...", meinte der nur und ich schluckte meinen Ärger runter. Das war vielleicht eine harte Nuss, diese Frau Wolfgram! Aber ich hatte es doch in ihrem Gesicht gesehen, das Fluidum! Wo war es nur geblieben? Sie wird es doch nicht auf die Masch'bauer-Hydra gelenkt haben, dachte ich und mir brach der Schweiß aus. Na warte, du Luder, feuerte ich mich selbst an, das wollen wir doch mal sehen!

„Das wollen wir doch mal sehen", sagte ich zum Prälla.

„Mal sehen, meint er."

Die Chrissy genoss ihre maikfreie Zeit in vollen Zügen, aber leider nicht mit dem Prälla, sondern mit den Masch'bauern. Wie befürchtet, hatte die Hydra sie voll und ganz im Griff. Deren Köpfe drückten sich jeden Abend an der Glaswand des Autohauses die Nasen platt und warteten auf ihr Opfer, das mit ihnen nach Feierabend in die Innenstadt abzog. Natürlich war der Prälla auch eingeladen mitzukommen und wäre bestimmt auch dabeigewesen, wenn ich ihm das nicht – wie ein Arzt seinem Patienten – ausdrücklich verboten hätte.

„In dem Gewölk aus Masch'bauern machst du bei der Chrissy keinen Stich, da bist du abgemeldet bis dorthinaus und kannst als deren Bierkutscher Kästen schleppen", meinte ich zu ihm. „Außerdem", fügte ich hinzu, „soll die mal merken, dass du Gefühle für die hegst."

„Gefühle, meint er!"

Wenn die DEG-Schlappe nämlich für eines gut gewesen war, dann, den Prälla aus seiner Frotzelfalle mit der Chrissy herauszuholen. Er war ihr gegenüber jetzt wieder schüchtern und verlegen. Ein gutes Zeichen! Aber die Chrissy drohte nun vollends als Frotzelwrack aus der Masch'bauer-Verknäulung hervorzugehen. Ich wusste mir keinen Rat, außer dem Prälla zu empfehlen, sich rar zu machen und ihr so mimosenhaft ein bisschen auszuweichen. Motto: Bedeute ich dir denn gar nichts?

„Aber fang bloß nicht an, sie mit großen Kulleraugen anzuschmachten!"

„Geht klar, Weiler."

„Und winsele ihr nicht hinterher! Wenn du dich einmal zum Dackel gemacht hast, dann verwandelt die Elfe Chrissy dich nie wieder zurück. Dann kannst du auf ewig mit ihr Gassi gehen und dein Häufchen machen."

„Häufchen machen, meint er!"

Ich hoffte darauf, dass sie die Masch'bauer eines Tages leid werden und/oder die Hydra sich im Kampf um ihre Beute irgendwann gegenseitig die Köpfe abbeißen würde. Dann hätte der Prälla seine große Stunde und könnte den Heimvorteil gemeinsamer Wabsy-Pflege voll ausspielen.

Leider deutete zunächst nichts darauf hin. Die Chrissy freute sich schon morgens auf die abendliche Sause mit der Gang und sprang den am Ausgang wartenden Hallodris unter großem Hallo an den Hals. Sie nahmen sie in ihre Mitte und der ganze Tross verließ fröhlich schunkelnd das Areal, während der Prälla wie ein begossener Pudel am Fenster stand.

„Nicht winseln!"

„Nee, nee ..."

„Deine Zeit wird kommen!"

„Ja, ja ..."

Ihr hättet den armen Kerl mal sehen sollen, wie er Kopf und Schultern hängen ließ! Aus Mitleid hätte ich beinahe wie eine Mutter zu ihm gesagt: „Na komm, geh mit den anderen spielen!" Aber das hätte hundertpro nichts gebracht. Immerhin schien er sich menschlich ein bisschen weiterzuentwickeln, denn immer öfter ließ er die bescheuerte Meint-er-Maske weg und wirkte wie ein verlorenes, trauriges Kind. Wenn er manchmal so ganz ernst in seinem AB stand und in die Luft guckte, sah er sogar richtig intelligent aus, obwohl er wahrscheinlich wieder einen seiner Pornofilme Revue passieren ließ. Mühsam ernährt sich das Eichhörnchen, dachte ich mir, ich werde die Nuss schon knacken und dann kann der Nebenfach-Uwe sich warm anziehen mit seiner anderen Baustelle!

Die Chrissy bemerkte natürlich, dass der Prälla aus ihrer Frotzelkiste herausgestiegen war, und quittierte dies mit Indifferenz. „Komm doch mit", hatte sie ihn ein paarmal ermuntert.

„Nee, geht ihr mal."

„Hey: Ed von Schleck, hä?", knuffte sie ihn.

„Nee, lass mal", meinte der Prälla und klebte mit brennender Ferse am Leime.

„Menno, was is denn mit dir los?"

„Keine Ahnung, ey. Einfach keine Lust."
„Werd mir hier nicht zur trüben Tasse!"
„Nee, nee ..."
Er blieb standhaft und die Chrissy gab es nach ein paar Versuchen auf. Das hinderte sie jedoch nicht, der gesamten Verkäuferwelt ihre Erlebnisse mit den Masch'bauern brühwarm und wortreich zu schildern. Dat Frau Haberstroh und ich beobachteten vergnügt aus unseren Schlupfwinkeln, wie diese Storys die Schatzi-Geschichten ersetzten und der Würz und/oder der Ronny sich aufgrund ihrer schwanzgesteuerten Balzstarre alles bis in die letzte Einzelheit schildern ließen: „... und dann war ich so auf der Bude von dem Christian oder Torsten oder Mario und dann guckt der Torsten auf einmal so komisch (oder wars der Mario oder der Christian?), so hechelmäßig, weißt du? Und dann fragt einer, ob noch genug Bier im Kühlschrank ist, und wir alle so grübel, ob wohl noch genug Bier im Kühlschrank ist? Ob da vielleicht mal einer nachguckt? Und der Christian oder Torsten oder der Mario dann so zu mir am gucken, so ganz paschamäßig, hihihi, und dann so: Chrissy, guck doch mal nach, so mit Dackelblick, und ich dann schlurf in die Küche und dann so die Kühlschranktür aufgemacht und ..." Blablabla.

Ja, das war eine total verrückte Zeit, die die Chrissy da in Abwesenheit von Schatzi mit The Wild Bunch erlebte. Aber glaubt mal bloß nicht, dass sich mit diesen Nullabkriegern sexmäßig was schob! Obwohl die eigentlich alles zur Verfügung hatten, was Frauen an Männern anziehend finden, also ordentlich Geld auf der hohen Kante, brachten diese Hirnis es glatt fertig, so gut wie nie zum Zuge zu kommen. Die hatten sowas an sich, das selbst die dümmste Frau davon abhielt, mit ihnen in die Kiste zu springen. Deshalb passten sie ja so gut zum Prälla. Sie gehörten nämlich gemeinsam in die Kategorie alt gewordener Jungbullen, die nie eine eigene Herde gefunden hatten und deswegen ohne Kühe über die Prärie trampeln mussten.

Zum Glück machten sich peu à peu die von mir prognostizierten Selbstzerfleischungstendenzen bemerkbar. Ich konnte beobachten, wie die Köpfe in ihrer Warteschleife immer hitziger wurden. Es war ja klar, dass sich jeder dieser Christians, Marios und Torstens Chancen ausrechnete und mit der Zeit immer eifersüchtiger auf den jeweils anderen wurde. Am Schluss war es nur noch ein einziges Gezänk, was sich da auf dem Hof abspielte. Das verdarb der Chrissy allmählich die Freude, denn sie war vielleicht einigermaßen unterbelichtet, aber wenigstens nicht von derjenigen Sorte Frau, die Spaß daran hatte, wenn sich die Männer um sie prügelten. Ein gutes Herz eben.

Am Sonntag, bei einem Spiel der DEG gegen die Sinupret Ice Tigers, kam es dann zum Eklat: Nachdem ein bestimmter Alkoholpegel erreicht war, versuchte einer aus der Gang, den Silikonberg im Sturm zu nehmen, und vergrub seine Hände in Chrissys Implantaten. Das war das Signal für einen anderen, sich als Retter aufzuplustern und den Grapscher in die Schranken zu weisen. Der eine knallte dem anderen eine ins Gesicht, was für den Dritten Anlass war, wiederum dem Ersten eine zu scheuern. Jetzt bekam natürlich der Dritte vom Zweiten, der den Ersten treffen wollte, aus Versehen eine gelangt und auf diese Weise brachte sich das Frotzelungetüm, das jahrelang Angst und Schrecken verbreitet hatte, an diesem denkwürdigen Sonntag hemmungslos prügelnd selbst zur Strecke, während die Chrissy im Getümmel das Weite suchte. Die Mitglieder der Gang sind einander noch heute spinnefeind – da hat die Chrissy ungewollt ein gutes Werk getan.

Als sie die Story von der Selbstenthauptung der Hydra in gewohnter Manier im Kollegenkreis zum Besten gab, ergriff ich ausnahmsweise nicht die Flucht, sondern lauschte hocherfreut: „Da hab ich noch so gesagt, Christian, lass das mal, antatschen is nich, was soll denn Schatzi sagen? Aber da hatte er schon eine von dem Mario kleben und dann kam der Torsten noch dazu ..." Ihr Blabla war diesmal wie Musik in meinen Ohren. „Was sind das nur für blöde Vollspacken, ey", lautete jedenfalls ihr zutreffendes Fazit und nun war es an der Zeit, ihr mal wieder den Prälla unter die Nase zu reiben.

„Siehst du, Chrissy, warum gehst du auch mit den Masch'bauern fremd, wo du doch hier den Prälla als Galan haben könntest."

„Galan? *Grübel* Ist das nicht eine Echse?"

„Du meinst einen Waran, Chrissy."

„Ach so, hihihi. Aber was hat der Prälla mit einem Waran zu tun?"

Sie hatte das Schießpulver weiß Gott nicht erfunden. Aber umso besser, dass sie nichts begriff, denn mein Verkupplungsvorschlag war ohnehin etwas zu direkt gewesen. Jedenfalls mussten wir nun das Chrissy-Eisen schmieden, solange es heiß war. Nach der frohen Kunde vom Zusammenbruch des Masch'bauer-Imperiums lief ich sofort ganz aufgeregt in den Verkaufsbereich des Prälla, aber der hatte gerade ein paar Kunden in der Mache, die schon wieder ganz hündisch darauf warteten, dass er Stöckchen warf.

Mich packte die Ungeduld. Sack zumachen, huschten mir die Gedankenfetzen durch den Kopf, sofort neuer Wabsy-Angriff ... der Frotzelfalle ausweichen ... ran an die Buletten ...

Die Kunden hatten es sich in ihrer Köterstellung bequem gemacht und standen um den Prälla herum wie Deutsche Schäferhunde mit Hüftgelenksdysplasie. Immer wenn man sie nicht brauchen kann, wollen sie einfach nicht verschwinden! Ich plädiere deshalb aus Menschenrechtsgründen seit Jahren für ein Verbot des direkten Kontaktes von Kunde und Verkäufer, aber das ist jetzt nicht so wichtig.

Ich stand jedenfalls an der Ecke und wippte x-beinig mit den

Füßen wie Tycho de Brahe kurz vor seinem Harnverhaltungstod. Als die Kunden endlich das Feld räumten, stürmte plötzlich der Maik trotz Hausverbots mit großem Getöse erneut unser Autohaus. Es gab ein lautes Klirrgeräusch und die Eingangstür zerfiel in tausend Scherben. Der Maik hatte eine derartige Eifersuchtswut im Bauch, dass er die Tür eintrat und einen Van-Bommel-Auftritt erster Güte aufs Parkett legte. Alle bekamen einen Riesenschreck, nur der Prälla begriff mal wieder nicht, was vor sich ging. Entschlossenen Schrittes marschierte nun der Maik auf den Bereich zu, wo die Chrissy gerade versunken im Wabsy herumstöberte und/oder als Avatarin in besagtem Onlinespiel herumelfte. Mit panisch verzerrtem Gesicht schaute sie nun zu ihrem schnaubenden Kabelknoter herüber und brachte ein gepresstes „Scha-tzi" hervor. Der Würz hatte daraufhin seinen Kurzauftritt als Edler von Schwartenhausen und stellte sich dem Maik mit vorgeschobener Plauze heldenmütig in den Weg. Er konnte gerade noch „Verlassen Sie ..." sagen, da machte er nach einem Kickboxhieb schon eine halbe Schwabbelpirouette, fiel bäuchlings auf seinen Schreibtischstuhl und rollte ins Nirwana des Ersatzteillagers, wo ihm die Einzelteile aus den Regalen auf seinen Meckikopf fielen. Don Grillo staunte nicht schlecht, als er den Würz in seinen Arbeitsbereich krachen sah. Ihm standen die blondierten Haarspitzen noch mehr zu Berge als sonst, aber er bewies ebenfalls Mut und rannte todesverachtend auf den rasenden Elektro-Roland zu. Auf halbem Weg rutschte ihm aber das Herz in die Hose und er flüchtete mit rudernden Armen vor dem nahenden Unhold, der ihn eine Weile lang verfolgte. Der Ronny lief mit geblähten Backen in seinen Arbeitsbereich zurück, verschanzte sich hinter dem halb ohnmächtigen Würz und warf mit Einzelteilen. Immerhin lenkte er damit den Maik eine Weile ab, so dass der Chrissy ein kleiner Vorsprung blieb.

„Ey, Weiler, hasse dat gesehen", beömmelte sich der Prälla. Die

Lage war ernst: Dat Frau Haberstroh hatte leider ihren freien Tag, und was mit den anderen geschah, die den Maik aufzuhalten versuchten, hatte der Würz mit seiner filmreifen Performance eindrucksvoll bewiesen. Die Chrissy war von ihrem Wabsy-Platz querfeldein auf die Verkaufsfläche geflohen, aber Schatzi hatte ihr mit einem gekonnten Sprung über den Schreibtisch den Weg abgeschnitten und war kurz davor, sie windelweich zu prügeln. Der Prälla beömmelte sich weiter und dachte offenbar nicht daran einzugreifen. Ihr dürft ihm das jetzt aber nicht übelnehmen: Er kannte solche Szenen hauptsächlich aus seinen blöden DVDs und nahm reflexartig die Zuschauerperspektive ein. Aber ich wusste, dass er der Einzige im Raum war, der eine Katastrophe verhindern konnte. Wenn ich mich selber dem Maik in den Weg gestellt hätte, wäre ich wahrscheinlich nach einem Kinnhaken bis in den Teiledienst geflogen und hätte danach ausgesehen wie der demontierte C-3PO aus „Krieg der Sterne". Der Prälla stand wiederum genauso blöde herum wie der Wookiee Chewbacca in der gesamten Star-Wars-Trilogie, wo man sich fragt, wofür dieser Riese eigentlich da ist, wenn er immer nur in der Ecke steht und grunzt.

„Los, du Hirni! Greif ein!"

„Ey, ich? Wieso?"

„Du musst die Chrissy retten, Menschenskind!"

Sein Gehirn lahmte: „Ja ... ja ... warum eigentlich nicht ...?"

„Du bist der Spinator, Mann! Denk an van Bommel!"

„Jau! Van Bommel!"

„Los!"

„Geht klar."

Das war das richtige Stichwort gewesen. Mit Porsche-Beschleunigung walzte er auf den Kickboxer zu, der die Chrissy gerade zu fassen bekommen hatte. „Ich bin der Spinator", rief der Prälla im Stile von Schwarzeneggers „Hasta la vista, Baby". Maik drehte sich um, sagte nur „Aha" und wollte dem nahenden Monstrum mit einer Karatedrehung einen Tritt ins Gesicht verpassen. In dem Moment aber, als der Karatefuß fast am Spinatorkinn angelangt war, umfasste der Prälla mit seiner Riesenpranke blitzschnell Maiks Fußgelenk und zog den Fluchenden mit einem Arm hoch. Jetzt zappelte der Angreifer wie ein Fisch an der Heiko-Angel; er schlug und trat, aber der Prälla packte sich nun auch das zweite Fußgelenk. „Ey, guckt euch ihn hier an", rief er vergnügt, „ey, voll am Zappeln, der Typ! Ich schmeiß mich in die Ecke!"

Dem Maik stieg langsam das Blut in den Kopf und er schlug weiter tapfer um sich, doch der Spinator hielt ihn mit seinen kranartigen Armen so weit vom Körper weg, dass die Schläge ihr Ziel verfehlten. Wenn der Maik sich wie ein Engerling krümmte, um irgendwie an seinen Gegner heranzukommen, schüttelte dieser jenen einfach ein bisschen durch und sagte drohend: „Ma ganz piano, Kleiner!" Ihr könnt euch das ja mal selber ausrechnen, was der Prälla für eine Kraft haben musste, dass er den Maik ohne Anzeichen von Mühe am ausgestreckten Arm hängen lassen konnte!

„Wat soll ich denn getz mit dem machen?", fragte er ratlos in die erstaunte Runde.

Ich fing mich als Erster und rief: „Rausschmeißen!"

„Geht klar."

Der Spinator stampfte durch den Ausgang ins Freie und schleuderte den Maik mit einer Hammerwerferdrehung in die stacheligen Buchsbäume, die den Hof säumten. Wir klatschten erleichtert Beifall. Selbst der Würz kam aus den Einzelteilen herausgerobbt und konnte schon wieder lachen. Nur der Heinelt hatte nichts mitbekommen. Alle grölten laut, als er vom Klo kam und mit seinem Hasengesicht blöde fragte: „Was ist denn hier los?"

„Remmidemmi", rief ich.

Der Maik wankte aus den Sträuchern hervor und ließ von weitem seine Schimpfkanonaden los. Aber an den Prälla traute er sich nach dieser Blamage nicht mehr heran, sondern lungerte erst wundenleckend auf dem Hof herum und ging dann stiften, bevor die Polizei kam.

Ich freute mich und war mir sicher, dass die Chrissy nach Prällas wahrhaft glanzvoller Rettungstat gar nicht mehr anders konnte, als sich endlich in dessen Arme zu werfen. Aber natürlich Pustekuchen!

Beginnen wir mit dem Positiven: Nach seinem Spinator-Auftritt wurde der Prälla von den Verkäufern endlich als Kollege akzeptiert. Der Heinelt ging auf ihn zu und sagte: „Stramme Leistung! Einfach gepackt und rausgeworfen. Fertig war die Laube."

„Fertig war die Laube!"

„Ich bin der Werner."

„Ich bin der Heiko, Werner."

„Heiko Werner?", fragte ich in memoriam Sabrina Krause.

Alles lachte.

Nun kam auch der Würz angekrochen: „Toller Auftritt, Junge! Ich mein, ich wäre ja auch noch mit dem Maik fertiggeworden, aber ..." Der Rest ging im Gelächter unter.

„Du wärst mit dem so fertig geworden, dass du jetzt deine Knochen einzeln aufsammeln könntest", prustete unser Leiter Teiledienst.

„Ich bin der Clemens."

„Ich bin der Heiko, Clemens.

„Heiko Clemens?"

Alles lachte wieder.

Zu guter Letzt kam Don Grillo aus den Sträuchern und gratulierte dem Prälla besonders herzlich: „Ich bin der Ronny."

„Ich bin der Heiko, Ronny."

„..." (Tragt selber ein!)

„Hast dich tapfer geschlagen, Herr Schmidtke", meinte der Würz und fuhr ihm mit der Hand über die Haarstacheln.

„Wir Porscheaner müssen doch zusammenstehen gegen den Feind", erwiderte Don Grillo stolz.

„Ich als Rilkeaner ...", warf ich munter in den Raum.

„Rilke?", fragte der Würz, „kenn ich nicht, die Marke."

„Kommt aus Tschechien."

„Ach so, hmm ..."

„Taugt aber nix."

„Ja, habe ich mir schon gedacht, hmm ..."

Nun warf sich der Heinelt in die Brust und lud uns zur Festigung der Corporate Identity fürs Wochenende zur Grillparty in seine Laube ein. „Da kommt ihr mal alle schön in meine Laube und fertig ist die Laube, nä?"

Nachdem wir dem Prälla gratuliert hatten, fragten wir uns, wo die Chrissy geblieben war. Wir entdeckten sie draußen auf dem Hof. Sie stand dort mit besorgter Miene somnambul herum und hielt nach Schatzi Ausschau. Ich ging zu ihr.

„Na? Alles in Ordnung?"

„Ja", antwortete sie abwesend, „aber Schatzi ..."

„Was ist mit Schatzi?"

„Hoffentlich ist er nicht verletzt."

„Was? Du machst dir Sorgen um Schatzi? Dein Schatzi hätte dich eben beinahe krankenhausreif geschlagen!"

„Ach, der hätte sich auch wieder beruhigt."

Das schlug dem Fass den Boden aus!

„Du stehst noch unter Schock."

„Nein, nein, ich kenne das ja schon."

„Hör mal, Chrissy, könnte es sein, dass du so ein bisschen maso bist?"

„Aber er liebt mich doch", antwortete sie. Und da hätte ich ihr am liebsten eine reingehauen.

„Willst du dich nicht wenigstens beim Heiko bedanken?"

„Ja."

Ihr Handy piepte. Sie guckte auf die SMS und lächelte: „Siehst du, Dieter!"

Sie hielt mir das Display hin: „Meine Zaubermaus. Verzei mir!!!!!!!! ... ich lieb dich!!!!! und mach alles wieder gut!!!!!! :))))..... Bist du noch meine Schnecke???????? Maik"

Und eh ich mich versah, hatte sie schon „Verzei dir :)))))))" geantwortet.

Das war zu viel! Ich musste die Chrissy stehenlassen und mich erst mal aufs Klo zurückziehen, um meiner Wut Herr zu werden. Ich werde ja wirklich nicht oft wütend, aber das war nun wirklich ein Premiumgrund gewesen! Auf dem Toilettendeckel schimpfte ich leise vor mich hin. Hatte man Töne? Was war denn das für eine Schnecke? War die erst glücklich, wenn der Maik sie vollständig zu Matsch getreten hatte? Und die ganze Mühe, die ich mir gemacht hatte – alles für die Katz? Ich beschloss wieder einmal, mir ein anderes Liebesobjekt für den Prälla zu suchen. Aber woher nehmen?

Als ich von der Toilette kam, drückte die Chrissy dem Prälla gerade einen Kuss auf die Wange und sagte: „Danke für deine Hilfe, aber das wäre gar nicht nötig gewesen."

„Nicht nöööötig?", jaulten alle Kollegen unisono auf.

„Hallo? Geht's noch?", schrie ich im Susi-Style.

Aber Christina Wolfgram war nicht zu retten. Als die Kollegen ihr auf die Pelle rückten und ihr klarzumachen versuchten, dass sie ohne den Prälla auf der Intensivstation läge, wurde sie sogar etwas ärgerlich und rief beleidigt: „Ihr kennt Schatzi doch gar nicht richtig! Er kann so zärtlich sein."

„Zärtlich, meint er", frotzelte der Prälla, ballte seine Faust und hielt sie der Chrissy ans Kinn. Das ganze Autohaus erschallte vom Hohngelächter der Kollegen. Daraufhin wollte die Chrissy beleidigt abdampfen, aber ich hielt sie fest und ermahnte sie in Sorge: „Du brauchst jemanden, der dich beschützt. Lass dich vom Prälla nach Hause begleiten!"

„Das ist doch gar nicht nötig", beharrte sie stur.

Der Heinelt hatte die Polizei gerufen, die nun in Gestalt von zwei Schupos tranfunzelig das Geschehen protokollierte. Die beiden nahmen den Sachschaden zur Kenntnis. „Wie sieht's aus mit Körperverletzung?", fragte der eine Schupo. „Jemand zu Schaden gekommen?" Der Würz hielt sein geprelltes Jochbein hin. Die Schupos guckten unbeeindruckt. Motto: Nu habense sich ma nicht so. „Einfache Körperverletzung", meinte der andere Schupo. Die beiden kommunizierten nur indirekt mit uns: Der eine dolmetschte dem jeweils anderen, was wir zu Protokoll gaben. „Herr Clemens Arno Würz" bestand zu Chrissys Verdruss auf einer Anzeige und „Herr Ronny Sirko Schmidtke" machte die Polizisten darauf aufmerksam, dass auch er schon eine Anzeige gegen den Maik laufen hatte, die offensichtlich ohne Konsequenzen geblieben war.

„Muss der Staatsanwalt entscheiden", murmelte der eine Schupo achselzuckend, „ob da ein öffentliches Interesse an der Strafverfolgung besteht. Eher nicht, was?"

„Eher nicht", sekundierte der andere.

Das waren vielleicht zwei Pfeifen, kann ich euch sagen. Aber es kam alles noch viel absurder, wie sich später herausstellte.

Jetzt werdet ihr euch bestimmt fragen, warum der Maik überhaupt ins Autohaus gekommen war, denn er hätte seine Schnecke ja gepflegt in deren eigenen vier Wänden vertrimmen können. Ich reimte mir das aus den spärlichen Informationen, die ich von der Chrissy bekommen hatte, folgendermaßen zusammen: Er war mit seiner Kabelknoterkolonne sonntags von der Montage

Richtung Heimat geflogen und am Montagmorgen in Düsseldorf angekommen. Übernächtigt und voller Wut im Bauch hatte er sich dann vorm Porschezentrum absetzen lassen, um direkt auf die Chrissy loszugehen. Seine DEG-Kumpels hatten am Sonntag zuvor beobachtet, dass sich die Chrissy mit der Hydra im Stadion vergnügte. Unglücklicherweise wurden die Kumpels Zeugen, wie einer der Hydranten der Chrissy an die Implantate ging. Dass die Chrissy sich nichts zuschulden hatte kommen lassen, weil sie sich ja korrekterweise gegen die Grapschereien gewehrt hatte, schien im Buschfunk irgendwie untergegangen zu sein. Die Kumpels sendeten jedenfalls brühwarm eine SMS: „Deine Schnecke macht nen Gangbang mit drei Dödeln." Da kochten die Kickbox-Emotionen natürlich hoch und der Maik saß während der Rückreise die ganze Zeit auf heißen Kohlen.

Die Chrissy ließ sich an diesem Tag nicht umstimmen und machte sich alleine auf den Weg nach Hause. Zuerst überlegte ich, ihr den Prälla unauffällig als Personenschützer hinterherzuschicken, verwarf diesen Plan aber augenblicklich, denn wie hätte das mit dem „unauffällig" wohl funktionieren sollen? Hätte ich einen Buchsbaum rausrupfen und dem Prälla als Tarnung mitgeben sollen? Außerdem machte sich bei allen Kollegen eine Anti-Chrissy-Stimmung breit. Motto: Für so eine halten wir unsere Köpfe hin! Ich war auch ein bisschen beleidigt und deshalb ließen wir das Arschgeweih unbeaufsichtigt in die Klempnerspalte stürzen. Zur Versöhnung ließ der Maik mal wieder Blumen sprechen. Arschgeweih kam daher am nächsten Tag mit zwei Veilchen zum Dienst und sah aus wie Oleg Popov.

Zufällig stapfte an diesem Morgen der Chef zur defekten Tür herein. Porsche-Erwin befand sich die meiste Zeit auf Akquisetournee durch die Freudenhäuser dieser Welt. Aber heute schneite er mal wieder unangemeldet rein. Als er an der Chrissy vorbeirauschen wollte und launig „guten Morgen" rief, stockte er.

„Frau Wolfjramm, wat haben Sie denn gemacht? Sind Sie in önne Schminktopf gefallen?"

„Entschuldigen Sie, Herr Prälla, es ging heute alles hopplahopp." Sie machte ein schmerzverzerrtes Gesicht und krümmte sich.

„Pass ömal auf, Mädschn: Da gehen Sie jetzt schön wieder nach Hause und erholen sich ömal von wat auch immer. Öweil dat macht keinen guten Eindruck hier im Fährkauf, wenn Sie da so rumröscheln. Da gehen Sie ömal schön zum Arzt und lassen sich krankschreiben und dann machen Sie dat, nä?"

„Ja, ist gut", antwortete die Chrissy und schleppte sich aus dem Porschezentrum.

Jetzt wurde mir die Sache aber zu bunt. Ich nahm den Chef beiseite und sagte:

„Wissen Sie eigentlich, was die Frau Wolfgram hat?"

„Enää. Önne Kater?"

„Die wird von ihrem Freund misshandelt, Herr Prälla."

„Wat? Dat jibbet doch nit!"

„Doch."

„Der Typ, der hier neulisch randaliert hat?"

„Genau. Der war gestern wieder hier." Ich zeigte auf die kaputte Tür.

„Und wat ist mit der Pollezei?"

„Nix. Tranfunzeln."

„Jetz ist Schluss mit de Klüngel", regte sich der Erwin plötzlich auf. „Jetz nehmen wir dat ömal selleber in die Hände!"

„Dass hier nicht mehr passiert ist, haben wir übrigens Ihrem Sohn zu verdanken."

„Wat? Dem Heiko? Enää!"

„Doch! Der hat den Maik kurzerhand rausgeschmissen."

„Wie kann dat dann? Der hat doch dat Zeusch nit."

„Doch, Herr Prälla, der hat das Zeug!"

„Enää! Da hast du ihm bestimmt geholfen bei. Der hätte doch bestimmt sonst nur daneben gestanden wie Pik Sieben und sisch ammösiert, wie isch den kenne." Er kannte seinen Sohn leider erstaunlich gut. Aber wahrscheinlich hatte ihn der Würz als stellvertretender Filialleiter längst per Telefon informiert.

„Nein", log ich, „er ist sofort hingegangen und ..."

„Enää, Dieter, dem Porsche-Erwin machst du nix vor. Du hass dat Zeusch! Und wenn du nit gewesen wärst ..."

„Nein, nein ..."

„Doch, doch!"

„Ich war doch der Feigste von allen!"

„Du hast ja auch Grips in de Kopp, Jong."

Ich konnte sagen, was ich wollte – er drehte mir stets alle Worte zu meinen Gunsten im Munde herum. Warum nur?

„Wenn isch dabei jewesen wär, dann hätte isch dem Kerl eine mit meiner Linken verpasst!" Er krempelte einen Ärmel auf, spannte den Bizeps an und sagte: „Fühl ömal!"

Ich fühlte, dass an dieser Stelle früher mal ein kräftiger Bizeps gewesen sein musste, der sich aber schon längst in den wohlverdienten Ruhestand begeben hatte.

„Ganz schön hart", flunkerte ich.

„Isch hann fröher in de Bezirksklasse geboxt. Halbschwer."

„Bei allem Respekt, aber der Maik hätte Sie auseinandergenommen."

„Wat? Misch? Den Porsche-Erwin? Enää!"

„Der Maik ist ungefähr vierzig Jahre jünger als Sie und voll im Training."

„Papperlapapp! Kochzen Prozess hätte isch mit dem gemacht!"

„Wann akzeptieren Sie mal, dass Ihr Sohn eine große Nummer sein könnte?"

„Der Heiko? Enää!"

Ich wurde langsam etwas wütend auf Papa Prälla, denn ich

hatte in den letzten vierundzwanzig Stunden so viel menschliche Sturheit erlebt, dass ich selber so bockig wurde wie das Schaf namens Sabrina Krause.

„Meine Angestellten sind meine Famillisch", wechselte der Erwin abrupt das Thema und schlug sich jetzt mit großer Geste auf die Brust. „Und omm meine Angestellte kümmere isch misch ganz persönlich genauso wie omm mein eigen Fleisch und Bloot", steigerte er sich hinein. Na Mahlzeit, dachte ich, denn um seine echte „Famillisch" hatte er sich ungefähr so viel gekümmert wie ein Kapitalist im 19. Jahrhundert um seine Arbeiter.

„Der Kerl ist erledischt, sage ich dir! Da häng isch misch ömal an dat Telefon und spresche ein paar Takte mit meinen Freunden bei der Staatsanwaltschaft, und dann geht der Maik ab in de Bau!"

„Ob Ihnen die Chrissy das wohl danken wird?"

„Dat ist mir piepegal, Dieter, da versteh isch nämlisch keine Spass, bei sowat!"

Recht hatte er. Und so viel war gewiss: Wenn Porsche-Erwin etwas in die Hand nahm, kam Bewegung in die Sache – ob zum Guten oder zum Schlechten.

Die Kollegen wollten alle keinen Finger mehr für die Chrissy rühren und winkten nur ab, wenn man ihren Namen aussprach. Nur dat Frau Haberstroh zeigte sich noch zur Anteilnahme bereit, als ich ihr die ganze Story erzählte. Sie meinte, man müsse unbedingt nach dem Rechten sehen und die Chrissy zu Hause besuchen. Mit „man" meinte sie sich selber und ich bot mich natürlich sofort an, sie zu begleiten, obwohl mir gleich das Herz in die Kniekehlen rutschte, als mir einfiel, dass Schatzi angesichts unseres Kontrollbesuchs bestimmt schlechte Laune bekommen würde. Aber ich konnte mich im Zweifelsfalle hinter Frau Haberstroh verstecken, die Mut hatte wie eine Löwin. Ja, ihr lacht jetzt und denkt: Was für eine Memme! Ich widerspreche euch da gar nicht so vehement, finde aber, dass es zur Emanzipation dazugehört, dass auch mal die Frauen ranmüssen gegen die Männergewalt, denn Frauen wie die Moni haben in solchen Situationen viel bessere Karten als Männer wie ich. Typen wie ich kriegen nämlich schon aus Prinzip eins in die Fresse, obwohl sie einem Kickbox-Maik körperlich genauso unterlegen sind wie dat Frau Haberstroh. Aber bei Männern zählt dieses Argument irgendwie nicht, da gilt gegenseitiges Verkloppen als Ehrensache. Ich war als junger Mensch naiv genug gewesen zu glauben, dass ich trotz meiner körperlich eher schwachen Konstitution unversehrt durchs Leben gehen könne, ohne Karate, Kickboxen und Tae Kwon Do erlernen zu müssen. Schließlich leben wir in einem zivilisierten Land, dachte ich. Aber ich musste erkennen, dass sich viele Männer mit ähnlichen Nachteil-Anlagen wie Berserker auf den Kampfsport stürzen, um ihren „Mindi" zu verkappen, siehe Jan-Kees van Bommel. Auch der Maik war als Kind bestimmt ein Würstchen gewesen und hatte während der Pubertät als dürrer Kerl mit Glasbausteinbrille dumm in der Ecke herumgestanden. Wetten? Mein Mindi war jedenfalls nicht groß genug, um mich zwecks eigener Aufrüstung alle nasenlang im Fitness- und Kampfsportstudio zu schinden. Aber ihr sollt mal sehen: Selbst so ein Dieter Weiler wächst manchmal über sich hinaus, wenn er einer Kollegin imponieren will, auf die er das eine oder andere Auge geworfen hat. Die Gelegenheit, mit ihr zusammen ein Abenteuer zu erleben, konnte ich mir auf keinen Fall entgehen lassen.

Die Moni und ich fuhren also am Abend zusammen nach Flingern-Nord ins Abenteuerland. Wir waren noch nie bei der Chrissy gewesen und mussten ihre Straße erst auf der Karte suchen, bis wir endlich vor einem ziemlich noblen Haus aus der Gründerzeit parkten.

Moni drückte den Klingelknopf, doch niemand öffnete die Eingangstür. Stattdessen schlug Tabasco an. Ich erkannte ihn sofort, denn er machte nicht wau-wau oder waff-waff, sondern wuff-wuff und klang dabei genauso wie die Chrissy. In Wirklichkeit imitierte der Hund bestimmt sein Frauchen und nicht umgekehrt. Moni klingelte ein weiteres Mal. Tabasco gab alles: Sein Bellen drang aus einem Fenster im Hochparterre und man hörte ein paarmal jemanden „Aus!" flüstern.

„Sie ist bestimmt zu Hause. Aber vielleicht lässt Maik sie nicht an die Tür", meinte ich.

„Das wollen wir doch mal sehen!"

„Komm, das hat keinen Sinn." Für mich war das eigentlich schon genug Abenteuer gewesen und ich wäre gerne zum gemütlichen Teil übergegangen. Aber natürlich Pustekuchen.

„Geh doch mal ans Fenster und ruf laut ihren Namen", befahl meine resolute Kollegin. Ich schaute hoch und konnte gerade noch den Chrissy-Kopf erkennen, der sofort wieder hinter den Gardinen verschwand. Ihr abgeschminktes Gesicht sah aus wie die Ampelkoalition. Haben Sie dieses Gesicht auch in Zitronengrün metallic, kam es mir in den Sinn, aber ich verkniff mir natürlich aus Pietät diesen Scherz.

„Wir sind's, Chrissy", rief ich, „wir wollen mal nach dir sehen!"

Die Eingangstür öffnete sich und wir gingen die halbe Treppe hoch durch einen dunklen, sehr gepflegten Hausflur. Rechts leuchtete uns im Halbdunkel ein dreifarbiger Kopf entgegen. „Mein Gott", rief die Moni schockiert, aber die Ampel verzog nur so ein bisschen die Mundwinkel und sagte: „Entschuldigung, ich bin nicht geschminkt. Kommt rein."

„Das meinte ich doch gar nicht", stellte jetzt die Moni klar. Das erinnerte mich an meine Exfreundin Susi, die dauernd „Das meinte ich doch gar nicht" sagte. Aber im Gegensatz zur Susi wusste die Moni genau, was sie stattdessen meinte, nämlich: „Ich bin entsetzt, wie der Maik dich zugerichtet hat!"

Die Chrissy schlurfte durch ihren Holzdielenflur voraus in die Küche. Tabasco kam aus der Ecke und schnüffelte mit mäßiger Neugier an uns herum. Er war ein altersschwacher Rottweiler, der sich beim Bellen bereits total verausgabt hatte. Chrissy trug eine rosa Freizeithose aus Nickistoff und ein kurzes, weißes T-Shirt. Ihr Arschgeweih hing flügellahm auf Halbmast. Sie schleppte sich zum Kühlschrank, nuschelte „Setzt euch doch" und fragte matt: „Was wollt ihr trinken?" Ich pflanzte mich an den Küchentisch und streichelte Tabasco, der sich so ganz paschamäßig, hihihi, zu meinen Füßen platzierte. Meine Kollegin redete sofort Tacheles: „Ich bringe dich jetzt in die Ambulanz und dann rufe ich die Polizei. Das darf doch wohl alles nicht wahr sein!"

Chrissy war zu schwach zur Gegenwehr und beugte sich schlaff über die Spüle: „Vielleicht liebt er mich doch nicht so richtig."

„Was ist denn überhaupt passiert und wo ist der Maik jetzt?", wollte ich wissen, denn ich befürchtete, dass er bald auftauchen und Remmidemmi machen könnte.

„Der ist vielleicht noch auf Arbeit. Ich habe ihn heute noch nicht gesehen."

„Der soll mal hier auftauchen, dann mach ich ihm aber einen Einlauf", entrüstete sich dat Frau Haberstroh. „Hat er dich gestern abend durchgeprügelt?" „Dabei fing alles so schön an. Er hatte mir Blumen mitgebracht und so."

Ich fummelte gedankenverloren an einer großen Kaffetasse herum. Als ich sie umdrehte, sah ich, dass darauf „Maik" stand. Blitzschnell schob ich sie von mir weg, als hätte ich mir die Finger daran verbrannt.

„Und dann?"

„Dann fing er an, mich auszuquetschen wegen dem Christian oder Torsten oder Mario. Ich sagte ihm, dass nichts passiert war, aber er griff sich mein Handy und durchstöberte das Adressbuch. Jetzt hat er ihre Nummern. Vielleicht ist er gerade auf dem Weg zu einem von ihnen."

Er gibt der Hydra den Rest, freute ich mich klammheimlich.

„Und dann hat er dich verdroschen?"

„Ja, aber viel schlimmer als sonst."

„Das Schwein!"

„Kapierst du es endlich?", haute ich plötzlich auf den Tisch, um der Moni zu imponieren, aber die Chrissy erschrak zu Tode und die Moni warf mir einen zornigen Haberstroh-Blick zu.

„Ist doch wahr", murrte ich kleinlaut.

„Der schlägt dich noch tot. Aber jetzt ist Schluss damit. Komm! Wir fahren in die Ambulanz! Und das T-Shirt ziehst du sofort aus!"

Erst jetzt bemerkte ich, dass auf dem T-Shirt ein großes rotes Herz aufgedruckt war, unter dem in schwarzen Lettern „Love Maik" stand. Die beiden schoben ins Schlafzimmer ab. Ich unterhielt mich währenddessen mit dem vor mir liegenden Rottweiler:

„Wau-wau", meinte ich so zu ihm.

„???"

„Waff-waff?"

„???"

„Wuff-wuff?"

„Wuff-wuff!", antwortete der Hund schließlich.

Wir verstanden uns prima. Ich sagte gerade „braves Hundchen" zu diesem riesigen Vieh, als sich ein Schlüssel im Wohnungstürschloss drehte und jemand den Flur betrat. Ihr könnt euch bestimmt denken, wer das war. Tabasco ging zur Türe und knurrte den Besucher leise an. Zum Fliehen blieb mir keine Zeit mehr, denn die Küche lag der Wohnungstür am nächsten. Ich überlegte einen Moment lang, einfach durchs Fenster zu entschlüpfen, doch der Gedanke an die Moni hielt mich ab. Wie hätte das denn ausgesehen? Ich blieb also sitzen und beobachtete, wie sich ein riesiger Blumenstrauß durch die Tür schob. Aus dem Gestrüpp lugte langsam ein breit grinsendes Schatzi-Gesicht hervor, dem augenblicklich die Kinnlade herunterfiel. Ich versuchte ein Lächeln und sagte „Hallo". Fast hätte ich hinzugefügt: Es ist nicht so, wie du denkst.

„Wat is denn hier am Gange?", meinte der Maik, während er den Blumenstrauß in die Spüle warf.

„Nur ein Kollegenbesuch", antwortete ich so unschuldig wie möglich.

„Dein Gesicht kenn ich doch, du Brillo", erwiderte er mit wachsendem Zorn. „Schieb ma deinen Arsch hier raus, aber subito!"

Ich wollte gerade gehorchen, als sich die Moni hinter ihm aufbaute und zischte: „Der Einzige, der hier subito seinen Arsch rausschiebt, bist du!"

Das saß. Der Maik drehte sich um und blickte in ihr Gesicht: „Dich kenn ich doch auch, du Schreckschraube!"

„Ein Kollegenbesuch, eben", flocht ich so deeskalationsmäßig in den Disput ein, hatte aber gerade Sendepause.

„Du hast jetzt mal Sendepause", beschied der Maik und bewegte sich o-beinig in Angriffshaltung auf dat Frau Haberstroh zu, die keinen Zentimeter zurückwich. Ein tolles Weib, sage ich euch!

„Ich schlag ja keine Frauen ..."

„Ach nee, guter Witz!" Sie zeigte mit dem Kopf in Richtung Chrissy.

„Aber dir knall ich gleich eine, wenn du nicht subito deinen Brillo einpackst und abhaust!"

„Lass die beiden doch in Ruhe", flehte die Schnecke aus dem Hintergrund ihren Schatzi an. Aber die Schnecke hatte auch Sendepause.

Er schubste die beiden Frauen in den Flur. Moni hielt dagegen und drohte: „Fass mich nicht noch mal an, sonst mach ich dich zur Minna!"

Ich gäbe was darum, wenn mir in solchen Situationen auch nur annähernd eine solche Überschätzung der eigenen Kräfte gelänge wie meiner entschlossenen Kollegin aus dem Fährkauf. Denn natürlich hätte sie gegen den Kickboxer nicht den Hauch einer Chance gehabt.

„Ich sag dat nur noch einmal: Macht euch vom Acker, aber ..."

„Subito?", entfuhr es mir.

„Korrekt!"

„Küss mir den Arsch, Pinkie", meinte jetzt die Moni mit zornig funkelnden Augen und ich musste unwillkürlich lachen.

„Ach, Brillo hier findet dat wohl lustig, hä?" Der Kabelknoter drehte sich um und kam auf mich zu. Moni gab mir hinter seinem Rücken blitzschnell ein Zeichen, indem sie mit dem Finger zur Wohnungstür zeigte. Ich erhob mich mit schlotternden Knien, kratzte all meinen Mut zusammen und antwortete: „Für dich ‚Herr Weiler', Pinkie!"

Kaum hatte ich den Satz zu Ende gesprochen, blieb mir schon die Luft weg, weil der Maik mir seine Faust in den Solarplexus gerammt hatte.

„Wie war dat, Brillo? Ich kann dich nich verstehen."

Ich klappte zusammen wie ein Taschenmesser. Aus dem Augenwinkel konnte ich sehen, wie meine Kollegin die Chrissy zur Tür hinausschob. „Ta-bas-co ...", brachte ich hervor. Dem Maik wurde nun sein Sadismus zum Verhängnis, denn er hatte jetzt offenbar vor, mir den Code Red zu verabreichen und eine Folternummer durchzuziehen. „Ta-bas-co ...", keuchte ich nun schon etwas lauter. Der Hund, der die ganze Zeit etwas ratlos im Flur herumgeblafft hatte, kam nun in die Küche und guckte mich durch Maiks O-Beine fragend an. „Wuff-wuff", meinte ich und schaffte es sogar zu grinsen. Bevor der Maik mir noch mal eine knallen konnte, befahl ich schnell: „Fass!" Das Tier reagierte tatsächlich und machte immerhin laut „Wuff-wuff!". Der Folterknecht wollte sich gerade umdrehen, da bekam er von hinten einen wuchtigen Tritt in die Eier. Als er zu Boden ging, tauchte über ihm eine breitbeinig triumphierende Amazone namens Monika Haberstroh auf. Das Blut schoss mir subito in die Lenden. Ein Rohr bekomm ich immer dann, wenn ich es nicht gebrauchen kann, dachte ich mal wieder.

„Los, Dieter, schnell!"

„Tabasco, bei Fuß", röchelte ich und stieg über den sich schmerzhaft verknotenden Kabelknoter hinweg. Er packte mich mit den letzten Reserven am Knöchel, worauf ihm die Haberstroh-Penthesilea ohne mit der Wimper zu zucken einen gewaltigen Tritt in den Rücken verpasste. Zu guter Letzt sprang ihm auch noch der bestimmt über einen Zentner schwere Hund auf den Bauch, um durch den Flur zu Frauchen zu gelangen. Da hatte der Maik erst mal was zu verknusen. Wir verließen eilig die Wohnung, schlossen sie von außen ab, sprangen ins Auto und fuhren mit quietschenden Reifen davon. Im Rückspiegel sahen wir noch, wie Schatzi aus dem Fenster sprang und mit drohend geballten Fäusten auf die Straße humpelte. Aber wie gesagt: Küss mir den Arsch, Pinkie!

„Warum hast du eigentlich nicht deinen Mann mitgenommen?", fragte ich die Moni unterwegs, „der hätte uns doch unterstützen können."

„Ach, der Herbie, den kann man für so was nicht gebrauchen", winkte sie ab, „das ist ein ganz Lieber, so wie du und Tabasco."

„Wuff", antwortete ich. Es war natürlich etwas suboptimal, mit einem altersschwachen Rottweiler in einem Atemzug genannt zu werden. Ich drehte mich zu dem auf der Rückbank Hechelnden um: „Hast du das gehört?"

Chrissy kauerte neben dem Vieh und versuchte ein Lächeln.

„Aber der Herbie hat nicht so viel Mumm in den Knochen wie du", meinte plötzlich die Moni.

„Wie ... ich?", stammelte ich überrascht.

„Und er sieht nicht so gut aus wie du", fuhr sie unbeirrt fort, ohne den Blick von der Straße abzuwenden.

„Wie ... ich?", wiederholte ich dümmlich.

Ein ähnliches Kompliment hatte ich zuletzt anlässlich meines zehnten Geburtstags erhalten. Da meinte nämlich meine Großtante Fiffy vom Bodensee zu meiner Mutter: „Ist ein hübscher Bub, dein Dieter."

„Ned woar?", antwortete Mama Weiler stolz.

„Na ja ...", meinte mein dröger Vater.

„Koarl-Häänz, jeetz gib amoal aane Ruh", befahl meine Mutter in gewohnter Manier.

„Ein ganz ein hübscher Bub", bekräftigte Tante Fiffy. Sie war stark weitsichtig.

Dreißig Jahre später bekam ich nun von der tollen Haberstroh-Amazone so ganz nebenbei gleich zwei Komplimente, die mit der Realität nicht übereinstimmten. Das konnte nur eins bedeuten: dass in ihrem Inneren nun plötzlich doch ein Flämmchen für mich brannte. Oder?

„Du warst sehr mutig, eben", säuselte sie.

„Wer? Ich?"

„Für dich ‚Herr Weiler', Pinkie – das war stark!"

„Ach ... das war doch nur ...", suchte ich verlegen nach Worten. Die Moni hielt mich tatsächlich für einen Helden, obwohl ihr Auftritt ungleich glamouröser gewesen war als mein klägliches Gewürge.

„Ohne dich hätten wir es nicht geschafft", resümierte sie. Ich unterdrückte den Impuls, ihr zu widersprechen. Sollte sie mich doch für den Jan-Frits van Bommel des Porschezentrums halten!

Die Chrissy hatte auf der rechten Seite drei Rippen geprellt, Hämatome am Kinn, über den Augen, an den Oberschenkeln und neben dem Arschgeweih. Letztere rührten aber wahrscheinlich vom festen Handwerker-Griff beim coitus a tergo, vermutete ich. Jedenfalls war die Ärztin in der Ambulanz sofort im Bilde, denn sie hatte schon oft mit solchen Opfern sinnloser Männergewalt zu tun gehabt. Moni rief per Handy die Polizei an. Während des Gespräches wurde sie dann immer wütender, verdrehte die Augen und stellte den Apparat auf laut:

„Besteht denn eine akute Gefahr?", fragte der Mann von der 110-Servicenummer zum wiederholten Male.

„Ja-ha! Wie oft soll ich das noch sagen?"

„Was ist denn konkret vorgefallen?"

„Ein Fall von häuslicher Gewalt, der Mann heißt Maik Blaskewitz und läuft weiter frei herum."

„Dann kommen Sie doch morgen mal aufs Präsidium und geben eine Anzeige auf", antwortete der Mann hörbar unbeeindruckt.

„Sie schicken jetzt erst mal eine Streife los", befahl die Moni. Ich stand unwillkürlich stramm.

„Wo hält sich die Person zur Zeit auf?"

„Keine Ahnung, schauen Sie in seiner Wohnung nach." Sie gab die Adresse durch.

„Gut, Frau Haberstroh, wir schicken jemanden", sagte der Mann, meinte als Subtext aber: Mal ganz piano, junge Frau.

Nachdem sie alle Verletzungen fotografiert hatte, erklärte die Ärztin, man müsse stichhaltig beweisen, dass die Verletzungen vom prügelnden Freund stammten. Die Chancen stünden ganz gut, zumal auch ältere Blessuren sichtbar seien. Leider konnten keine typischen Abwehrverletzungen festgestellt werden.

„Hast du denn nichts gemacht, um dich zu verteidigen?", fragte die Moni.

„Nein, ich hab's einfach über mich ergehen lassen."

„Nicht mal die Hände vors Gesicht?"

„Keine Chance, der Maik war viel zu schnell."

„Sie werden natürlich gegen Ihren Freund aussagen müssen", mahnte die Ärztin mit Nachdruck.

„Ja, ja", meinte die Chrissy, aber man sah, dass ihr der Mut dazu fehlte. Wenn dat Frau Haberstroh nicht gewesen wäre, hätte sie bestimmt schon längst wieder mit Schatzi im Bett gelegen und sich von ihm trotz schmerzender Seite in Versöhnungsstellung durchorgeln lassen, dass der Wind nur so durch die geprellten Rippen pfiff.

Dummerweise waren wir nicht direkt Zeugen der Prügelorgie gewesen. Unsere Hochstimmung war daher auch ein bisschen verflogen, hatten wir doch geglaubt, der Maik würde nun auf der Stelle verhaftet und weggeschlossen. Aber natürlich Pustekuchen! Mit gesenkten Köpfen verließen wir die Ambulanz und schoben das müde Gewaltopfer vor uns her. Tabasco machte so wuff-wuff und ich gab ihm uneingeschränkt Recht.

„Was machen wir denn jetzt?", fragte ich, als wir auf dem Vorplatz des Krankenhauses standen.

„Ich will einfach nur schlafen", meinte die Chrissy.

„Aber du kannst ja nicht alleine bleiben. Der Maik lauert dir bestimmt auf. Ich rufe mal das Frauenhaus an", schlug Moni vor.

„Nein, bloß nicht! Das ist doch was für so Loser-Frauen", rief die Chrissy. Sie war zwar ein Häufchen Elend, trug aber trotzdem die Nase hoch. Erklär mir einer die Frauen.

Mir kam auf einmal der Prälla in den Sinn, den ich bei unserem Abenteuer vollkommen vergessen hatte. Jetzt konnte ich ihn doch noch ins Spiel bringen! Natürlich hatte sich mein Verkupplungsgedanke wegen des menschlichen Elends ein bisschen in der Warteschleife befunden, aber ich behielt ihn dennoch im Hinterkopf.

„Pass auf, Chrissy! Wir quartieren dich bis auf weiteres beim Heiko ein, okay?"

Monis Gesicht hellte sich auf: „Gute Idee, Dieter!"

Ich wollte mich für meinen Geistesblitz von ihr noch ein bisschen feiern lassen, aber die Chrissy fuhr gleich nörgelnd dazwischen.

„Ach nee ... beim Heiko ... ich weiß ja nicht."

Jetzt machte die doch tatsächlich einen auf Diva und zierte sich, als ob sie uns einen Gefallen tun musste!

„So wird's gemacht, basta", herrschte ich Prinzessin Arschgeweih an und schielte nach einem anerkennenden Moni-Blick, der auch nicht ausblieb. Dieter Weiler, ein Mann der Tat, pries ich mich innerlich und griff zum Handy.

„Wat liecht an?", meldete sich der Prälla am anderen Ende der Leitung.

„Hör mal, wir kommen gleich bei dir vorbei: die Chrissy, dat Frau Haberstroh und ich."

„Wie? Wat?"

„Du musst auf die Chrissy aufpassen. Die zieht für eine Weile bei dir ein, klar?"

„Wat? Wie?"

„Ich weiß ja nicht ...", nörgelte die Diva wieder.

„Komm, Dieter, wir lassen Frau Wolfgram jetzt einfach im Regen stehen und hauen ab", rief die Moni zornig. Chrissy verstummte ängstlich.

„Hömma, ich guck grade Gülcan und Collien ziehen aufs Land", gluckste der Prälla. „Boa ey, die stellen sich da auf dem Bauernhof vielleicht dämlich an! Aber geile Weiber. Kumma, kumma! Wat sehen die scharf aus in ihre Gummistiefel! Ey, getz packt die Gülcan grade ner Kuh voll an den Arsch!"

„Hör mal zu!" Ich kam nicht durch, denn er schien als Zuschauer von den Pro-Sieben-Strategen am Reißbrett entworfen worden zu sein. Motto: Je dümmer, desto doller!

„Kuck dir dat an", kreischte er, als ob ich neben ihm auf der Couch säße, „getz geht die Collien dem Vieh voll an die Zitzen!"

„Präl-laa!"

„Da stell ich mich gleich daneben und halt der Collien meinen Eumel hin", jauchzte er im siebten Himmel, „da kommt aber dann wat raus, hömma, da kannsse aber den Melkeimer vollmachen mit!"

„Prää-laaa!"

„Ich frag mich die ganze Zeit ..."

„Das ist doch jetzt total schnuppe, was du dich fragst, du Hirni", schrie ich jetzt laut. Monis Augen funkelten.

„... ob die Titten von der Gülcan echt sind."

„Hast du nicht kapiert?"

„Operiert, meinst du?"

„Nein, ka-piert!"

„Nee, Weiler, ich glaub, die sind echt." Wenn sein Hirn erst mal mit Sperma geflutet war, konnte man ihn einfach nicht mehr bremsen.

„Das ist ein Notfall. Ein Not-fall! Du musst die Chrissy beschützen. Die Chris-sy!"

„Boa, hat die Titten", meinte der Prälla blöde und ich wollte nicht nachfragen, ob er nun die Gülcan oder die Collien oder die Chrissy meinte. Wahrscheinlich alle zusammen.

„In einer Viertelstunde sind wir da!"

„Wie? Wat? Bei mir?"

„Nee, bei Gülcan und Collien, du Knalltüte!" Dann drehte ich mich weg und flüsterte: „Räum mal schnell deine Pornos aus dem Wohnzimmer!"

„Wie? Wat? Alle?"

„Ja, alle."

Wegen der Chrissy war mir das egal, die kannte ja die „Handlung" all seiner Filme bis ins Kleinste auswendig. Aber es wäre mir natürlich total peinlich gewesen, wenn die Moni im Wohnzimmer über Hotel Fickmichgut oder Fucking Nuts im Irrenhaus gestolpert wäre.

„Und trag mal fix deine Berge leerer Bierflaschen ab!"

„Ey, Weiler, kumma, kumma! Die Collien kriegt gerade voll den Schwanz ins Gesicht! Geil! Ich werd zum Ochsen!"

Bist du ja schon, dachte ich und legte einfach auf.

„Geritzt", sagte ich zur Moni.

„Klasse", meinte sie.

„Wuff-wuff", meldete sich Tabasco. Mist, kam es mir in den Sinn, der Prälla hatte doch eine Allergie gegen Katzen- und Hundehaare! Die Allergie war zwar nicht besonders stark, aber Tabasco konnte nicht tagelang in Prällas Wohnung bleiben.

„Wohin mit dem Köter?", dachte ich laut.

„Der bleibt bei mir", wandte die Chrissy ein.

„Geht nicht. Der Prälla hat ne Allergie."

„Dann gehe ich nicht mit", bockte sie wieder.

Du bockst noch, hätte der Nebenfach-Uwe jetzt gesagt.

„Er muss in eine Hundepension oder ins Tierheim", überlegte Moni.

„Nein", rief die Chrissy, „das ist doch nur was für so Loser-Hunde!"

Ich wollte mich gerade empören, als sie ergänzte: „Der geht doch bei fremden Leuten ein. Aber dich mag er."

„Wen? Mich?"

„Sieh doch mal!"

Drei Paar flehender Augen durchbohrten mich plötzlich, wobei der Hund pflichtgemäß den nach ihm benannten Blick aufsetzte. Ich schaute zuerst Tabasco, dann die Chrissy und zuletzt die Moni an. Sie kam mir ganz nah und flüsterte: „Bitte, Dieter."

Ich bekam schon wieder ein Rohr. Prompt schnüffelte Tabasco an meinem Hosenstall herum und blickte wehmütig in die Ferne. Wahrscheinlich dachte er dabei an seine rüde Jugend als Hunde-Casanova von Rottweil.

„Schau nur, wie lieb er dich hat", säuselte die Chrissy. Das Tier stupste mit der Nase an mein Rohr und zuckte zurück.

„Aber ... ich habe doch gar kein Hundefutter zu Hause und ... und ..."

Moni nestelte an meinem Hemdkragen herum. „Ach komm, Dieter", hauchte sie. Wenn sie mir das zu Hause bei Kerzenschein auf dem Tigerfell zugeflüstert hätte, wäre ich selber zum Tiger geworden und hätte zum Besprung angesetzt. Aber es ging ja nur um den blöden Tabasco.

„Meinetwegen", schmolz ich dahin.

„Prima", entgegnete die Moni nüchtern und tauschte den läufigen Hündinnenblick blitzschnell gegen einen patenten Heimwerkerblick aus, worauf mir das schöne Tigerfell unter den heißen Lenden wegschwamm. Sie spielt mit mir, dachte ich eingeschnappt, ich bin nur ihr nützlicher Idiot.

Nachtigall, ick hör dir trapsen, werdet ihr jetzt sagen. Ja, es stimmt: In diesem Moment wurde mir klar, dass ich bis über beide Ohren in die Moni verschossen war, und zwar viel doller als damals in die Susi. In die Susi war ich ja nur so bräsig hineingeschlittert, könnte man sagen. Mit der Susi war ich nur zusammen gewesen, weil ich dachte, wenn sich so eine sexy Frau aufgrund eines Missverständnisses schon für mich interessiert, dann muss ich das als Durchschnitts-Langweiler auch ausnutzen. Ihr ganzes No-Go-Gerede und taffes Gebaren hatte ich als Abstrich in Kauf genommen, den man bei sexy Frauen nun mal machen musste – genau wie in dem Film „Toll trieben es die alten Römer", wo die beinahe zwangsverheiratete junge Frau zu dem notgeilen alten Sack sagt: „Meinen Körper werdet Ihr besitzen, aber meine Seele niemals", und der Sack furztrocken erwidert: „Man kann nicht alles haben."

Gegen die Liebes-Teillieferung Susi war die Moni für mich aber ein richtiges Gesamtpaket. Bei ihr fühlte ich mich wie unsere damaligen Brüderschwestern aus dem Osten, wenn sie Hurra rufend ein Westpaket auspackten und dankbar auf die Knie sanken. Jedenfalls stellte man sich das im Westen immer so vor. Bis zu Monis fachgerecht gesäuseltem „Ach komm, Dieter" hatte ich mich bloß einer kleinen Freizeitschwärmerei hingegeben und war dabei auf meine private Verzichtsideologie selber reingefallen. Motto: Ei, Moni, machst mir blauen Dunst. Aber die Ideologie verschwand aus meinem vernebelten Bewusstsein und machte einer glasklaren Verliebtheit Platz, vor der ich mich ein wenig fürchtete. Denn die Moni war schließlich eine verheiratete Frau Haberstroh und damit quasi Terra dings. Das Gewürge wäre ja im Falle des Näherkommens programmiert gewesen und ich wollte nicht wie Edmund Stoiber enden, der freimütig bekannte: „Ich leide wie ein Hund."

Dass nun der Hund anstatt der Moni eine richtige Liebe für mich entwickelte, war natürlich ein eher suboptimales Ergebnis. Ich musste dringend darauf achten, nicht als Knuffi abgelegt zu werden und in ihrer Nimmer-Wiedervorlage zu landen. Meine Hundepatenschaft war nun leider ein großer Schritt in die falsche Richtung, denn das Tier war ohne Zweifel knuffig, obwohl der Rottweiler in manchen Bundesländern aufgrund seiner molossoiden Herkunft als Listenhund der deutschen Kampfhundeverordnung geführt wird. Dabei sind diese Tiere laut Fédération Cynologique Internationale „von freundlicher und friedlicher Grundstimmung, kinderliebend, sehr anhänglich, gehorsam, führig und arbeitsfreudig. Ihre Erscheinung verrät Urwüchsigkeit; ihr Verhalten ist selbstsicher, nervenfest und unerschrocken. Sie reagieren mit hoher Aufmerksamkeit gegenüber ihrer Umwelt."

Tabasco hatte mich als neuen Führungsoffizier auserkoren und erwartete nun meine Befehle. Was sollte ich machen? Es kam einfach zusammen, was zusammengehörte: Hundeklo statt Haberstroh.

Während wir zu Prällas Wohnung fuhren, war ich der festen Überzeugung, dass der Maik uns verfolgen würde. Ich drehte mich auf der Fahrt ständig um und unterhielt mich ganz beiläufig mit Tabasco, der im Heck des Kombis wieder fröhlich vor sich hinhechelte. Hunde sehen beim Hecheln ja immer aus, als würden sie grinsen. „Wuff-wuff", meinte ich dann so zu ihm und spähte an ihm vorbei nach den Autos hinter uns.

„Du kannst es wohl kaum erwarten, endlich mit Tabasco allein zu sein und ein Männergespräch zu führen", lachte die Moni.

„Ja, ja", antwortete ich abwesend. „Ich glaube, wir werden verfolgt."

„Von Maik?", fragte die Chrissy blöde.

„Nee, von der Hundepolizei."

„Der soll es bloß nicht wagen", meinte die Moni.

„Zur Not haut uns der Prälla raus", beruhigte ich mich selber.

Meine Planung für den angebrochenen Abend war, die Chrissy kurz beim Prälla abzuliefern und dann mit der Moni noch was trinken zu gehen. Vielleicht, so hoffte ich, würde ich ihr ja näherkommen, wenn wir das zuvor erlebte Abenteuer in einer Bar Revue passieren ließen und einander Heldenkränze flochten. Aber natürlich Pustekuchen! Denn genau in dem Moment, als wir vor dem Haus parkten, worin sich Prällas Porno-Wohnung befand, klingelte Monis Handy und „Hörbie" war dran. Diese Typen haben eine innere Uhr, ärgerte ich mich. Die wissen immer ganz genau, in welchem Moment sie stören müssen, um jede Anbahnungschance zunichte zu machen!

„Ja, ich komme jetzt nach Hause", beschwichtigte Hörbies Frau ihren quengelnden Gatten. „Ich weiß, dass du gekocht hast, aber ... ja ... ja ... aber es gibt manchmal Wichtigeres im Leben. Erzähle ich dir gleich. Ciao, ciao."

„Rottweiler", meinte ich säuerlich.

„Rottweiler?"

„Tabasco ist ein Rottweiler, kein Chow-Chow." Moni lachte laut. Sie dachte, mein beleidigter Gesichtsausdruck wäre gespielt. Selbst die Chrissy musste lachen, krümmte sich aber gleich vor Schmerz wegen der geprellten Rippen. Ich war enttäuscht wie ein Kind, dem man ein Eis versprochen und ein Grahambrot gegeben hatte. Manchmal lassen sich Frauen von beleidigten Männern beeindrucken und fragen: „Hab ich was falsch gemacht?" Aber diesen Status hatte ich noch nicht erreicht. Der Hörbie bestritt wahrscheinlich den gesamten Eheallertag mit Beleidigtsein und ließ damit seine Frau in seinem Sinne rotieren. Die war mit ihrem schlechten Hörbie-Gewissen also derart ausgelastet, dass sie für mein Beleidigtsein nur ein mildes Lächeln übrig hatte. Motto: Da musst du schon schwerere Geschütze auffahren, Kleiner. Sollte ich etwa anfangen zu heulen? Gute Idee, dachte ich noch, da kullerten mir schon Tränen der Verbitterung über die Wange. Ihr denkt jetzt bestimmt: Wie albern! Aber in diesem Moment kam eben alles zusammen: mein Verzichtstriebstau, die Anspannung des Kabelknoterkampfes, die Tabasco-Adoption und so. Da musste ich auf einmal weinen. Die Moni beugte sich zu mir herüber und schaute besorgt. Ich drehte mich weg und tat so, als wäre mir das Heulen furchtbar peinlich. Dabei strengte ich mich in Wirklichkeit an, den Tränenfluss nicht allzu schnell versiegen zu lassen.

„Hey, Dieter, was hast du denn?"

„Ach, gar nicht drauf achten", schniefte ich, „ist nur ein Reflex auf den ganzen Stress. Ich bin eben so sensibel, weißt du?" Diese Floskel hätte selbst der Nebenfach-Uwe nicht schamloser über die Rampe gebracht.

„Du hast dich prima geschlagen", meinte sie mütterlich und streichelte mir die Wange. Gleich gibt sie mir die Brust, dachte ich plötzlich. Ödigall, ick hör dir trapsen. Sie verabschiedete sich mit einem weiteren „Ciao, ciao", auf das ich mit bewährtem „Rottweiler" antwortete, und gab Gas.

Weg war sie.

Da lässt man sich nun vom Maik den Solarplexus demolieren und von der Chrissy eine altersschwache Töle ans Bein binden, doch wer fährt am Ende die ganze Ernte ein? Dieser köchelnde Jammerlappen von Hörbie! Die Moni wird diese Lusche nach dem verkochten Essen zwecks Stressabbau gewiss aufs Ehebett nageln, ärgerte ich mich grün und schwarz. Ich kannte den Hörbie gar nicht, aber dass er eine Niete war, stand für mich fest. Daran könnt ihr meinen Verliebtheitsgrad erkennen, denn bisher waren mir solche Gedanken vollkommen fremd gewesen. Aber die Vorstellung einer hörbiepflasternden Moni war mir nach allem, was wir gemeinsam durchgestanden hatten, unerträglich. Nun stand ich unverhofft selber am Marterpfahl der Eifersucht und schwieg wie gefrorenes Holz. Wer hätte das für möglich gehalten?

„Mal ehrlich", fragte ich später Tabasco unter vier Augen, „durch mein heldenhaftes Verhalten habe ich mir doch wohl das Recht einer ersten Haberstroh-Nacht erkämpft, oder?"

„Wuff-wuff", bestätigte mein neuer Freund.

Prima, so ein Männergespräch, dachte ich und fing langsam an zu verstehen, warum sich Menschen Hunde halten.

Vor lauter Marterpfahl schlug ich mir das Haberstroh fürs Erste aus dem Sinn und konzentrierte mich wieder auf die Verkupplung. Bevor ich den Prälla mit der Chrissy allein lassen konnte, war noch etwas Aufsichtsarbeit zu leisten, denn er bekam nie Damenbesuch und wusste gar nicht, wie man sich als „Gentleman" in solchen Situationen verhält, aus denen man auf lange Sicht Verkupplungskapital schlagen konnte, wenn man die kurzfristigen Interessen hintanstellte.

„Tach", meinte er etwas ratlos, als er uns an der Tür empfing. Ich schob die erschöpfte Chrissy an dem Koloss vorbei durch den mit Gülcan- und Hackepeterpostern gesäumten Flur.

„Ey, wie siehs du denn aus?", konnte sich der Prälla nicht verkneifen zu fragen, als er Chrissys Gesicht sah. „Zeich ma!" Er wollte ihren Kopf gerade prüfend unter die Halogenlampe halten, als ich ihm mit leisem Zischen Einhalt gebot. Die Chrissy war so müde, dass sie ohnehin nicht mehr viel mitbekam.

„Hast du ihr schon das Bett frisch bezogen?", fragte ich.

„Äh ... wieso?"

Damit die Chrissy nicht in deinen alten Spermaflecken liegen muss, wollte ich antworten, sagte aber stattdessen: „Du schläfst doch auf der Couch, oder wie hast du dir das gedacht?"

„Gedacht ...?"

Ich seufzte. Die letzten Stunden waren nicht spurlos an mir vorübergegangen; eine große Mattigkeit überkam mich nun. Imbezillität ist angeboren, meldete sich mein innerer Schweinehund, du bemühst dich hier ganz vergeblich.

„Der Hund kann aber nich hierbleiben!"

„Nein, den nehme ich."

„Wuff."

Chrissy schlurfte wie ein lahmer Spielzeugroboter mechanisch ins Schlafzimmer und legte sich einfach in das riesige ungemachte Bett.

„Schlaf dich erst mal aus", meinte ich. Sie streifte nur ihre Turnschuhe ab, suchte eine möglichst schmerzfreie Position und legte sich vorsichtig auf den Rücken. Dann faltete sie die Hände über dem Bauch und schloss mit einem leisen „Danke" die Augen. Ich war ein bisschen gerührt.

„Kumma, Weiler", flüsterte der Prälla, „der ihre Titten voll so *wipp* rauf und runter – voll geil, ey!"

Wir zogen unsere Köpfe aus dem Spalt und schlossen leise die Tür.

„Hör mal, wenn du bei der Chrissy landen willst, denk nicht an ihre Titten, bis sie wieder fit ist, klar?"

„Wie soll dat denn gehen? Die Dinger machen doch die ganze Zeit wackel-wackel, hömma!"

„Sie ist jetzt ordentlich durchgeschüttelt worden. Das kann deine Chance sein. Jetzt kannst du dich von deiner ritterlichen Seite zeigen. Vermassele es nicht wieder!"

„Geht klar, Weiler."

Wir gingen in sein Wohnzimmer. Seufzend stierte er auf seine Couch und malte sich schon eine Horrornacht auf dem engen Lager aus.

Für mich war leider noch kein Feierabend. Nachdem ich Prällas Wohnung verlassen hatte, musste ich noch Utensilien für den Hund besorgen. Es war fast Mitternacht und alle Läden hatten geschlossen. Aber zum Glück gab es direkt bei mir gegenüber eine Tankstelle mit großem Spätkauf-Sortiment, die 24 Stunden geöffnet hatte. Dort bekam man alles, was ein Hund brauchte: Futter, Näpfe, Hundekuchen und pipapo. Ich deckte mich mit allem ein. Eine Leine brauchte ich nicht, das Tier stapfte immer ganz von selbst hinter mir her.

Als ich schwer beladen mit dem Hundegedöns und ein paar Dosen Bier aus der Tanke herauskam, freute sich Tabasco wie ein Schneekönig. Hunde leben bekanntlich nach der Devise: Auch kleine Dinge können uns erfreuen. Unterwegs machte er sein Häufchen und ich packte es brav in mein frisch erworbenes Beseitigungstütchen, was mir den missbilligenden Blick eines älteren Herrn einbrachte, der gerade seinen Dackel an uns vorbeizerrte. Echte Hundebesitzer halten Weicheier, die den Kot ihrer Schützlinge beseitigen, wohl für eine Art Verräter. Denn die meisten Menschen besitzen ihre Köter ja nur, um sich an deren analen Verrenkungen aufzugeilen. Dem älteren Herrn sah man es an der Nasenspitze an, dass er am liebsten selber auf die Straße gekackt und seinen Kot liegengelassen hätte, um sich zu Hause in sein Rentnerfäustchen zu lachen. Der Dackel fabrizierte derweil eine lange Wurst und legte sie neben einer Pappel ab wie Spritzgebäck unterm Weihnachtsbaum. „Hey", rief ich matt, aber der Hundebesitzer war beim Anblick seines Kackdackels in tiefe Analtrance versunken.

Endlich zu Hause angekommen stellte ich Futter und Wasser hin und fiel ins Bett. Im Traum lag ich nackt auf einem großen Bärenfell. Neben mir räkelte sich die Moni. Ihr nackter Leib war weiß wie Milch. Sie robbte auf mich zu und flüsterte: „Ach komm, Dieter." Das ließ ich mir nicht zweimal sagen. Als ich nach ihr griff, wackelte plötzlich der Untergrund. Das Bärenfell erhob sich und wir beide purzelten herunter. „Wuff-wuff", machte das Fell und entpuppte sich als Tabasco. Die Moni guckte beleidigt. „Dann leb doch mit dem zusammen", rief sie empört, packte ihre Klamotten und verschwand.

„Wuff-wuff", machte es noch mal. Als ich die Augen aufschlug, erschrak ich beinahe zu Tode, denn nur fünf Zentimeter von meinem Gesicht befand sich die feuchte Schnauze meines Hundefreundes und stupste mich an. Er versuchte, das Bett zu erklimmen, schaffte es jedoch wegen seiner Arthrose nicht. „Nein, Tabasco", wehrte ich mich. Aber der Anblick des sich mühenden Hundegreises erweichte mein Herz. Ich stand auf, holte eine Wolldecke aus der Kammer, hievte das tonnenschwere Vieh aufs Bett und wies ihm einen Platz am Fußende zu. Selig schlief der alte Molossoide ein. Das Bett hatte mir damals der Prälla überlassen. Es war von geräumiger Übergröße. Ich hatte gehofft, darin eines Tages diversem sexy Damenbesuch ausreichend Platz bieten zu können. Aber natürlich Pustekuchen!

Am nächsten Tag kam ich zwei Stunden später zur Arbeit, denn ich musste Tabasco noch bei meinem Vater abliefern, der sich bereit erklärt hatte, mir bei der Hundeaufsicht zu helfen. Ich hätte das Tier auch alleine in der Wohnung lassen können, brachte es aber nicht übers Herz. Außerdem hatte sich Papa bereits ein Fitnessprogramm für Tabasco ausgedacht. Mein verwitweter Vater erlebte gerade seinen zweiten Frühling und wollte den Hund nun unbedingt daran teilhaben lassen. „Schwimmen, schwimmen, schwimmen", meinte er, „das bringt müde Knochen auf Trab." Da er seit einiger Zeit eine zwanzig Jahre jüngere Freundin hatte, pflegte sich Papa Weiler als fideler Witwer neuerdings mit frühmorgendlichem Training im Schwimmbad fit zu machen und meldete Tabasco bei einer Arthrose-Schwimmtherapie an. „Geld spielt keine Rolle", sagte mein Vater. Das aus seinem Munde!

Als ich das Porschezentrum betrat, standen jedenfalls der Würz und dat Frau Haberstroh im Empfangsbereich mit genau denselben zwei Schupos herum, die am Tag zuvor den Maik-Rausschmiss zu Protokoll genommen hatten. Hauptmeister Tran und Obermeister Funzel, wie ich sie insgeheim taufte, schienen meine Kollegen mitsamt ihrer Empörung gerade routiniert abblitzen zu lassen, denn der Moni schwoll ganz schön der Kamm und der Würz schüttelte abwehrend den Kopf.

„Herr Weiler, komm doch mal bitte", rief unser stellvertretender Filialleiter, als er mich sah.

„Dieter", echauffierte sich die Moni, „stell dir vor: Der Maik hat uns angezeigt. Uns!"

„Bitte beruhigen Sie sich, Frau Haberstroh, das geht hier alles seinen ordnungsgemäßen Gang", meinte HM Tran.

„Warum hat er uns denn angezeigt?"

„Sie sind Herr Dieter Weiler?", fragte OM Funzel streng.

„Jawohl, Herr Wachtmeister", erwiderte ich betont zackig und lächelte ein bisschen, aber für derlei Possen waren die Vertreter der Staatsmacht gerade nicht aufgelegt.

„Gegen Sie liegt ebenfalls eine Anzeige wegen Körperverletzung vor."

„Gegen ... mich?"

„Ja, von Herrn Blaskewitz."

„Wie bitte?"

„Dann erläutern wir dem Herrn Weiler eben noch einmal den protokollierten Hergang."

„Welchen Hergang?"

„Wir stellen hier die Fragen. Also: Nach dem Anruf von Frau Haberstroh fuhren wir gegen 21 Uhr zur Wohnung des Herrn Blaskewitz und trafen diesen auch dort an. Er war gerade vom Arzt gekommen und schilderte uns den Hergang lückenlos."

„Den Hergang", bekräftigte OM Funzel.

„Welchen Hergang denn, zum Teufel?"

„Mo-ment, Herr Weiler, bleiben Sie bitte ruhig!"

„Jetzt pass mal auf, Dieter, was der Maik denen für Märchen erzählt hat", regte sich die Moni auf, aber die Schupos geboten ihr Einhalt.

„Zum Ersten: Am gestrigen Vormittag habe Herr Blaskewitz das Porschezentrum betreten, um mit seiner Freundin, Frau Christina Barbara Wolfgram, ein Gespräch zu führen."

„Pah, ein Gespräch", grunzte der Würz und zeigte auf sein Jochbein.

„Zu Ihnen kommen wir noch", ermahnte HM Tran den Clemens.

„Gegen Sie liegt ebenfalls eine Anzeige vor", bekräftigte OM Funzel.

„Gegen ... mich?"

Wir drei standen mit offenen Mündern da und sahen aus wie eine Gruppe Räuchermännchen – es fehlte nur noch der Qualm.

„Eins nach dem anderen! Also: Herr Blaskewitz betrat die Filiale gegen 10 Uhr 20, und bevor er zu seiner Freundin gelangte, wurde er von Herrn Clemens Arno Würz angegriffen."

„Angegriffen? Ich habe lediglich von unserem Hausrecht ...", japste der Würz.

„Herr Blaskewitz verteidigte sich mit einem kontrollierten Abwehrschlag und wurde daraufhin von einem weiteren Mitarbeiter, Herrn Ronny Sirko Schmidtke, angegriffen."

„Herr Blaskewitz hat uns angegriffen, das haben wir Ihnen gestern alles haarklein geschildert!"

„Mo-ment, Frau Haberstroh, mit Ihren Einwürfen verunklaren Sie den Hergang."

„Den Hergang?"

„Den Hergang!"

„Als er sich auch gegen Herrn Schmidtke durchsetzen konnte, stürmte ein riesenhafter Kollege namens Heiko Prälla hinterrücks auf ihn ein und misshandelte Herrn Blaskewitz. Die Verletzungen an Ellenbogen und Sprunggelenk sind amtlich protokolliert."

„Ha! Und wie erklären Sie sich die eingetretene Tür?"

„Das war ein Versehen, erklärte Herr Blaskewitz auf unsere Nachfrage. Die Tür klemmte und er habe wohl etwas zu viel Kraft aufgewendet. Er ist bereit, den entstandenen Schaden zu ersetzen."

„Na, dann ist ja alles in Ordnung", meinte ich sarkastisch.

„Wir sind noch nicht fertig mit dem Hergang", ermahnte mich OM Funzel.

„Wo hält sich der Herr Heiko Prälla zur Zeit auf?"

„Im Verkaufsbereich dort hinten. Ist nicht zu übersehen."
„Und Herr Ronny Schmidtke?"
„Hat frei."
„Hat frei", notierte HM Tran.
„Hat frei", unterstrich OM Funzel.
„Welchen Grund sollten wir denn alle haben, Herrn Blaskewitz anzugreifen?", fragte die Moni völlig zu Recht.
„Der Grund ergibt sich aus dem Gesamthergang."
„Dem Gesamthergang?"
„Dem Gesamthergang!"
„Herr Blaskewitz schilderte uns, dass es in Ihrem Kollegenkreis eine Art Verschwörung gegen ihn gebe. Offenbar ist Ihnen allen daran gelegen, ihn seiner Freundin abspenstig zu machen und diese Herrn Ronny Schmidtke zuzuführen."
„Das ist ja total absurd", schrie die Moni jetzt.
„Nur dem ersten Anschein nach", versetzte HM Tran gelassen.
„Denn die Ereignisse des gestrigen Abends werfen ein ganz anderes Licht auf den Hergang und geben ein lückenloses Gesamtbild", ergänzte OM Funzel.
„Sie können doch nicht einfach hergehen und einen Hergang herbeireden, der gar nicht so hergegangen ... äh, vorgegangen ...", verhaspelte ich mich in meiner Aufregung.
„Stören Sie hier nicht den Vorgang, Herr Weiler!"
„Den Vorgang?"
„Den Vorgang!"
„Was geht hier vor?", brachte der Würz vor.
„Wir kennen Herrn Blaskewitz sehr gut. Er ist seit Jahren ehrenamtlich damit betraut, unsere Polizeischüler in Selbstverteidigung zu schulen, nachdem man der Polizei die Mittel gekürzt hat."
„Ehrenamtlich", betonte OM Funzel noch einmal und hob den Zeigefinger.

„Ach, daher weht der Wind", meinte die Moni.

„Herr Blaskewitz gilt als besonnener und beherrschter Mann. Er würde niemals ..."

„Das ist ja ein Skandal", brüllte der Würz plötzlich durch den ganzen Raum. Die Kundenrotte im hinteren Verkaufbereich schaute kurz herüber und hängte sich dann wieder an Prällas Lippen.

„Lupenreine Vetternwirtschaft", beschwerte ich mich.

„Besonnen und beherrscht! Haa-ha", lachte die Moni den Schupos höhnisch in die verunklarten Hergangs-Gesichter.

„Wenn Sie alle sich nicht beherrschen, laden wir Sie ins Präsidium vor", schrie HM Tran im Kasernenhofton.

„Also Ruhe jetzt", befahl OM Funzel und fuhr gewichtig fort: „Gestern Abend lauerten Sie, Frau Haberstroh, und Sie, Herr Weiler, dem Herrn Blaskewitz in der Wohnung seiner Freundin auf und misshandelten ihn dort aufs Neue. Er hat eine Nierenquetschung, ein großes Hämatom am Unterleib und eine Rippenprellung. Sie, Herr Weiler, haben Frau Wolfgrams Kampfhund auf den wehrlos am Boden Liegenden gehetzt. Bestreiten Sie den Hergang?"

„Hergang hin, Hergang her ..."

„Kampfhund – hat man Worte? Kampf-hund! Ha-ha!"

„Aber das war doch alles ... ganz anders ..."

„Sie waren doch gar nicht dabei, Herr Würz!", stellte OM Funzel klar.

„Oder haben Sie sich etwa auch daran beteiligt?", fragte drohend HM Tran.

„Nein, nein, ich ..."

„Dass Herr Blaskewitz sich von Ihnen beiden überhaupt hat überwältigen lassen, spricht eindeutig für die Richtigkeit des von ihm geschilderten Hergangs. Denn wir kennen ihn nur als friedfertig und beherrscht. Er hätte Sie beide aufgrund seiner Kampfausbildung seinerseits mühelos überwältigen können, wenn er gewollt hätte. Aber Sie, Frau Haberstroh, haben ihn von hinten angegriffen. Bestreiten Sie das?"

„Nein ... ja ... äh ..."

„Wissen Sie, dass die Zeugungsfähigkeit des Herrn Blaskewitz durch Ihren Tritt möglicherweise für immer zerstört ist?"

„Dann hat der Tritt ja sein Gutes gehabt", konnte ich mich nicht beherrschen zu sagen.

„Ihre Bemerkungen komplettieren nur unseren Eindruck, dass Herr Blaskewitz uns eine lückenlos zutreffende Gesamtschilderung des Gesamt ... äh ... -ganges gegeben hat."

„Und wo gangen ... äh, kommen wohl die Verletzungen der Frau Wolfgram her?", fiel mir ein, „meinen Sie, sie hat sich selber verprügelt?"

„Haben Sie mit eigenen Augen gesehen, wie Herr Blaskewitz Frau Wolfgram diese Verletzungen beigebracht hat?", nagelte mich HM Tran fest.

„Können Sie den Vorgang bezeugen?", bohrte OM Funzel nach.

„Den Vor ... den Haupt ... den, äh, nein, nicht direkt, aber ..."

„Sie drehen einem hier im Nachgang den Hergang im Mund herum", empörte sich die Moni wieder.

„Von unseren Steuergeldern", fiel dem Würz so reflexhaft ein.

HM Tran fuhr ungerührt fort: „Herr Blaskewitz macht für die Verletzungen der Frau Wolfgram drei Herren verantwortlich, die seine Freundin ins Eishockeystadion ausgeführt und dort versucht haben, sich ihr unsittlich zu nähern. Herr Blaskewitz äußerte den begründeten Verdacht, dass es im Zuge dieses Vergewaltigungsversuchs zu einer gemeinschaftlichen Körperverletzung seitens der drei Herren gekommen ist."

„Jetzt bin ich aber baff", stöhnte ich. So viel Raffinement hatte ich dem ständig unter Strom stehenden Elektriker gar nicht zugetraut.

„Dann fragen Sie doch einfach mal die Frau Wolfgram selber, ob sie dieser Schilderung zustimmt", meinte die Moni spitz.

„Eine Befragung der Frau Wolfgram wird noch erfolgen. Wir wissen allerdings nicht, wo sie sich zur Zeit aufhält."

„Sie befindet sich an einem sicheren Ort", antwortete ich nebulös. Den beiden Tranfunzeln traute ich nicht mehr über den Weg. Die waren, wie es aussah, Maiks dicke Kumpels.

„Sie halten sich bitte alle zur Verfügung", ermahnte uns HM Tran.

„Gegen Sie wird ein Verfahren eingeleitet werden", ergänzte OM Funzel.

„Ach, da besteht jetzt auf einmal ein öffentliches Interesse, oder wie?", fragte die Moni mit Schaum vor dem Mund.

„Ja", meinte HM Tran, „wir denken schon. Aber das entscheidet letzten Endes der Staatsanwalt."

Den beiden schwappte nun La Ola der Empörung entgegen. Aus dem Hintergrund fragte der Heinelt, was denn los sei. Wir schilderten es ihm, er jaulte auf und es entstand ein kleiner Tumult. Plötzlich vernahmen wir hinter uns ein launiges „Guten Morgen, die Herrschaften".

Der Porsche-Erwin lächelte den beiden Polizisten jovial zu: „Oh, hoher Besuch. Wat verschafft mir denn die Ehre?"

Bevor die beiden etwas antworten konnten, sagte der Erwin zu uns: „Wat is dat dann? Habt ihr den beiden Herren nit ömal wat anjeboten? Dat jibbet doch nit!"

„Wir sind hier ohnehin fertig", meinte HM Tran.

„Passen Sie ömal auf: Da kommen Sie jetzt ömal schön mit in mein Bürro und dann macht Ihnen dat Frau Haberstroh önne schöne Kappotschinno und dann erzählen Sie dem Porsche-

Erwin in Ruhe, wat Sie hergeführt hat, denn isch bin hier der Scheff."

„Ja, das wissen wir", antwortete OM Funzel und stand beinahe stramm.

„Fahr schneller mit Porsche Prälla", meinte HM Tran.

„Genau. Frau Haberstroh, önne schöne Kappotschinno ..."

„Ich denke ja gar nicht ...", wollte sie sich aufregen.

„Monnika", unterbrach der Erwin launig, aber streng, „drei schöne Kappotschinno und drei schöne Remmi-Mattöng in mein Bürro!"

„Wir sind im Dienst", wehrte sich HM Tran noch ein bisschen.

„Dat weiß isch doch, meine Herren. Herr Weiler, Herr Wüchz und Herr Heinelt: Geht ihr ömal schön wieder an eure Arbeit, nä! Isch halte derweil önne Schwätzschn mit de Staatsmacht. Kommense, kommense!" Er bugsierte die beiden verdutzten Tranfunzeln in sein Büro und sprach mindestens eine halbe Stunde mit ihnen. Wir schlichen uns natürlich ständig nach hinten und lauschten an der Türe, hörten aber zunächst nur lautes Lachen. Die Moni brachte einen Rémy-Martin nach dem anderen rein und kam jedesmal grinsend wieder raus.

„Was machen die denn da?", fragte ich neugierig.

„Herr Prälla erzählt Herrenwitze", lächelte sie vielsagend, „und die beiden sind schon richtig angeheitert. Der Beginn einer wunderbaren Freundschaft, wie es aussieht."

„Frau Haberstroh, schicken Sie doch bitte ömal den Heiko rein, ja?", rief der Erwin aus seinem „Bürro".

„Wat soll ich denn da?", erkundigte sich der Prälla ängstlich, als ihn die Moni zum Büro begleitete wie einen Zuchtbullen zur Auktion.

„Keine Ahnung, aber die haben alle gute Laune", beschwichtigte sie. Der Prälla machte sich trotzdem in die Hose. Jetzt wurde es spannend für mich. Als er im Zimmer war, drückte ich mein Ohr ganz fest an die Tür. „Gucken Sie sisch meinen Sohn hier ömal an, wat dat für önne Kaventsmann is", verstand ich, „der hat dat Zeusch nit und kann keiner Fliege wat zuleide donn. Wenn dann aber doch ömal önne Malöhr passiert, dann ist dat nur önne Versehen. Der kann seine Kraft einfach nit einschätzen." Zu meiner Überraschung schilderte der Erwin den Polizisten nun die ganze Van-Bommel-Story und kramte aus dem Tresor sogar mein Handy-Video heraus, das er angeblich vernichtet hatte. Das fanden die beiden Wachtmeister so lustig, dass sie sich vor Lachen die Bäuche hielten. Zwischendrin hörte man den Prälla stammeln, aber er brachte keinen ganzen Satz heraus und wirkte auf die beiden angemessen beschränkt.

„Also passt ömal auf, Jongens", meinte der Erwin, nachdem er seinen Sohn wieder rausgeschickt hatte, „überlegt eusch dat norömal mit eure Herjang. Sagt eurem Kumpel Maik, dat wir auf alle Anzeigen verzichten, wenn er auch verzichtet. Schwamm dröbber! Isch kann auch anders, dat is eusch wohl klar. Wenn isch am Donnerstag mit meinem Freund, dem Oberstaatsanwalt, spresche, kann der Maik sisch ömal auf wat jefasst machen. Aber warum unnötisch Wirbel machen, nä?"

Hauptmeister Tran und Obermeister Funzel verabschiedeten sich fröhlich.

„Und wenn ihr zwei Lust habt auf önne Tarja oder Carrera, dann kommt einfach vorbei und macht önne schöne Probefahrt. Ihr kriegt die Wagen auch fürs Wochenende geliehen, wenn ihr vor eure Geliebte so ein bisschen herumstrunzen wollt, nä? Hahaha!"

„Geht klar, Herr Prälla. Also tschö", meinte HM Tran.

„Tschö", winkte OM Funzel aus dem Streifenwagen, der in Schlangenlinien vom Hof fuhr.

„So. Dat is erledischt", sagte der Porsche-Erwin zu uns, „ihr verzischtet auf eure Anzeige und dat ganze Gedöns, dann habt ihr Ruhe."

„Na gut", meinte ich.

„Das kommt überhaupt nicht in Frage, Herr Prälla, wir lassen doch nicht zu, dass der Maik weiter die Chrissy ... und überhaupt", regte sich die Moni auf.

„Frau Haberstroh, jetz hör ömal zu, wat der Porsche-Erwin dir sagt: Dat Frau Wolfjramm knickt uns doch bei der ersten Gelegenheit ein. Glauben Sie etwa, die bringt dat fertisch, gegen den Maik auszusagen?"

„Ja ... nein ... aber wir ..."

„Ohne ihre Aussage kann selbst isch nix deichseln mit de Staatsanwaltschaft."

„Soll der Maik etwa ungeschoren davonkommen?"

„Im Gegenteil." Er fasste der Moni vertraulich an den Unterarm und kam ihr mit seiner dicken Nase ganz nah. „Isch regele dat ganz anders. Pass ömal auf: Isch telefoniere gleisch mit meine Freunde von dat Inkasso-Büro Tschagajeff. Die schicken dem Maik ein paar brandgefährlische Jongens vorbei. Die machen dann einen auf Russenmaffja, klar?"

„Nein ... ja ..."

„Die heizen dem Maik ordentlisch ein und drohen ihm mit önne Betongsarg, wenn der sisch nit von unser schönet Frollein Wolfjramm fernhält. Verstehen Sie dat, Monnika?"

„Natürlich."

„Isch kenne Typen, gegen die selbst der Heiko harmlos aussieht! Und sobald wir mitkriegen, dat der Maik dat Chrissy norömal trifft oder anrührt, breschen die ihm alle Knochen. So einfach is dat nämlisch. Wat brauchen wir önne Staatsanwalt? Dat isch da nit früher drauf gekommen bin", schlug sich der Erwin an den Kopf. „Na ja, isch hann ja auch noch wat anderet zum donn."

„Alle Achtung", pfiff ich anerkennend.

„Herr Prälla, Sie machen mir Angst", meinte die Moni.

„Da versteh isch keine Spaß, Monnika! Manschmal muss man knallhart sein im Leben."

„Also kann ich Entwarnung geben? Kann ich die Chrissy wieder nach Hause lassen?", fragte ich.

„Dieter, dat dauert ein Weilschn. So lange bleibt dat Chrissy in Sischerheit. Wo habt ihr dat denn versteckt?"

„Beim Heiko in der Wohnung."

„Wat? Beim Heiko? Der hat doch dat Zeusch nit."

„Doch, der hat das Zeug und er beschützt die Chrissy so lange."

„Enää!"

„Doch, Herr Prälla. Sie werden sehen, der macht das ganz prima."

„Der Heiko? Enää."

„Und ob!"

„Na meinetwegen. Aber guck du da mal nach dem Reschten, Dieter! Der Heiko will die bestimmt die ganze Zeit befummeln, dat arme Ding."

„Das würde er nie tun. Er ist doch ein Gentleman."

„Der Heiko? Enää!"

Nichts schweißt so sehr zusammen wie gemeinsames Entrüsten. Nachdem die Polizei verschwunden und der Erwin wieder auf Akquisetournee gegangen war, versuchte ich mich mit der Moni noch eine Weile künstlich aufzuregen, obwohl der Klempnerspalten-Käse jetzt beinahe gegessen war und für die Chrissy kaum noch Gefahr bestand. Die Moni war Gott sei Dank immer noch auf hundertachtzig; sie stemmte ihre Hände in die Hüften und regte sich über die beiden Polizisten auf: „Die stecken doch alle unter einer Decke!"

„Genau, wenn man die einmal braucht", goss ich Öl ins Feuer.
„Drehen einem den Hergang im Munde herum!"
Usw.

Ich hätte ihr gerne statt des Hergangs meine Zunge im Mund herumgedreht, denn nach dem Tabasco-Alptraum hatte ich noch lange wachgelegen und mir eingestanden, dass ich in die Moni nicht nur verliebt, sondern geradezu sexbesessen von ihr war. Während ich meine Genau-, Jawohl- und Sag-ich-doch-Briketts in ihren glühenden Empörofen schob, bemerkte sie gar nicht richtig, dass ich ihr die ganze Zeit den Rücken streichelte und zärtlich in den Arm kniff. Ich stellte mich bei der Fummelei einigermaßen geschickt an, so dass sie meine Zudringlichkeit irgendwie als geschwisterliche Solidaritätsgeste deuten konnte. Es brachte mich fast um den Verstand zu beobachten, wie ihre milchweißen Wangen in Wallung rot wurden und der Leberfleck auf ihrem Hals kleine Sprünge machte. Unbewusst drückte sie ihren Körper dicht an meinen. Mir wurde schwindelig, als ich ihre Brüste spürte. Da pfiff es mir beinahe aus den Ohren heraus, kann ich euch sagen! Plötzlich fixierte sie mich mit ihren dunkelgrünen Augen und fragte ernst: „Wie geht's denn nun weiter?"

Mit uns, dachte ich, fragte aber: „Wie, weiter?"

„Na, mit der Chrissy."

„Das wird schon." Die Chrissy war mir im Moment herzlich egal.

„Die hängt sich doch bestimmt bald dem nächsten Prügeltraumprinzen an den Hals."

„Prügeltraumprinz, meint er", rutschte es mir heraus. Ich musste lachen.

„Ist doch wahr", lachte sie zurück.

Es entstand so ein richtig schöner Moment gegenseitigen Einverständnisses. Das kennt ihr bestimmt auch: Man guckt sich lächelnd in die Augen und weiß, dass man zueinander gehört. Aber gerade, als ich nach einem passenden Wort suchte, um dieses zweisame Zueinander zu zementieren, kam der doofe Würz angeschwabbelt, pflanzte sich vor uns auf und rief: „Von unseren Steuergeldern, Monika!"

„Genau, Clemens, von unseren Steuergeldern", tutete sie ins gleiche Horn. Daraufhin empörten die beiden sich ein Weilchen gemeinsam und ich hatte Sendepause. Denn merke: Wenn die Steuerfrage aufkommt, ist es vorbei mit aller Romantik.

Ich stand noch ein bisschen unentschlossen herum und wollte mich davonschleichen, da fragte die Moni auf einmal: „Bist du gestern eigentlich gut nach Hause gekommen?"

„Ja. Alles prima."

„Und was macht dein neuer Hunde-Männerfreund?"

„Weißt du", legte ich mit leuchtenden Augen los, „dann hat er so geguckt und sich so auf die Seite gedreht. Da habe ich dann auch so geguckt und ihn dann so angesprochen, weißt du, so: na, wo drückt es dich denn wieder? Und er dann immer so wuff-wuff, also nicht so wau-wau oder waff-waff, sondern so wuff-wuff ..." Blablabla. Das ganze Tabasco-Latein.

Der Würz war während meines Monologs automatisch in eine Art Angststarre verfallen und nickte ganz mechanisch, als ob die Chrissy vor ihm gestanden hätte. Die Moni lachte erst, verstummte dann und schaute mir fragend in die Augen. Erst in diesem Moment bemerkte ich meinen Fauxpas, denn ich hatte die Geschichte mit demselben Enthusiasmus erzählt wie die Chrissy immer.

„Das glaub ich jetzt nicht", meinte die Moni tonlos.

Schockiert kratzte ich gerade noch die Kurve, indem ich breit grinste und so tat, als hätte ich meinen Monolog ironisch gemeint. Da wäre ich beinahe selber in die Tabasco-Falle getappt! Aber zum Glück lachte die Moni jetzt: „Dieter, du bist so lustig!"

„Nicht wahr?", brüstete ich mich.

Der Würz erwachte langsam aus seinem Hundestarrkrampf und schlug mir anerkennend auf die Schulter: „Mann, Weiler, du bist vielleicht ein Scherzkeks!"

Den Rest des Arbeitstages verbrachte ich mit dem Versuch, die Moni noch einmal alleine zu sprechen. Aber leider wuselten dauernd Kunden um sie herum. Erst kurz vor Feierabend gelang es mir, sie zu fragen, ob sie mit mir noch etwas trinken gehen wolle.

„Eigentlich gerne. Aber Herbie hat gekocht."

Hörbie schien immerzu gekocht zu haben! War das das Geheimnis der Liebe? Musste man nur ständig hinterm Herd stehen, mit dem Kochlöffel winken und mahnen: Komm ja nicht auf falsche Gedanken, ich habe nämlich gekocht? Das war immerhin eine Überlegung wert, denn schließlich hatte zum Beispiel meine Mutter ihr ganzes Leben lang hinterm Herd gestanden und meinen Vater kochend unterm Pantoffel gehalten. Dieses Beziehungsmodell schien auch umgekehrt zu funktionieren: Um eine Frau an sich zu binden, benötigte der moderne Mann vielleicht einfach nur genügend Soßenbinder im Haushalt.

„Ich habe auch gekocht", antwortete ich trotzig.

Sie lachte wieder: „Wirklich? Wann denn? In der Mittagspause?"

„Nein, aber ich habe schon mal gekocht."

„Ach, du meinst, so überhaupt?"

„Genau. Was sagst du dazu?"

„Ich bin beeindruckt."

„Da ich also gekocht habe, kannst du jetzt schön mit mir was trinken gehen", folgerte ich frech.

Sie wurde ein bisschen rot, blickte auf den Boden und lächelte verlegen. „Das geht nicht."

„Aber demnächst, wenn Hörbie mal nicht gekocht hat, ja?"

„Vielleicht, ja."

Man kann nicht alles warmhalten. Irgendwann ist eben auch so ein Ehe-Eintopf mal verkocht. Merk dir das, Hörbie!

Wir verabschiedeten uns vorm Porschezentrum. Ich versank gerade in den Anblick der wogenden Haberstroh-Hüften, als der Prälla mir mit seiner Pranke auf den Rücken schlug: „Wo du wieder hingucks, Weiler, nä?"

„Aua!"

Den Prälla hatte ich ganz vergessen. Seine Verkupplung war mir auf einmal so was von schnuppe.

„Kommse noch mit zu mir?", fragte er.

„Nein, das musst du jetzt mal alleine regeln."

„Regeln, meint er. Wat denn regeln? Den Verkehr, nä?"

„Verkehr, meint er", frotzelte ich gut gelaunt. „Denk dran, guck der Chrissy nicht immer auf die Titten. Sei weiter ein Gentleman."

„Geht klar, Weiler. Tschö."

„Tschö."

Mein Vater wollte Tabasco gar nicht mehr herausrücken. Er bettelte am Telefon fast, ihn noch ein Weilchen behalten zu dürfen. „Die Inge mag den Hund auch." Inge war Papas 48-jährige Flamme. „Behalt ihn von mir aus", antwortete ich. Da wurde mein wortkarger Vater plötzlich redselig: „Weißt du, heute nach dem Schwimmtraining hat er auf einmal so geguckt und sich so auf die Seite gedreht. Da habe ich dann auch so geguckt und ihn dann so angesprochen, weißt du, so: na, wo drückt es dich denn wieder? Und dann ..."

„Ja, ja, Papa", unterbrach ich ihn. Was hatte dieses Vieh bloß an sich? Konditionierte es denn jeden Menschen wie einen Pawlow'schen Hund dazu, den Chrissy-Sermon abzusondern? Um Tabasco behalten zu können, kämpfte mein Vater später mit allen Tricks um das Sorgerecht und zeigte die Chrissy wegen Tierquälerei an. Sie musste am Ende kapitulieren, was dem Tier aufgrund artgerechter Haltung im Hause Weiler mindestens fünf zusätzliche Lebensjahre bescherte.

Nach dem Telefongespräch mit meinem Vater fiel mir zu Hause aber dann doch allmählich die Decke auf den Kopf. An Schlaf war nicht zu denken, denn ich dachte immerzu an Monis Hüften und ihr gesamtes Pi-Pa-Po-Portfolio. Das war kaum auszuhalten! Also rief ich beim Prälla an:

„Ed von Schleck", meldete der sich am anderen Ende der Leitung und aus dem Hintergrund hörte ich ein Kichern.

„Wie geht's denn der Chrissy?"

„Prima."

„Kann ich noch vorbeikommen?"

„Na klar, Weiler, und bring noch n paar Granaten Bier mit, nä! Wir sind hier ordentlich einen am verkasematuckeln."

Ich klingelte mit gemischten Gefühlen an seiner Tür und bekam fast einen Herzinfarkt, als er mir öffnete. Der Hirni stand nämlich in voller Eishockeymontur mitsamt Horrormaske vor mir und blökte: „Jamie Storr, ey!" Die Chrissy lachte im Wohnzimmer. Mir rutschte vor Schreck mein Sixpack aus der Hand, das der Prälla blitzschnell auffing. Trotz seiner Größe hatte er unglaubliche Reflexe. Er ist ein Wunder der Natur, schoss es mir plötzlich durch den Kopf. Oder vielleicht ein Roboter? Der Gigant aus dem All?

„Bist du wahnsinnig?"

„Komm rein, Weiler, hier steppt der Bär", meinte Jamie Storr und nahm die alberne Maske ab. Noch unter Schock stehend wankte ich durch den Flur.

Chrissy lag auf der Wohnzimmercouch vor dem Fernseher, hatte eine Tüte Chips auf dem Bauch und grüßte mich mit vollem Mund.

„Dir geht's besser, wie ich sehe."

„Ja, schon viel besser. Aber die Rippen tun mir weh. Ed von Schleck hier bringt mich dauernd zum Lachen."

Ed von Schleck, dachte ich, da haben die beiden ja wieder in ihren gemeinsamen Frotzelgang geschaltet. Wo war es nur geblieben, das Wabsy-Elmsfeuer auf ihren Gesichtern? Futsch für immer?

„Mach mir den Jamie, Ed", feuerte sie den Prälla an und der machte weniger den Jamie, als sich selbst zum Riesenaffen. Es ärgerte mich kaum noch. Sollte der Prälla doch sehen, wo er mit seinem Sperma blieb. Ich ließ mich auf den Sessel fallen, kramte drei Bier heraus, warf dem Prälla eines zu, stellte der Chrissy eines hin und leerte meines auf ex. Danach machte ich ein lautes Ah der Erleichterung.

„Boa, guck ma, Chrissy: Ihmchen hier!"

„Mensch, Dieter, du hast aber einen Schluck am Leib!"

Im Fernsehen lief gerade Germany's Next Topmodel.

„Ey, kumma, kumma", jauchzte der Prälla, „die eine sich da voll am verrenken!"

„Und die andere wieder voll am flennen", meinte die Chrissy.

Beglückte Herde, Fernseh-Schafe! Die beiden hockten nebeneinander, malmten im selben Rhythmus ihre Kartoffelchips und ergötzten sich wie unschuldige Kinder am schändlichen Treiben von Heidi Klum. Der Alkohol stieg mir bereits nach dem ersten Bier zu Kopfe. Ich nahm mir noch eine Flasche und lehnte mich behaglich zurück. Der Nebenfach-Uwe hatte Recht gehabt, dachte ich in wohliger Resignation. Mein Leben hatte ja jetzt einen anderen, weiblichen Sinn, war 35 Jahre alt, hatte breite Hüften, schmale Schultern, kastanienbraune Locken und schneeweiße Haut. So ist das eben in unserer modernen Gesellschaft: Sinn kommt darin nur als Zufallsprodukt vor. In der Elektrizität gibt es schließlich auch Gleichstrom und Wechselstrom, warum sollte es also neben dem Gleichsinn nicht auch einen Wechselsinn geben? Das macht keinen Sinn, meint ihr? Damit bringt ihr mich natürlich auf die Palme.

Im Fernseher guckte die Heidi Klum gerade ganz stier und

redete so merkwürdig abgehackt daher, als litte sie unter Aphasie: „Lisa-Marie ... wir haben heute ... leider ... kein ... Foto für dich." Lisa-Marie brach heulend zusammen und musste hinausgetragen werden.

„Ey, kumma, kumma, die voll am rausfliegen!"

„Geschieht ihr recht. War sowieso ne Immigrantin."

„Intrigantin", schulmeisterte ich halb im Tran.

„Genau", bestätigte die Chrissy und wollte gerade ein differenziertes psychologisches Profil von Lisa-Marie erstellen („blöde Schlampe"), als sich Chrissys Handy mit einer Britney-Spears-Melodie meldete. Ich wurde hellwach, nachdem sie aufs Display geguckt und „Schatzi" gerufen hatte. „Ne SMS!"

„Und?", fragte ich neugierig.

Stumm reichte sie mir das Handy. Ich las: „Schnecke. Du hast mein Vertrauen misbraucht : (((Ich will dich nie wiedersehen !!!!!! Komm mir bloß nicht hinterher !!!!!!! Es ist aus für immer !!!!!!!!!! M."

Später erzählte mir der Porsche-Erwin, dass die „Tschagajeff-Jongens" neben dem Maik gestanden und ihm diese SMS diktiert hatten. Wow, dachte ich, die waren von der schnellen Truppe!

„Per SMS", schluchzte die Schnecke, „der macht einfach per SMS Schluss! Bin ich ihm denn so wenig wert?"

„Christina Barbara", rief ich streng und fixierte sie mit stierem Blick.

„Ja?"

„Wir ..."

„Was ist denn?"

„Haben ..."

„Ey, Weiler, bist du schon besoffen?"

„Leider ..."

„Ey, voll Banane, oder wat?"

„Keinen ..."

Beim Prälla fiel der Groschen, und er beömmelte sich. Die Chrissy kapierte natürlich nichts. „Was soll das denn?"
„… Schatzi für dich."
„Du Arsch", heulte sie.
„Ich schmeiß mich in die Ecke", wieherte der Prälla.
Ihr denkt jetzt vielleicht: Was für ein Sadist! Aber das war pure Notwehr; ich musste sie ein bisschen quälen, sonst hätte ich ihr nämlich eine reinhauen müssen, weil sie ihrem Peiniger so schamlos hinterherjammerte. Mündigkeit Fehlanzeige. Null. Komplett.
„Mensch, Chrissy", machte ich dann einen auf einfühlsam, „der Maik liebt dich gar nicht, merkst du das endlich?"
„Genau, Dieter! Der Maik liebt mich gar nicht!"
„Der hat dich nie geliebt."
„Genau, Dieter, der hat mich nie geliebt."
„Der Arsch", entfuhr es dem Prälla so reflexhaft. Das mit dem Arsch lag ja in der Luft.
„Genau: der Arsch", meinte die Ex-Schnecke mit wachsendem Zorn. Lass es raus, hätte der Nebenfach-Uwe ihr jetzt gesagt. „Lass es raus", forderte ich sie auf.
„Der Maik hat mich immer nur benutzt", flennte sie.
„Der Arsch", wiederholte der Prälla blöde.
„Und missbraucht, Chrissy, lu-pen-rein missbraucht!"
„Genau, Dieter! Missbraucht hat er mich!"
„Voll Opfer, ey!"
„Halt doch mal die Klappe", flüsterte ich, denn der Prälla hatte schon wieder sein dämliches Frotzelgesicht aufgesetzt. Empathie Fehlanzeige.
Plötzlich lehnte sich die Chrissy an „Jamies" breite Torwartbrust und bekam einen Weinkrampf, der ihr nicht nur große Schmerzen in der Seele, sondern auch in den geprellten Rippen verursachte. Mit verdutztem Blick hob der Prälla angesichts dieses Häufchen Elends ratlos die Schultern. Ich spielte ihm eine Streichelpanto-

mime vor, worauf er ihr mit seinen Pranken über das zuckende Köpfchen strich. Gut so, vermittelte ich ihm gestisch.

„Weißt du", stammelte die zweifach Geprellte, „du bist immer lieb zu mir."

„Wer?", fragte der Prälla und schaute sich im Raum um.

„Wenn du mal was merkst, Chrissy", antwortete ich.

„Darf ich noch ein Weilchen bei dir bleiben?" Sie hob ihren Kopf und schaute zu ihm auf.

„Ja ... sicher, ey."

„Danke, Ed."

Ich war gerührt von dieser unvermittelten Annäherung und verabschiedete mich so schnell wie möglich. „Ed von Schleck" guckte mir noch hinterher und machte ein Gesicht wie Max Schreck. Motto: Wat soll ich denn getz machen? Aber das sollte er mal schön alleine herausfinden. Meine Zeit als sein Kindermädchen war ein für allemal vorbei.

„Du hattest Recht, Uwe."

„Wie jetzt ... Recht?"

„Du hattest vollkommen Recht."

Der Nebenfach-Uwe bekam den Mund gar nicht mehr zu und rang verzweifelt nach Worten, denn das durfte ja gar nicht sein, dass einer dem anderen Recht gab. Das gefährdete doch unsere schöne Sado-Maso-Kiste im Sub-Dom-System! Ich wusste genau, was er dachte, aber es war mir wurscht.

„Lu-pen-rein, Uwe!"

„Wie? Was?"

„Hundertpro."

„Was? Wo?"

„Mit dem Prälla. Imbezilität und so."

„Ach ja? Wieso?"

„Ich hab's probiert. Ich hab's wirklich probiert, aber der Prälla ist, wie er ist, und er wird auch immer so bleiben."

„Wer sagt denn so was?", wandte der Nebenfach-Uwe mechanisch ein.

„Du! Du sagst so was."

„Das habe ich so nie gesagt, Dieter, das weißt du auch."

„Doch, genau so", entgegnete ich mit gelassenem Lächeln.

Er sah seine Felle wegschwimmen und feuerte die bewährten Auf-die-Palme-Bringer ab: „Das macht keinen Sinn, Dieter."

„Doch."

„Ganz andere Baustelle."

„Genau."

So langsam berappelte er sich von seinem Schock. „Weißt du, für mich ist Imbezillität nur ein ganz tiefer Schrei nach Aufmerksamkeit. Von innen, Dieter, von innen."

Er erwartete jetzt mein genervtes „Aus innen", aber ich sagte nur: „Ach?"

„Verkappt. Kontrafaktisch verkappt, verstehst du?"

„Nee."

„Im radikalen Konstruktivismus ist das ja alles eine Frage der Perspektive."

„Was ist eine Frage der Perspektive?"

„Alles eben. Radikaler Perspektivismus, lu-pen-rein."

„Du Rilkeaner!"

„Ich als Rilkeaner blicke eben aperspektivisch in eine Welt von innen."

Mein Aus blieb auch diesmal aus. „Das macht keinen Sinn", antwortete ich mit einem Gesicht, in das der Uwe mir bestimmt gerne seine Faust reingehauen hätte. Das war wie mit dem Incubus und Succubus, was da jetzt mit uns beiden ablief – verkehrte Welt und radikaler Perspektivwechsel in einem.

„A-perspektivisch in der Ek-sistenz."

„Ganz andere Baustelle, Uwe."

„Deine Perspektive war eben von Anfang an verkappt kontrafaktisch."

„Das macht keinen ..."

„Du hast das mit dem Prälla nur behauptet, weil du selbst nicht daran glaubst. Du bist nämlich ein hundertpro kontrafaktischer Typ!"

„Wer? Ich? Kontrafaktisch? Dass ich nicht lache!"

„Und du merkst das nicht mal!"

So langsam zog mich der Uwe mit seinem Geschwätz wieder in unsere Kiste rein, denn ich merkte, wie mir der Kamm schwoll. Er lehnte sich genüsslich zurück und behauptete dreist, er habe von Anfang an das Gegenteil von dem gemeint, was er gesagt habe, weil ich ganz tief innen auch das Gegenteil gemeint hätte. Mir wurde schwindelig.

„Das mit der Imbezillität ist ja bloß eine Reduktion von Komplexität", dozierte er mit seinem wissenden Gesicht.

„Quatsch!"

„Du blockst noch."

Jetzt hatte er mich wieder so weit: Als Reduktion von Komplexität hätte ich ihm am liebsten eine reingehauen. Unsere Welt war wieder vom Kopf auf die Füße gestellt.

„Der Prälla ist in Wahrheit verkappt intelligent."

„Das habe ich doch die ganze Zeit gesagt!"

„Aber du hast es nicht geglaubt, weil du in deinem Seelenhaus kontrafaktisch zur Miete wohnst."

„Was?"

„Komm mal nach Hause, Dieter! Du bist der Pessimist und ich bin der Perspektivist."

„Du hast nen lupenreinen Knall, Uwe!"

„Der Prälla hat den Intelligenztest gewonnen. Schon vergessen?"

„Einen Test aus ‚Psychologie heute', Uwe! Wer da gewinnt, der muss ja deppert sein. Der Prälla hatte von uns dreien eben die geringste Komplexität zu reduzieren."

„Siehst du? Du glaubst nicht an den Prälla."

„Aber du auf einmal, oder was?"

„Hundertpro."

Unglaublich, was der Typ für Kapriolen schlug! „Der Prälla bringt es ja nicht mal fertig, sich eine Frau zu angeln, die seit Tagen bei ihm zu Hause sitzt und die er mehrfach vor ihrem brutalen Freund gerettet hat. So sieht das aus, Uwe!"

„Und du? Was bringst du fertig?"

Das saß. Was brachte ich eigentlich fertig? „Ganz ... ganz ... andere Baustelle", antwortete ich verlegen.

„Dein Leben ist doch eine einzige Baustelle, Dieter, sieh das mal ein!"

„Ja, aber eine ganz andere."

„Wer sich jetzt kein Haus baut, der baut sich keins mehr! Von innen, Dieter. Von innen!"

„Aus innen, du Hirni!"

„Du blockst noch."

Usw.

Die Frage nach dem Fertigbringen hatte mich vorher nie so richtig beschäftigt. Den Prälla zu einem fertigen Menschen zu machen war jedenfalls schon beim Versuch, ihn zu verkuppeln, gescheitert. Vielleicht hatte ich das Prälla-Pferd verkehrt herum aufgezäumt. Vielleicht hätte ich statt mit seinem Unterleib besser mit seinem Oberstübchen anfangen sollen.

Aber jetzt wollte ich lieber die Haberstroh-Stute aufzäumen, und zwar von der richtigen Seite. Entschlossenes Handeln zahlte sich nicht nur in der Wirtschaftspolitik, sondern auch in der Politik der Geschlechter aus, dachte ich mir. Ich musste rasch einen entscheidenden Schritt in unseren bilateralen Beziehungen vorankommen. Sonst, befürchtete ich, läuteten bald die Hochzeitsglocken für Tabasco und mich.

Ich verzichtete auf meine Brille, kramte die Kontaktlinsen raus und ließ mir in fünf Tagen einen Dreitagebart wachsen. Die Kollegen erkannten mich ohne meine Sehhilfe auf der Nase kaum wieder, denn ich sah ein bisschen aus wie ein brillenloser Woody Allen. Leider reagierte die Moni auf meine Verwandlung etwas suboptimal, denn sie war die Einzige, die mich überhaupt nicht darauf ansprach.

In den Tagen nach unserem gemeinsam durchstandenen Abenteuer verhielt sie sich wieder so geschlechtslos freundlich wie zuvor. Da pimpt man sich auf und macht einen auf männlich, aber trotz Gepimpe ist mal wieder Pustekuchen mit dem Pimpern, ärgerte ich mich. Solange man sie nämlich noch nicht mit Kochlöffel und Schöpfkelle an den gemeinsamen Herd gezwungen hat, wollen die Damen der Schöpfung jeden Tag neu erobert werden. Und da wundern sich die Leute, dass Männer früher sterben als Frauen. So was zehrt doch! Aufgrund dieser geschlechtsspezifischen Ungerechtigkeit empfand ich auch keinerlei schlechtes Gewissen, als ich beschloss, die Moni bei der nächstbesten Gelegenheit gnadenlos abzufüllen, um ihre wahren Gefühle für mich zur Kenntlichkeit zu verzerren. Ist mir egal, ob ihr das nun für unlauteren Wettbewerb haltet oder nicht! Was hatte ich denn summa summarum von meiner ganzen Lauterkeit bisher gehabt? Pustekuchen mit Schlagsahne und einen molossoiden Bettgenossen! Gegen den Köchelterror vom Hörbie war kein anderes Kraut gewachsen, das seht ihr ja wohl von selber ein.

Die Gelegenheit zum Besoffenmachen bot sich schon bald. Im Autohaus herrschte seit einiger Zeit rege Betriebsamkeit. Am kommenden Wochenende sollte eine große Jubiläumsfeier stattfinden: „40 Jahre Porsche Prälla – Qualität hat einen Namen". Der Erwin hatte schon alle Wände mit riesigen Fotos aus der ruhmreichen Prälla-Historie dekoriert. Auf den meisten Bildern sah man ihn selber feist grinsend mit irgendwelchen feist grinsenden Persönlichkeiten. Am schönsten war das Bild mit dem großen Aufsichtsratsvorsitzenden: Der jecke Erwin lachte prall, während der „jecke Ferdinannd" etwas gequält in die Kamera stierte.

War die Fotoserie mit den Very Important People noch einigermaßen unterhaltsam, so herrschte beim Anblick des fotografisch dokumentierten Porschezentrums-Umbaus blanke Ödnis. Immerhin konnte man auf einem dieser Bilder im Hintergrund deutlich den Maik erkennen, der gerade vor der Chrissy den dicken Maxe spielte.

In der Nacht vor der Feier wurde die Bühne fürs Showprogramm aufgebaut. Welche Unterhaltungskünstler sich am nächsten Tag dort tummeln durften, verriet uns der Erwin nicht. Rex Gildo und Roy Black standen leider nicht mehr zur Verfügung, weil sie schon totgegangen waren. Aber es gab ja genügend andere große Entertainer und Entertainerinnen, die in Frage kamen. Der Chef deutete nur an, dass für jeden Geschmack etwas dabei sein würde. „Pass ömal auf, Jong", meinte er, „den ganzen Tag über machen wir Programm für die Jafferkunden. Dat sind die Leute, die sisch keinen Porsche nit leisten können und nur so am gucken sind. Aber wenn die ömal von ihre verstorbene Tannte Erna ein Sümmschn erben, rennen die sofort zum Porsche-Erwin, weiße?"

Am Abend sollte unter Ausschluss der Öffentlichkeit das eigentliche Programm für die Stamm- und Kandidelkunden stattfinden. Papa Prälla kündigte für den späten Abend eine „jrooße Überraschung" an. „Ihr werdet eusch alle wat wundern", raunte er schon Tage vorher. „Da sind wir aber mal gespannt", log ich.

Die Feier bot dann allerdings so viele Überraschungen, dass mir davon übel wurde.

Es fing schon mit dem musikalischen Programm an: Ich traute meinen Augen nicht, als am Vormittag das erste Schlagersternchen eintrudelte. Der Prälla fing bereits zu hecheln an, als er sie nur von weitem sah, denn er konnte das Silikon inzwischen auf hundert Meter gegen den Wind riechen und hätte sich bestimmt prima als Spürmolosser im Kampf gegen den Implantatschmuggel geeignet. Nun kam die junge Frau mit der großen Oberweite direkt auf uns beide zugesprungen. Die fünf Fuzzis ihrer Begleitband schlurften schlaff auf die Bühne und machten erst mal einen kurzen Soundcheck mit Rückkopplungen und allem Drum und Dran. Das Mädchen trug eine große Sonnenbrille und kam mir irgendwie bekannt vor, aber ich konnte es nirgendwo hinstecken. Sie war größer als ich, schlank, hellblond und braungebrannt. Die Prälla-Pupillen weiteten sich, je näher sie kam. Sie baute sich vor uns auf, nahm die Sonnenbrille ab und sagte neckisch: „Na, Heiko? Erkennst du mich nicht?" Dann machte sie eine laszive Bewegung und baggerte ihn mit Blicken ganz offensiv an. Der Angebaggerte fiel ins Baggerloch und bekam keinen Ton heraus. So langsam dämmerte es mir. „Sabrina?", fragte ich ungläubig.

„Bingo", meinte sie.

„Sabrina Bingo?"

„Hallo, Herr Weiler."

„Ich heiße Dieter, Sabrina."

„Dieter Sabrina?"

„Ey, dat Sabrina, ey!" Auch beim Prälla fiel jetzt der Groschen. Es war tatsächlich unsere ehemalige Azubine aus der Vermögensverwaltung. Sie hatte sich vollkommen verändert. Damals war sie stämmig, unscheinbar und dumm wie ein Schaf. Nun war sie schlank, sexy und dumm wie Gülcan. Der Prälla konnte seine Stielaugen nicht bei sich behalten und steckte sie mitten in ihr Dekolleté. Sie bemerkte es und reckte ihm ihre Brüste entgegen.

„Was machst du denn hier?", fragte ich.

Sabrina zog ein beleidigtes Schnütchen. „Habt ihr denn nicht ‚Deutschland sucht den Superstar' gesehen?"

„Nee."

Auch der Prälla schüttelte den Kopf. Ihr denkt jetzt vielleicht, dass ein Hirni wie der Prälla so einen Mist wie DSDS bestimmt niemals verpasst hätte. Aber da irrt ihr euch. Sein Horizont reichte nämlich nur bis RTL II, denn RTL galt ihm bereits als Hochkultur. Auf RTL II liefen ja seine geliebten Hackepeterfilme mit Steven Seagal und Spießgesellen; die meiste Zeit konsumierte er jedoch Premiere und Pro Sieben. Wir beide hatten also gar nicht mitbekommen, dass die Sabrina bei DSDS auf den dritten Platz gekommen war. Nach dem Untergang der Vermögensverwaltung hatte sie alles auf eine Karte gesetzt und peilte nun eine Karriere als Showstar an. Das 19-jährige Schaf krempelte sein Inneres nach außen, kaufte sich von der Abfindung zwei neue Brüste und stürzte sich ins Castinggetümmel. Dort brachte die Sabrina die geilen Säcke der Jury mit ihrer „sexy Performance" in Wallung. Einmal machte sie sogar einen Striptease, an dessen Ende sie nur noch mit Slip und BH dastand. „Der Bohlen hätte mich nach der Sendung beinahe besprungen", meinte sie stolz und beim Prälla zuckten auch schon bedrohlich die Sprungfedern.

„Ich muss jetzt mal zu meinen Jungs", meinte das sexy Biest plötzlich und ließ mich mit meinem sabbernden Kollegen stehen. Nach ein paar Metern drehte sie sich noch einmal lächelnd zu uns um, machte eine reizvolle Pirouette und sprang auf die Bühne. Der Prälla stellte daraufhin einen neuen Rekord im dümmlichen Grinsen auf und bekam von mir dafür zehn Punkte.

Das Porschezentrum war bereits am Vormittag ganz gut mit besagtem Volk der „Jafferkunden" gefüllt. Ihr kennt bestimmt auch diese Leute, die morgens in den Werbebeilagen der Lokalzeitungen nach Gratisangeboten fahnden und beim Frühstück ihre Tagestour durch Einkaufszentren, Kaufhäuser und Geschäfte planen. Darunter gibt es ziemlich wirre Gestalten, die zwar an sich sehr putzig sein mögen, aber im Fährkauf gewaltig an den Nerven zerren.

Bereits seit Ladenöffnung befand sich eine Gruppe geistig Behinderter im Autohaus und friemelte prüfend an allem herum, was nicht niet- und nagelfest war. Sie hielten den Prälla aufgrund seines Erscheinungsbildes für den Security-Boss und trabten ihm die ganze Zeit hinterher. Ständig fragten sie, ob er auch eine Waffe habe, aber er antwortete nicht, was seinen Nimbus nur noch vergrößerte. Ich lächelte gerührt in mich hinein, weil sie so anhänglich waren und ihm zu Diensten sein wollten. „Durchsuchen, nä?", meinten sie zu ihrem neuen Chef, wenn jemand das Porschezentrum betrat. „Nee, lass mal", wehrte der Chef ab.

„Aber durchsuchen, nä?", beharrte ein anderer aus dem Pulk.

„Nee, nee!"

„Durchsuchen, nä?", gackerten dann alle aufgeregt, bis der Prälla genervt den Arm hob und rief: „Boa ey, Sendepause getz mal!" Da standen sie alle stramm und grinsten froh. Von den anderen Verkäufern wurde er deswegen natürlich gehörig aufgezogen.

„Kollege Prälla von der Aktion Sorgenkind", meinte der Würz.

„Spendenkonto einrichten und fertig ist die Laube", ergänzte der Heinelt.

Die beiden Geistesriesen hatten es gerade nötig, sich über andere lustig zu machen. Dass sie ihre überaus originellen Bemerkungen noch zehnmal wiederholen mussten, um sie selber ganz zu kapieren, war ja der beste Beweis für ihre eigene Debilität.

„Ich muss mal auf den Pott!", meinte der Prälla und flüchtete vor seinen Hilfssheriffs in Richtung Toilette. Als der Trupp sich an seine Fersen heftete, drehte der Sheriff sich um und befahl: „Wache halten! Aufpassen, dat hier nix geklaut wird, klar?" Die Deputys standen wieder alle grinsend stramm und hüpften zurück. Als Soundtrack dazu kompnierte ich in meinem Kopf ein Maultrommelsolo.

Mit seinem Befehl hatte der Prälla was angerichtet! Seine Leute nahmen ihren Auftrag nämlich sehr ernst. Sie postierten sich vor den Cayennes, Targas und Carreras und wollten jeden interessierten Kunden „durchsuchen, nä?". Zwei aus der Truppe versperrten den Eingang und ließen niemanden mehr durch.

Das ging natürlich zu weit. Keine war berufener, diesem Treiben Einhalt zu gebieten, als dat Frau Haberstroh. Mit leuchtenden Augen forderte sie das paramilitärische Wachpersonal auf: „Kommt mal alle mit! Die Band braucht dringend eure Hilfe!" Sabrinas Jungs packte das blanke Entsetzen, als ein Großteil des Trupps mit der Moni vorneweg die Bühne enterte und den perplexen Musikern ihre Instrumente aus den Händen riss. Ein paar Getreue blieben übrigens – Befehl war schließlich Befehl – auf ihren Posten.

„Vorsicht", rief der Drummer, aber da hatte sich bereits ein massiger Glatzkopf mit Down-Syndrom hinter das Schlagzeug gesetzt. Zum nun folgenden Spektakel spielte ein anderer die Luftgitarre. Sabrina schwofte in ihrer Not mit einem kleinen Brillo herum, der die Gelegenheit bei den Möpsen ergriff und ganz ungeniert fragte, ob ihre Titten echt seien. „Is Gummi drin, nä?", krähte er, und bevor die DSDS-Sexbombe reagieren konnte, hatte er bereits beide Brüste in der Hand und wog sie gegeneinander ab wie zwei Pampelmusen auf dem Wochenmarkt. „Gummi drin, nä?" Sabrina resignierte. „Ja, is Gummi drin."

Jetzt krallte sich der kleine Brillo ein Mikrophon und blökte zur komplexen Polyrhythmik des Trommelkollegen sein „Is-Gummi-drin"-Lied, begleitet von schrillen Rückkopplungen. Alle hielten sich die Ohren zu. Ich dagegen stachelte die Behinderten-Band mit gehobenem Daumen zu Höchstleistungen an. Da gerieten sie alle vollkommen außer Kontrolle. „Is Gummi drin, nä?" gefiel mir so gut, dass ich mein Handy zückte und den Auftritt filmte. Dat Frau Haberstroh rief mir von oben etwas zu, das ich nicht verstehen konnte. Immerhin lachte sie, hatte ihren Humor also offensichtlich nicht verloren. Die Sabrina hingegen verlor ihren Kopf und rannte panisch zur Toilette.

Jetzt brachen auch bei den Prälla-Getreuen die Dämme: Sie verließen ihre Wachposten und stürmten die Bühne. Verbissen versuchten die Musiker, ihre kostbaren Instrumente wieder an sich zu bringen, aber die quirligen Kerlchen entkamen den schlaksigen Bandmitgliedern mit erstaunlichem Geschick. Sie bückten sich, drehten sich weg, flutschten unter ihnen durch. Mit dem neuen Schlagzeuger war nicht gut Kirschen essen: Er knallte dem echten Drummer bei dessen Versuch, sein Gerät zurückzuerobern, kurzerhand einen Metallbesen ins Gesicht.

Mir wurde klar, dass dies bereits der Höhepunkt des Jubiläums war. Kein noch so großer Star konnte diesen Auftritt übertreffen! Und unter uns gesagt: Gegen die Scheißmusik, die noch folgen sollte, war das ja wirklich große Kunst gewesen.

Der Saal kochte über. Die Kunden flohen aus dem Porschezentrum, als wäre es die untergehende Titanic. Großartig! Nun endlich schälte sich eine Art Betreuer aus einem Carrera und stürmte grimmig auf die Bühne zu. Im selben Moment kam der Porsche-Erwin aus seinem Büro und machte ein böses Wat-is-dat-für-önne-Krach-Gesicht. Dabei hätte dieser Zirkus doch ganz nach seinem Geschmack sein müssen, denn schließlich machten die jungen Leute auf der Bühne ordentlich Remmidemmi.

Der Betreuer sprang auf die Bühne und wies seine Schützlinge im Kasernenhofton zurecht, als wäre er ihr Drill Instructor.

Augenblicklich herrschte Ruhe. Zwei seiner Leute nahm er bei der Hand, die anderen schlossen sich an. „Entschuldigung", murmelte der Drill Instructor, als er an uns vorbeikam.

„Wofür denn?", antwortete ich und hob beide Daumen: „Das

war spitze, Leute! Prima Remmidemmi!" Ich erntete einen finsteren Blick des Betreuers. Motto: Du naiver Idiot, ermuntere sie nicht auch noch! Stumm und mit gesenkten Köpfen watschelten die gemaßregelten Stars Händchen haltend am sprachlosen Porsche-Erwin vorbei Richtung Ausgang. Heute Abend bekamen sie zur Strafe bestimmt keinen Pudding.

Mein Handy-Video von „Is Gummi drin" könnt ihr übrigens bei Youtube anschauen. Es hat schon fast 100 000 Aufrufe.

Nachdem die „geistig Retardierten" verschwunden waren, füllte sich das Porschezentrum allmählich wieder mit den ordnungsgemäß gehirnamputierten „Jafferkunden". Catering-Angestellte gingen Häppchen und Getränke reichend durch den Saal. Der Erwin ließ sich nicht lumpen. Alles vom Feinsten. Dat Frau Haberstroh wollte wieder in ihren Arbeitsbereich gehen, aber ich mochte sie nicht fortlassen und fasste sie am Arm.

„Moni?"

„Ja, Dieter?"

Ich liebe dich, hätte ich beinahe gesagt, konnte mich aber gerade noch bremsen. „Ich habe gekocht."

„Aha! Wann denn? Gerade eben?"

„Nein. Aber ich habe schon mal gekocht."

„Ach, du meinst, so überhaupt?"

„Genau."

„Ich bin beeindruckt."

„Was mit Gummi drin, weißt du?"

Der Leberfleck auf ihrem weißen Hals hüpfte vor Vergnügen. Gerade kam ein Catering-Mensch mit seinem Tablett vorbei und ich griff mir rasch zwei Gläser Sekt. „Auf Porsche Prälla!"

„Doch nicht während der Arbeitszeit, Dieter", wehrte sie ab.

„Runter damit", befahl ich und schaute ihr tief in die Augen.

„Na gut. Ein Gläschen. Auf Porsche Prälla!"

Wir leerten die Gläser. Plötzlich hielt sie inne und sah mir prüfend ins Gesicht. „Moment mal! Du siehst irgendwie anders aus, oder?"

„Wie kommst du denn darauf?", antwortete ich beleidigt.

„Deine Augen ..."

Eine laute Rückkopplung und ein „Test, Test, Test" unterbrachen unser Gespräch.

„Frau Haberstroh, kommen Sie doch ömal mit", rief der Porsche-Erwin von hinten und die Moni verschwand.

Ich schaute ihr wieder auf die wogenden Hüften und drehte mich danach versunken um die eigene Achse. Im Augenwinkel sah ich den Prälla zusammen mit der Sabrina von der Toilette kommen und stoppte abrupt meine Drehung. Beide grinsten. Was war da denn los gewesen? Die wird doch den Prälla nicht auf der Toilette ...

„Hallo, Dieter!"

Ich drehte mich wieder um meine Achse. „Hallo, Chrissy!"

Sie war noch krankgeschrieben, wirkte aber so weit wieder ganz munter. Auch ihre Schwellungen im Gesicht konnte man kaum noch sehen. Seit ein paar Tagen wohnte sie wieder zu Hause. Chrissy hatte sich ganz schön aufgebrezelt.

„Ich wollte mal sehen, wie es sich so anlässt, das Jubiläum", meinte sie und erblickte in diesem Moment den Prälla mit der Sabrina im Schlepptau. Ihre Miene verdüsterte sich augenblicklich. „Wer ist das denn da mit dem Heiko?"

„Kennst du etwa Sabrina Krause nicht? Das Luder von Deutschland sucht den Superstar?"

„Ach, die ist das!"

„Ja, genau die: das Bohlen-Biest."

„Und was macht sie da mit dem Heiko?"

„Die baggert ihn hemmungslos an. Ich vermute, sie verspricht sich was davon, den Porsche-Juniorchef heißzumachen."

„Waaas?", rief die Chrissy entsetzt.

Ich hörte plötzlich die Nachtigall trapsen. Was ich in wochenlangen Bemühungen mit Tücke, Ränken, Finten und Schwänken nicht vermocht hatte, das schaffte die Sabrina innerhalb einer Sekunde. Plötzlich interessierte sich die Chrissy für den Prälla als Geschlechtswesen. Was habe ich euch gesagt: Die Eifersucht macht's!

„Aber die will den Heiko doch bloß ausnutzen!"

„Na und? Vielleicht kommt er dann endlich mal zum Zuge."

„Aber ... aber ... Ed von Schleck ..."

Es war nicht zu fassen. Sabrina hatte das Elmsfeuer auf Chrissys Gesicht zurückgezaubert. Das Fluidum, frohlockte ich, da ist es endlich wieder!

Wir beobachteten, wie der Prälla sich zur Sabrina hinunterbeugte und einen dicken Kuss auf die Wange bekam. Durch die Chrissy ging ein Ruck wie bei einer Vollbremsung mit hundert Sachen. Ich lächelte sinister in mich hinein. Das hatte sie aber auch nicht besser verdient! Was hatte „Ed von Schleck" nicht alles für sie getan? Aber sie wollte ja unbedingt Ken und Barbie mit ihm spielen. Ich ließ sie leiden. Sabrina ging nun in Richtung Bühne, während der Prälla auf uns zukam.

„Ey, Weiler, ey", rief er begeistert und beachtete meine Begleitung gar nicht.

Die Chrissy machte daher im strengen Ton einer erbosten Ehefrau auf sich aufmerksam: „Wer war denn das da eben?"

„Ey, stell dir dat ma vor! Dat war unsere Azubine von inne Vermögensverwaltung."

„So, so ..."

„Ein 1a-Fahrgestell", goss ich Öl ins Feuer.

„Ey, Weiler, weiße, wat die ebent aufm Pott mit mir gemacht hat?"

„Das will ich gar nicht wissen", kreischte die Chrissy beinahe. Der Prälla ignorierte sie, aber nicht aus böser Absicht, sondern weil er einfach vollkommen auf die Sabrina fixiert war. Ich lachte mir weiter ins Fäustchen.

„Die hat mir da voll einen geblasen!"

„Echt?", jauchzte ich, machte aber sofort eine ungläubige Miene. Konnte das denn sein?

„Oa ey, schämst du dich gar nicht, so was in meiner Gegenwart zu erzählen?" Aber der Prälla verstand natürlich überhaupt nicht, was die Chrissy auf einmal hatte. Denn selbstverständlich empfand Ken keinerlei Scham, in Gegenwart von Barbie derlei Intimsensationen auszuposaunen.

„Ey, da komm ich vom Klo, hömma, und dann steht die da schon so zwinker im Flur rum. Ich so voll am geifern und sie weiter so voll am zwinkern. Und dann zieht die mich voll am Schlafittchen ins Damenklo rein und packt meinen Eumel aus!"

„Ich hör mir das nicht mehr länger mit an!" Die Chrissy dampfte ab, Tränen in den Augen.

„Ey, wat hat die denn?"

„Sie ist eifersüchtig."

„Auf wen?"

„Auf mich."

„Ach so."

„Auf die Sabrina natürlich, du Hornochse", rempelte ich ihn an.

„Echt?"

„Ja, echt."

„Seit wann dat denn?"

„Seit sie dich mit ihr gesehen hat."

„Echt?"

„Ja, echt."

„Boa ey!"

„Hat die Sabrina dir wirklich einen geblasen?", fragte ich streng.

„Ja ..."

„Ja?"

„Nee ..."

„Was denn nun?"

„Beinahe ..."

„Wie, beinahe?"

„Keine Ahnung ..."

„Was soll denn das heißen?"

„Sie hat mich voll gefragt, ob sie mir voll einen blasen soll, und hat mir dabei voll an die Hose gepackt."

„Das ist doch schon mal was."

„Die hat mich echt voll angemacht, Weiler!"

„Das wurde aber voll echt Zeit, dass dich mal eine echt voll anmacht! Pass auf, Prälla: Fast vierzig Jahre hast du keinen Stich gemacht und jetzt hast du auf einmal zwei Bräute am Start."

„Am Start, meint er!"

„Wenn du es klug anstellst, kriegst du alle beide."

„Boa ey, vier sone Titten! Ich werd zum Schwein!"

„Genau. Aber um alle vier Titten zu kriegen, musst du die zwei gegeneinander ausspielen, klar?"

„Wat soll ich spielen? Nur mit zwei Titten? Versteh ich getz nich."

„Halte du dich erst mal nur an die Sabrina. Die Chrissy wird früher oder später angekrochen kommen. Welche von beiden gefällt dir denn besser?"

„Ey ... keine Ahnung ..."

„Vergiss es! Das wird sich alles finden. Lass dich mal schön von der Sabrina anflirten und erzähl ihr so nebenbei, dass du bald den ganzen Laden hier übernimmst."

„Wer? Ich?"

„Ja, ist doch egal, ob das stimmt! Hau richtig auf den Putz von wegen Juniorchef und so. Dann bekommt die Sabrina nämlich ein derart nasses Höschen, dass es ihr durchsuppt, klar?"

„Durchsuppt, meint er!"

„Und die Chrissy hat lange genug die Naive gespielt. Heute ist der Tag der Abrechnung. Heute schlagen wir zu!"

„Jau!"

„Denk dran: Du bist der Spinator! Dir kann niemand widerstehen!"

„Jau, ey!"

„Grapsch die Sabrina ruhig an und befummel sie, wenn sie es mit sich machen lässt, aber sanft, klar?"

„Geht klar."

„Du bist der große Schweiger. Ein Mann der Tat."

„Geht klar, Weiler."

„Dann auf ins Getümmel! Pflanz dich mal vor der Bühne auf und mach einen auf wichtig! Hopp, hopp!"

„Okay."

Mein Verkupplungsehrgeiz war wieder geweckt.

Inzwischen hatte sich das Porschezentrum mit Kunden gefüllt und der Soundcheck war beendet. Ein Nachrichtensprecher traf ein, den man aus den Öffentlich-Rechtlichen kannte und der durchs Programm führen sollte. Der Porsche-Erwin begrüßte ihn jovial. Dieser öffentlich-rechtliche Herr, der in den Nachrichten so seriös daherkam, wirkte in natura ganz anders. Aus seinem mit scharfkantigen Jacketkronen bewehrten Mund kam beim Lachen ein sehr merkwürdiger Mischlaut aus Kieksen, Schleifen und Zischen. Gazellengleich sprang der Sprecher auf die Bühne und rief mit professioneller Munterkeit: „Ja-ha-ha, liebe Porsche-

Freunde! Heute ist ein ganz besonderer Tag, denn heute ist ein Prälla-Tag!"

„Prälla-Tag", rief eine Hand voll Gafferkunden halbherzig zurück.

„Genau, liebe Leute! Denn Porsche Prälla wird heute vierzig Jahre! Kaum zu glauben, was? Vierzig Jahre ‚Fahr schneller mit Porsche Prälla'! Wenn das kein Grund zum Feiern ist, was? Haha-ha-ha-ha!"

Lokalreporter wieselten herum und machten blitzend ihre Fotos fürs Lokalblatt. Dem Nachrichtensprecher machte seine Entertainernummer offensichtlich Spaß. Auf eine Reihe matter Scherze folgte eine durchaus gekonnte Parodie seiner selbst, denn mit öffentlich-rechtlicher Seriosität verlas er nun die „Prälla-Nachrichten". Dass dennoch keine Stimmung aufkam, lag an den lausigen Pointen, die nur aus der Feder des blöden Würz stammen konnten, der sich völlig zu Unrecht für einen Oberscherzkeks hielt. „Delirium Clemens" lachte daher auch als Einziger im Saal laut über die „Prälla-Nachrichten" und gab mit augenrollendem Nicken nach allen Seiten deutlich zu erkennen, dass sie seinem einfallslosen Schrumpfhirn entsprungen waren. Zum Glück hatte dieses Martyrium nach endlosen Minuten doch ein Ende und der Nachrichtensprecher kündigte nun den ersten „Top-Act" an. Vom Erwin war übrigens nichts mehr zu sehen.

„Jetzt kommt zu euch ein neuer Stern am Schlagerhimmel. Ihr kennt sie alle aus DSDS. Da hat sie die ganze Jury mit ihren sexy Auftritten begeistert. Huhuhu! Ganz schön heiß, die Kleine", rief er enthusiastisch im Falsett. „Begrüßt also mit einem stürmischen Applaus unser Küken: Saaabrinaaa Krause!"

Die Sabrina hatte sich die strohblonden Haare zu zwei Kleinmädchenzöpfen geflochten und machte unverhohlen einen auf Lolita. Den Gafferkunden fielen daraufhin die Gafferaugen aus den Höhlen, während die Gafferehefrauen schlechte Laune bekamen. „Hallo, Leute! Wir sehen uns alle – demnächst in Malle", reimte Sabrina. „Ich habe nämlich einen Vertrag für die nächste Saison auf Mallorca bekommen", verkündete sie stolz und machte mäh vor Freude wie das Osterlamm im Angesicht des Schächters. Die Männer johlten und buchten in ihren Spermaköpfen schon eine Spermareise nach Malle – ohne Ehefrauen, versteht sich.

„Hautnah is okay", lautete der innovative Text ihres ersten Liedes, „hautnah is okä-häy! Hey hey! Aber hautnah ist nicht nah genu-hug!" Fasziniert beobachteten die Gafferkunden die wild wippenden Brüste des Bohlen-Biestes und streckten begeistert ihre Arme aus. Ich schaute herüber zur Moni, die sich etwas abseits hielt. Unsere Blicke trafen sich, ich klatschte zum Scherz mit, sie rollte lächelnd mit den Augen. Der Prälla ragte wie ein Turm aus der Menge verdrehter Männerköpfe hervor und kaute cool einen Kaugummi. Würz, Heinelt und Schmidtke waren vor Geilheit zu Gelatine-Plastiken erstarrt. Die Chrissy stand in der Schmollecke und trank einen Sekt nach dem anderen.

„Wir beide, wir waren nicht klu-hug", piepste die Sabrina. „Du sagst mir, es wäre Betru-hug an den Sternen der Nacht, wenn wir uns hingeben – dem Feuer der Na-hacht. Doch ich will dich spü-hürn ..." Hüftschwingend verließ sie die Bühne und steuerte schnurstracks auf den coolen Prälla zu, dem daraufhin ziemlich bange wurde. Je näher sie ihm zu Leibe rückte, desto hektischer kaute er. „Doch ich will dich spü-hürn, ich will dich verfü-hürn." Jetzt sprang sie sogar an ihm hoch und ließ sich von ihm auffangen. King Kong Prälla trug seine weiße Frau unter anerkennenden Pfiffen des Gafferpublikums langsam zur Bühne zurück. Zwischen den Liedzeilen küsste die Sabrina ihn mehrfach auf die Wangen und einmal sogar auf den Mund. Immer wenn ich zur Chrissy herübersah, kippte die sich gerade das nächste

Glas Schaumwein hinter die Binde. Wenn das mal gut geht, Frau Wolfgram, dachte ich.

Zwischen zwei Songs griff ich zwei Gläser Sekt und bewegte mich swingend auf die Moni zu. Dann begann ich zu singen: „Hautnah ist okay …"

„Nein, Dieter, nein, nein …", wehrte sie sich und vergrub vor Scham ihr Gesicht in den Händen. Ich ließ mich nicht beirren.

„Du bist doch ein …", stotterte sie und nahm instinktiv ein Glas Sekt, damit sie was zum Festhalten hatte. Ich trank meines auf ex und sie trank mir ohne zu zögern nach.

„Hautnah ist nicht …"

„Hör sofort auf, du alberner Kerl", wehrte sie sich weiter. Aber ich hatte richtig kalkuliert: Ihre roten Wangen verrieten mir, dass ihr meine Schlagernummer gefiel. Der Alkohol tat ein Übriges. Ich grapschte mir sofort zwei neue Gläser, trank ihr wieder vor und sie trank mir wieder nach. Die Dosis, die wir jetzt intus hatten, war für uns beide genau richtig, um mutig fortzufahren mit unserer Anbahnung. Die Band fing wieder zu spielen an – passenderweise eine langsame Schmachtnummer. Aus den Augenwinkeln sah ich die sich weiter betrinkende Chrissy, der bald nicht mehr zu helfen sein würde, wenn sie so weitermachte.

„Komm, Moni", säuselte ich und legte einfach meinen Arm um sie. Ich wiegte sie ein bisschen hin und her; sie wehrte sich nur der Form halber.

„Hautnah is okay …"

„Du Knallkopf", lächelte sie und schmiegte sich an mich. Jetzt nichts überstürzen, dachte ich. Sie lehnte ihren Kopf an meine Brust, aber als ich selig die Augen schließen wollte, musste ich sie im nächsten Moment vor Schreck weit aufreißen, denn ausgerechnet der Nebenfach-Uwe steuerte nun torpedogleich auf unser schönes Moni-Dieter-Boot zu und drohte es zu versenken. Wenn ihr euch die Musik vom „Weißen Hai" dazudenkt, seid ihr in der richtigen Stimmung. Wo kommt denn dieser Hirni plötzlich her, fragte ich mich in meiner Not, der will mir doch wohl nicht in die Suppe spucken!

Er wollte.

„Hallo, Dieter. Na? Ist ja schon ganz schön was los hier."

„Ja, aber nicht für dich", antwortete ich barsch.

Die Moni drehte sich um und lächelte freundlich zur Begrüßung. Ein schwerer Fehler.

„Hallo, ich bin der Uwe. Und wer bist du?"

„Ich bin die Moni. Tach." Sie gab ihm burschikos die Hand.

Er ließ ihre Hand nicht los und rückte ihr mit seinem Kratergesicht auf die Pelle: „Du arbeitest hier?"

„Ja."

„Nein", warf ich aus Verzweiflung ein. Ich wusste ja, was folgte, konnte aber der arglosen Moni kein Zeichen geben. Dass er auf den ersten Blick intellektuell und vertrauenerweckend erschien, wirkte sich jetzt fatal auf meine Moni-Kiste aus, denn diese wurde nun von unserer Sado-Maso-Kiste zertrümmert.

„Zeig mir doch mal die neuesten Modelle, ja? Was habt ihr denn so im Angebot?"

„Dann komm mal mit", antwortete sie, und ehe ich piep sagen konnte, befanden sich die beiden schon auf dem Weg zu neuen Modell-Ufern.

„Ich bin doch gleich wieder da", beruhigte sie mich aus der Ferne.

„Du hast ja keine Ahnung", seufzte ich leise und zog mir im Chrissy-Style ein Glas Erbitterungssekt ein.

Nach dem stürmischen Schlussapplaus sprang Sabrina Handküsse werfend von der Bühne und verschwand nach hinten in den Büroraum, den man ihr als Garderobe zur Verfügung gestellt hatte. Kurz darauf marschierte der Prälla hinterher.

Nun betrat der Nachrichtensprecher wieder die Bühne und

kündigte, schon etwas angeschickert, den nächsten Star an. Wieder dieselbe Leier und Ha-ha-ha: „Ihr kennt ihn alle! Er hatte im letzten Jahr einen Top-Ten-Hit, der ihn in die Top-Ten der Top-Ten katapultierte. Er ist der Schwarm aller Frauen! Er sieht toll aus! Er hat eine tolle Figur! Er hat eine tolle Frisur! Er hat eine tolle ... äh ... Tolle! Hier ist unser aller ... Klaaaausi Kraus!"

Ein abgeleckter Heringsschwanz betrat mit Victory-Zeichen die Bühne. „Wir beide waren unterm Firmament, doch ich hab deine Liebe total verpennt."

„Total verpennt", grölten die besinnungslosen Gafferfrauen unisono, während ihre Gaffergatten schlechte Laune bekamen und sich langsam in den Cateringbereich zurückzogen, wo sie von freundlichen Servicekräften mit Gerstensaft versorgt wurden. Vom Erwin weiterhin keine Spur.

„Du hast nen Freund, das sagst du mir, doch nie und nimmer ..."

„... glaub ich dir", kreischten wieder die Weiber. Und dann sangen alle den Refrain: „Du lügst mich an, doch ich bleib an dir dran – verdammt noch mal!"

Ich war inzwischen beim siebten Glas Sekt angelangt. Genau, ich bleib an dir dran, redete ich mir Mut zu und kippte das achte Glas runter. Eigentlich durften wir Angestellten nichts trinken, sondern sollten nüchtern die Kunden beraten und ein bisschen unsere Augen offenhalten. Aber von Anfang an herrschte fröhliche Anarchie, denn die Doofis hatten uns als Vorgruppe der Sonderklasse zu früh in Hochstimmung versetzt. Der Würz und der Heinelt unterhielten sich pichelnd mit den Gerstensaft-Ehemännern. Halb besoffen fachsimpelten sie über Hubzapfen und Nockenwellen. Die Chrissy stand noch immer stocksauer in der Ecke herum und köchelte vor sich hin, weil sich „Ed von Schleck" einen Teufel um sie scherte. Nur der bescheuerte Nebenfach-Uwe hielt als Nervkunde par excellence die arme Moni weiterhin auf

Trab. Da platzte mir plötzlich der Kragen. Ich stand auf und bemerkte an meinen weichen Knien, dass ich bereits volltrunken war. Ich hatte ja nichts gegessen. „Umso besser", sagte ich laut vor mich hin, schritt zum Eingriff und machte damit alles kaputt, ich Hirni!

„Du und ich, das wäre voll der Heaven ...", sang Klausi Kraus mit zuckenden Hüften.

„... und darum muss ich dich ganz alleine treffen", grölte nun wieder die gesamte Weiberschar.

„Du und ich, das wäre voll der Heaven", plärrte ich der Moni von hinten ins Ohr. Sie drehte sich kurz um und lächelte, aber der Uwe, der gerade in einem Cayenne saß, ließ nicht locker: „Du, zeig mir doch mal, wie man die Sitze hier nach hinten stellt."

„Moni, hör doch mal", lallte ich, „darum muss ich dich ..."

„Einfach den Hebel nach hinten ... so", meinte dat Frau Haberstroh zu ihrem Nebenfach-Kunden und friemelte unter seinem Arsch am Sitz herum.

„Du bist ein Einzelkind, oder?"

„Ja, stimmt. Wie hast du das erraten?"

„Ich bin Psychologe."

„Sozialpsychologe", krähte ich dazwischen.

„Aha."

„Hmm. Weißt du, für mich sind Einzelkinder ja irgendwo die stillen Stars."

„Ach ja?", fragte die Moni abwesend, während sie sich noch immer am verklemmten Sitz unterm Nebenfach-Arsch zu schaffen machte.

„Hör doch mal! Darum muss ich dich ganz alleine treffen, verstehssu? Ganz alleine!"

„Einzelkinder sind ja oft ganz alleine, von innen."

„Aus innen, du Hirni!"

„Innen bietet der Cayenne viel Platz", spulte die Moni ihren

Verkäufersermon ab. Der Nebenfach-Uwe fasste sie am Arm: „Einzelkindern fehlt das Du zum Ich."

„Äh ... ja, ja", meinte sie ratlos.

„Kennst du Rilke?"

„Ja. Warum?"

Jetzt packte ich die Moni am anderen Arm und wir zerrten an ihr herum wie Popeye und Bonzo an Olivia.

„Ich als Rilkeaner ..."

„Hör doch mal! Ganz alleine treffen ..."

„Aua! Also jetzt reichts mir aber, ihr beiden!" Mit einem Ruck befreite sie sich von ihren Quälgeistern. „Ich muss mal wohin", sagte sie hastig und verschwand hurtig.

„Das hast du ja wieder toll hingekriegt, Uwe! Was willst du eigentlich hier?"

„Darf ich mich hier nicht mal umsehen?"

„Das war nicht die Frage, ob du das darfst!"

„Doch, Dieter, als Subtext. Als lu-pen-reiner Subtext! Und das weißt du auch."

„Quatsch!"

„Du blockst noch."

„Jetzt sage ich dir mal was ohne Subtext im Klartext: Die Moni ist für mich!"

„Ganz andere Baustelle", blockte der Uwe. Da hätte ich ihm am liebsten eine reingehauen und wunderte mich, dass ich ihm tatsächlich eine knallte.

„Aua! Spinnst du?", rief er verdattert. Es konnte nicht sehr weh getan haben, denn ich hatte ihn nur leicht an der Wange touchiert, aber aus Versehen den Rückspiegel des Cayenne zerdeppert. Meine Fingerknöchel schmerzten höllisch, aber die Krefelder Mimose machte einen auf Drama-Queen. Tatsächlich schwoll die Wange minimal an.

„Tschuldigung", meinte ich in meinem betrunkenen Kopf,

„aber du kannst einen auch zur Weißglut treiben!" Doch der Uwe fahndete zielstrebig nach einer Sanitäterin namens Haberstroh. Als sie von der Toilette kam, lief sie ihm prompt in die Arme und ließ sich von ihm ins Büro zum Verbandskasten nötigen.

Ich war verzweifelt und torkelte zur Gerstensaftheke. „Du spielst dein Spiel, doch das wird mir zu viel", sülzte Klausi Kraus gerade und ich sang die Zeile wütend mit. „Genau! Du spielst dein Spiel, doch das wird mir sszuviel", jaulte ich mit geballten Fäusten in den Weiberchor und ließ den Kopf auf die Theke fallen.

„Mir wird das auch sszuviel", lallte mich eine Frauenstimme an. Ich reckte den Kopf. Die Chrissy hatte ich ganz vergessen. Solidarisch legte sie mir den Arm auf den Rücken: „Mit mir wird nur gespielt, Dieter!"

„Mit mir auch, aber deine Spielbälle sind größer." Ich lachte dreckig, aber die Chrissy fand es komisch. „Gefallen sie dir?"

„Wieso willsznudn das wissen?"

„Sag doch mal!"

„Nee", meinte ich abweisend.

„Wiesodn nich? Allen gefallen die. Nurdirnich, oder wie?" Sie machte ein Bäuerchen und presste ihren Oberkörper an mich. Wenig galant stieß ich sie von mir. „Lassmich!" Aber unverdrossen drückte sie mich fest an sich, obwohl ihr die Rippen schmerzen mussten. „Na komm, meine Brüste gefallen dir doch!"

Was ist denn in sie gefahren, fragte ich mich. Natürlich: Sie will den Prälla eifersüchtig machen, das besoffene Luder!

„Sszuviel Gummi, Chrissy. Lass aus deinen Duddln mal die Luft raus, dann gefalln sie mir vielleicht."

„Waaas? Aber alle Männer mögen das!"

„Ich nich. Ergo ..."

„Hä?"

„Bin ich kein Mann, oder was? Haut doch alle ab mit euren

Gummititten! Da is mir sszuviel Unnnw ... wunn ... Unwucht drin, issmirda!" Ich packte ihr völlig dreist an die Brüste, doch sie ließ es erstaunlicherweise geschehen und lachte sogar. „Siehst du, Dieter!"

Würz und Konsorten glubschten herüber und stießen einander grinsend die Ellenbogen in die Seite. Motto: Da geht doch was!

„Ich will nurnochmal ... mal überprüfn, wie sich das anfühlt, weissu?"

Gerade als ich richtig feste den Silikonteig knetete und die Chrissy spitze Schreie ausstieß, kam Sanitäterin Moni mit dem Notfall-Uwe aus dem Büro und staunte Bauklötze. Erst schaute sie dumm aus der Wäsche, dann schien sie zu resignieren und schüttelte den Kopf. Motto: Und auf so einen Busengrapscher wäre ich beinahe hereingefallen! Der Uwe nutzte sogleich die Gelegenheit, sie mitfühlend anzuschauen und ihr tröstend den Rücken zu streicheln. Aber die Moni brauchte gar keinen Trost, weil sie mich innerlich bereits locker fallengelassen hatte. Aus besoffenem Trotz heraus, dass sie mir überhaupt unterstellen konnte, auf die doofe Chrissy abzufahren, kurbelte ich nun extra feste an deren Qualitätstitten herum und machte ein Gesicht wie Oliver Hardy, wenn er Stan Laurel einen Tritt verpasst. „Hörbie hat gekocht", meinte ich sarkastisch, „musst du nicht nach Hause?"

„Die-ter, du kleine Sau", kreischte die verzückte Chrissy genau in die Gesangspause von Klausi Kraus hinein. Alle konnten es hören. Mitleidig musterte mich die Moni und dampfte schließlich mit dem Nebenfach-Uwe ab. Alles versaut, konnte ich noch denken. Dann wurde mir übel, ich rannte im Zickzackkurs zum Klo, übergab mich neben die Schüssel, wankte danach in einen Konferenzraum und schlief unter dem Tisch ein.

Merkwürdige Geräusche ließen mich erwachen. Draußen war es dunkel. Ich musste mehrere Stunden geschlafen haben und fühlte mich genauso fit wie damals, als ich eine Nacht in den Katakomben der DSS-Arena verbracht hatte. Aus dem Nebenraum hörte ich kreischende und quietschende Frauenstimmen sowie ein amüsiertes Glucksen, das mir nur allzu bekannt vorkam. Ich schlich durch den Flur und öffnete langsam die Tür. Was ich sah, machte mich schaudern: eine Wrestling-Performance vom Feinsten. Die Chrissy zog der Sabrina gerade an den Kleinmädchenzöpfen, aber das Kleinmädchen wehrte sich und bearbeitete das Oberteil der Kontrahentin mit seinen Krallen. Beide fielen ineinander verkeilt zu Boden und wälzten sich in erbittertem Kampf. Chrissy nahm das wildgewordene Schlagersternchen gekonnt aufs Arschgeweih und robbte mit ihrem ganzen Gewicht auf die unter ihr ächzende Sabrina. Die ehemalige Azubine fuhr aber ihren Azubinenstachel aus und zerkratzte der Kampfelfe den Rücken. Sie pressten ihre Leiber so eng zusammen, dass ich befürchtete, ihre Implantate würden platzen. Wie viel Liter Alkohol musste die Chrissy wohl getankt haben, dass sie die Schmerzen ihrer geprellten Rippen nicht mehr spürte? Der Prälla stand seelenruhig ein paar Meter weiter und beömmelte sich.

„Aufhören! Sofort aufhören", brüllte ich und marschierte auf die beiden Kampfhennen zu. „Was soll das denn hier? Aufhören, sage ich!"

Die Hennen reagierten überhaupt nicht. Ich schaute den Prälla vorwurfsvoll an: „Willst du nicht eingreifen, du Knallkopf?"

Er machte eine Geste der Unschuld: „Wieso denn? Ey, Weiler, du hast doch gesagt, ich soll die beiden gegeneinander ausspielen!"

„Ja, aber doch nicht so!"

„Kumma, kumma!" Wie ein begeistertes Kind zeigte er auf das

ringende Knäuel. „Ey, die beiden sind gleich voll nackt, wenn die so weitermachen! Ich schmeiß mich in die Ecke!"

„Prälla!"

„Boa, die Chrissy zieht der Sabrina voll dat Höschen runter! Ey, ey, ey! Weiler, Weiler, Weiler! Kuck dir dat an! Die hat ja ne 1a rasierte Pussy!"

Ich musste unwillkürlich hinstarren.

„Und da! Boa! Voll die gepiercte Möse!"

„Jetzt ist aber gut, ihr beiden", herrschte ich die Kämpfenden an, starrte aber weiter auf das freigelegte Geschlechtsorgan unserer ehemaligen Auszubildenden. Die ließ sich nicht lumpen und zerriss der Chrissy nun ihrerseits den Stringtanga. Beide nahmen überhaupt keine Notiz von uns.

„Oo-oah-ooah ey, Weiler! Kumma, die Chrissy! Voll dat Tattoo auf der Muschi! Ich schmeiß mich in die Ecke!"

Ich war schockiert und erregt zugleich. Komm zur Vernunft, ermahnte ich mich. „Kommt doch zur Vernunft", flehte ich die Kontrahentinnen an und versuchte, sie zu trennen. Als ich mich hinunterbeugte, bekam ich prompt einen Azubinenkratzer ins Gesicht und einen Elfentritt in die Eier. Stöhnend schaute ich zum Prälla auf, der sich über mein Ungemach im Gemächt halb totlachte.

„Komm jetzt, geh dazwischen, du Hornochse, bevor die sich gegenseitig zerfleischen!"

„Ja, ja", meinte der Prälla abwesend, „nur noch einen Moment."

„Das ist hier kein Damen-Wrestling auf Pro Sieben, du Hirni!"

„Je ebent, Weiler! Eee-bent!"

„Bitte, tu doch was!" Ich war mit meinem Latein am Ende und schleppte mich zu einem Stuhl, auf dem ich mich testikelschonend niederließ.

„Na gut", erbarmte er sich schließlich. „Aber schade!" Er bückte sich und packte die beiden mit sicherem Griff fest in ihren Nacken, worauf sie sofort erstarrten wie junge Katzen.

„Getz is ma finito, ihr bekloppten Weiber, isdat klar?" Die Kätzchen zappelten protestierend ein bisschen herum, aber er drückte mit seinen Pranken etwas fester zu: „Ob dat klaa is, hab ich gefragt?" Die Kätzchen nickten. Er zog sie beide hoch und stellte die schnaufenden Gegnerinnen auf ihre Füße. Als er sie freiließ, wollten sie natürlich sofort wieder aufeinander losgehen. Der Prälla stellte sich dazwischen und rief noch einmal: „Finito!"

Jetzt ging aber der verbale Schlagabtausch los.

„Die Schlampe will dich nur ausnutzen, Heiko!"

„Die doofe Muschi ist nur neidisch, weil sie so hässlich ist!"

„Du Nutte!"

„Du Fotze!" (mit V)

„Du Sau!"

„Du treibst es doch mit jedem!"

„Du machst es doch mit Pferden!"

Usw.

Nach einer Weile rief ich dazwischen: „Bedeckt wenigstens mal eure Geschlechtsteile!"

Eilig suchten sie ihre noch heilen Klamotten zusammen. Die Chrissy spürte plötzlich wieder ihre Rippenschmerzen. Sie krümmte sich und kletterte entkräftet auf den Stuhl neben mir. „Nee, nee, Chrissy, du machst Sachen", meinte ich leise zu ihr.

„Was war denn eigentlich los?", fragte ich, nachdem sich die Gemüter halbwegs beruhigt hatten. „Ich bin dem Heiko hinterhergegangen", sprudelte es aus der Chrissy heraus. „Er hat sich mit dem Luder hier versteckt, und die Schlampe war gerade dabei, dem Heiko die Hose runterzuziehen und ..." Schluchzend vergrub sie ihr Gesicht in den Händen. Die Sabrina schnitt eine Fratze, auf der „Drama-Queen" geschrieben stand. Der Prälla hatte seinen Beömmelungsausdruck behalten. Ich streichelte der

Chrissy zum Trost den Rücken und fragte: „Warum macht dir das denn eigentlich was aus? Gönn dem Heiko doch auch mal was!"

„Aber ich ..."

„Aber du ...?"

„Aber ich ... ich liebe ihn doch."

„Siehst du", sagte ich zufrieden, „das war aber eine schwere Geburt."

„Ich liebe dich", wiederholte sie laut und schaute den Prälla flehend an.

„Wen getz?" Der Trottel guckte sich mal wieder suchend im Raum um.

„Nein! Ich liebe dich", kreischte die Sabrina schrill und presste sich an den Juniorchef.

„Nein, ich!"

„Nein, ich!"

Usw.

Ich wollte mich gerade salomonisch vom Stuhl erheben, da kam der Ronny zur Tür herein: „Mal subito in den Verkaufsbereich! Herr Prälla will ne Rede halten!"

„Moment!"

„Nix da! Alle warten schon. Der Chef wird schon ungeduldig. Also subito! Ihr habt euch ja gut versteckt ... äh ... was habt ihr denn hier getrieben?"

„Geht dich nichts an", zischte ich durch die Zähne.

Der Ronny grinste und meinte: „Ich weiß schon: nen flotten Vierer, nä? Beim nächsten Mal will ich aber dabei sein, nä?"

„Ja, ja."

Ich besorgte aus der Putzfrauenumkleide schnell zwei Kittel für die zerzausten Kampfhühner und betrat mit ihnen zusammen den Verkaufsbereich. Alles sah jetzt ganz anders aus als am Vormittag. Auf der Bühne stand ein Flügel und daneben saßen ein bärtiger Herr im Frack und eine üppige Frau im Abendkleid.

Offensichtlich Opernsänger. Aber wie ich vom erleichterten Heinelt erfuhr, war das klassische Musikprogramm schon vorüber, und nun kam der Höhepunkt des Abends: Porsche-Erwins Auftritt! Die Gäste waren allesamt mit edelster Garderobe bekleidet und schauten elitebewusst zur Bühne. Ein herber Distinktionsduft lag in der Luft. Ich erkannte manche Kandidelkunden wieder. Ein paar Scheichs wandelten herum, und ich stellte mir vor, wie sie sich bei den anderen Gästen mit den Worten „Wir dachten, es wäre ein Maskenball" für ihren Aufzug entschuldigten. Aber sie waren „voll echt", wie der Prälla gesagt hätte. Ganz hinten sah man den graumelierten Graf Reinmar von Zweter, mein ehemaliger Arbeitgeber, der meine ehemalige Kollegin Jenny Strotmann dabei hatte, die nun offensichtlich seine Gräfin Zweterine war.

Zwischen all diesen Edelmenschen kam ich mir plötzlich völlig fehl am Platze vor und wurde traurig. Die Moni und mein peinlicher Auftritt vor ein paar Stunden fielen mir wieder ein. Der ragende Prälla hielt seine beiden Kratzbürsten im Zaume, die nicht von seiner Seite wichen. Sabrina kreuzte ihre Beine, denn sie musste offensichtlich ganz nötig auf die Toilette. Aber sie schien lieber an Harnverhaltung sterben zu wollen, anstatt auch nur eine Minute zu verschwinden. Sie befürchtete wohl, dass ihre Konkurrentin in der Zwischenzeit Frau Prälla werden könnte. Die Chrissy hing ziemlich ausgepowert an „Ed von Schlecks" Arm und kämpfte verbissen wie ein verwundetes Tier gegen ihre Erschöpfung an. Wo war nur die Moni geblieben? Sie wird doch wohl nicht mit dem Nebenfach-Uwe abgezischt sein, durchzuckte mich jäh ein Horrorgedanke.

Zu einem Jubelakkord des Pianisten sprang nun kreuzfidel der Erwin auf die Bühne. Applaus brandete auf. Der Chef gebot den Klatschenden Einhalt und sprach hochdeutsch ins Mikrofon: „Liebe Freundinnen und Freunde! Ihr wisst, ich habe es nicht so mit der Förmlichkeit. Also werde ich mich kurz fassen. Vierzig Jahre Porsche Prälla! Vierzig Jahre Spaß und Freude am Fahren! Ich hoffe, dass ich Ihnen/euch allen diese Freude bereiten konnte." Ich schaute auf die Uhr und wollte nach Hause, um mich wegen meiner verpatzten Moni-Anbahnung in Selbstmitleid zu ergehen.

„Isch habe euch eine Mitteilung zu machen", fuhr der Erwin fort und verfiel leicht in sein Idiom. „Porsche-Erwin jeht in den Ruhestand!" Das war eine gelungene Überraschung. Ich spitzte die Ohren.

„Wie ihr wisst, feiere ich bald einen runden Geburtstag, und das wird auch der Tag meines Abschieds werden. Isch habe mit Zuffenhausen meine Nachfolge geregelt. Es ist alles in trockenen Tüschern; das Porschezentrum Düsseldorf bleibt Ihnen, bleibt eusch wie gehabt erhalten, Wenndelin hin, VW her! Clemens! Komm ömal rauf hier!" Hastig schwabbelte der Würz auf die Bühne und sein Chef legte ihm kameradschaftlich einen Arm um die Schulter. „Isch darf Ihnen/eusch meinen kommissarischen Nachfolger vorstellen: Sie kennen ja alle unseren Clemens Wüchz. Bis zu seinem Ruhestand in anderthalb Jahren wird er der neue Boss sein. Applaus!" Alles klatschte brav.

„Clemens?"

„Ja, Erwin?"

„Du hilfst dem neuen stellvertretenden Filialleiter, zeigst ihm alles und machst ihn fit, damit er disch ablösen kann, wenn du in Rente gehst."

„Mach ich, Chef."

„Liebe Freundinnen und Freunde vom alten Porsche-Erwin! Bitte schenkt meinen Nachfolgern datselbe Vertrauen, dat ihr mir geschenkt habt und für dat isch misch von ganzem Hechzen bei Ihnen, bei eusch allen bedanke!" Der Würz wabbelte während des Beifalls von der Bühne.

„Der neue Stellvertreter ist noch nit so erfahren im Fährkauf, aber der hat dat Zeusch, dat kann isch eusch wohl sagen." Papa Prälla grinste vielsagend und deutete in unsere Richtung. Es herrschte Spannung wie bei der Oscar-Verleihung. „Denn der neue Stellvertreter und baldige Chef wird ... Dieter Weiler!"

„Ey, Weiler, ey", blökte der Prälla sofort durch den ganzen Saal. „Momennd ömal", rief der Erwin mehrmals ins Mikro. „Tut mir leid, Dieter, isch habe misch vertan!"

Gott sei Dank, dachte ich erleichtert. Einen Augenblick lang hatte ich befürchtet, er wäre endgültig übergeschnappt.

„Der neue Stellvertreter wird natürlisch mein Sohn Heiko!"

Der Prälla verstand nur Bahnhof und kapierte gar nicht, dass der Applaus ihm galt.

„Na komm schon, Heiko! Komm auf die Bühne!"

„Ey, Weiler, ey, meint der etwa mich?"

„Ja natürlich! Hopp, hopp!"

„Hömma, hat der Alzheimer getz?"

„Geh schon, du Hirni!"

Die beiden Hühner sprangen vor Entzücken im Dreieck und legten dabei versehentlich ihr Dreieck frei. Ich stellte mich rasch dazwischen, damit sie sich nicht gegenseitig an die Kehle gingen.

Der riesige Sohn kam auf die Bühne und wurde vom Vater herzlich umarmt. „Gucken Sie sich diesen Prachtkerl an! Dat is mein Sohn! Weiße wat, Heiko?"

„Nee ... ja ...?"

„Du hass dat Zeusch!"

„Wer? Ich?"

Das Publikum hielt es für einen gelungenen Scherz.

„Viel Spaß heute Abend! Danke schön eusch allen! Ammösiert eusch noch schön!" Unter stürmischem Beifall verließen Vater und Sohn in Eintracht die Bühne. Ich traute meinen Augen nicht. Da hatte der Senior endlich den erlösenden Zaubersatz gesagt. „Heiko, du hass dat Zeusch", sprach ich mir ungläubig noch einmal vor. Wie war denn diese merkwürdige Wandlung bloß zustandegekommen?

Die Hühner waren indes nicht mehr zu halten: Sabrina rannte nach vorne, um den Prälla zu umarmen, die Chrissy kam nicht so schnell hinterher und hatte das Nachsehen. Während ich noch so vor mich hingrübelte, stand plötzlich der Erwin neben mir. „Jong, bist du so lieb unn kommst ömal mit in mein Bürro? Wir spreschen ö paar Takte unter vier Augen, nä?"

„Gute Idee, Herr Prälla."

Wir schlängelten uns durch die gratulierenden Gäste hindurch in sein Zimmer. Er schloss hinter sich ab.

Bevor ich ihn irgendwas fragen konnte, sagte er: „Pass ömal auf, Jong: Isch glaube, wir müssen eine andere Tätischkeit für disch finden als den Fährkauf."

„Aha ..."

„Isch habe die Zahlen aus dem Quachtaal aufm Tisch und die spreschen eine eindeutige Sprache. Auch im zweiten Quachtaal, dat du hier bist, hast du nix verkauft, Jong. Dat macht misch traurisch."

„Ich habe doch gesagt, dass ich nicht zum Autoverkauf tauge."

„Isch lasse disch nit hängen, Jong, wir finden önne andere Aufgabe für disch. Aber Fährkauf, dat is nix."

„Ich will Ihnen kein Klotz am Bein sein, Herr Prälla. Ich finde schon was anderes."

„Dat kommt nit in Frage! Isch guck misch für disch omm. Isch hann schon so viele Holzköppe auf gute Posten gehoben, dann werd isch für so önne pfiffiges Kerlschen wie disch auch noch wat finden. Und wenn dat dat Letzte is, wat isch mache!"

„Danke, Herr Prälla, ich habe da aber ..."

„Moment!" Er holte einen Rémy-Martin sowie zwei Gläser aus dem Schrank. Dann hielt er mir ein gefülltes Glas hin und prostete mir zu: „Isch biete dir dat jetzt zum letzten Mal an. Wenn du dat jetzt nit annimmst, dann sind wir geschiedene Leute. Also: Isch bin der Erwin."

„Ich bin der Dieter, Erwin."

„Dieter Erwin?", lachte er.

Endlich konnte ich darauf eingehen, denn der ganze „Ziehsohn"-Spuk war nun offensichtlich ein für allemal vorbei.

„Sag mal, Erwin, wie ist es denn zu deinem Sinneswandel gekommen? Wieso hat denn der Heiko auf einmal das Zeug?"

„Die Zahlen haben misch überzeusch von Heikos Zeusch, Dieter: Der Heiko hat nämlich in zwei Quachtaale unseren Umsatz fast allein erwirtschaftet. Dat Frau Haberstroh folgt abgeschlagen. Und von den anderen Pfeifen, dem Wüchz zum Beispiel, wollen wir mal gar nit reden!"

„Habe ich Ihnen ... äh, dir das nicht immer gesagt? Der Heiko hat eben deine Verkäufergene geerbt."

„Der Heiko? Enää!"

„Wie, nää?"

„Der hat gar nix von mir geerbt, Jong."

„Verstehe ich nicht."

„Weil dat nit mein Sohn ist."

„Waaas?"

„Dat bleibt aber unter uns, klar?"

„Ja ... klar ..." Mir wurde schwindelig.

„Der Heiko is nämlich der Sohn vom Giant Geronimo, weiße?"

„Von wem?"

„Dat war önne Catcher aus den USA, önne Indianer. Da schleppt man dat Else einmal zum Catchen mit und dann passiert gleisch sowat! Isch war jrade frisch mit ihr verlobt, hatte aber schon damals wenisch Zeit für sie jehabt. Da hat der Kerl sie geschwängert, als er mit seinen Catcherkollegen auf Europatournee war. Dat nennt man wohl önne Abstescher mache, nä?", lachte er.

„Giant Geronimo – jetzt wird mir einiges klar."

„Der is dann auf Nimmerwiddersehen in die Staaten geflogen, aber isch hab dat Else trotzdem geheiratet. Eine Hand wäscht die andere, Jong: Isch hann se nit mehr angerührt und hann mir Geliebte genommen noch und nöscher. Dafür konnte sie machen, wat sie wollte. Aber sie hat ja nur gesoffen und ihre Pralinen gefressen."

Ich war sprachlos.

„Der Giant Geronimo, dat war önne Riesenklops von zwei Metern und nowwat", fuhr der Erwin fort, „der ist immer halbnackt in Häuptlingskluft aufgetreten."

Der Porzellanhäuptling, schoss es mir durch den Kopf. Die Prälla-Else hatte sich ihren Giant Geronimo ins Wohnzimmer gestellt!

„Den Heiko mussten sie mit Kaiserschnitt rausholen, der hätte bei der Geburt gar nit durch den Kanal gepasst."

„Ich bin baff, Erwin." Mein Vergleich mit dem Indianer aus „Einer flog übers Kuckucksnest" war also goldrichtig gewesen! Der Prälla war in Wirklichkeit ein großer Häuptling und deswegen so schweigsam.

„Sag dem Heiko dat aber nit, versprochen?"

„Ehrenwort! Aber hat er nicht das Recht zu erfahren ..."

„De Klops is doch längst gegessen! Kurz nach dem Heiko seine Geburt is der Giant Geronimo am Herzinfarkt gestorben."

„Trotzdem. Vielleicht kann der Heiko ja noch was erben."

„Meinsse vielleischt, isch hann dat nit auf den Penny genau überprüfen lassen? Einen Riesenhaufen Schulden hätte der Heiko geerbt, sonst nix! Und dat Reservat, wo der Gernonimo zuletzt gelebt hat, dat kannsse für einen Euro bei Ebay ersteigern, Jong!"

„Bewahre! Aber gut: Ich sehe es ein."

„Wenn der Heiko Kinder macht, werden dat vielleisght kleine Winnetous", freute sich der Indianergroßvater in spe, „der Heiko ist ja quasi önne Mulatte!"

„Ach Unsinn, Erwin! Ein Mulatte ist doch was ganz anderes!"

„Wat dann?"

„Das kommt raus, wenn eine Weiße mit einem Schwarzen ... und/oder umgekehrt ... ach, was weiß ich! Müsste man noch mal die Mendelschen Regeln ..."

„Papperlapapp! Hier geht alles nach meine Regeln! Der Heiko is önne Mulatte, basta! Aber dat wird wohl nix mehr mit meine Winnetous."

„Das wird! Verlass dich mal darauf", rief ich voller Zuversicht.

„Wirklisch? Na, wenn du dat sagst, dann glaub isch dat auch, Jong."

„Das sind ja alles Neuigkeiten", stöhnte ich zusammenfassend.

„Dat is noch nit alles, Dieter. Pass ömal auf: Isch ziehe misch bald auf meine Finca zurück mit meine Lebensgefährtin, dat Konnzuälla, weiße?"

„Du hast eine Lebensgefährtin?"

„Sischer dat. In Spanien. Sechs Kinder hann isch mit ihr gezeuscht."

„Erwin, du hass dat Zeusch!", staunte ich Bauklöpse.

„Jedenfalls bin isch bald für niemanden mehr erreischbar, denn isch ziehe misch ganz aus dat Geschäftsleben zurück, wegen meine Pumpe, verstehsse? Dat Hechz macht nit mehr rischtisch mit. Aber du bekommst von mir önne Handynummer und önne Adresse, wo du postlagernd wat hinterlegen kannst. Für disch bin isch immer zu sprechen, Jong."

„Wie komme ich denn zu dieser Ehre?"

Er seufzte tief und schaute mich ganz melancholisch an. „Dat erzähl isch dir ömal, wenn isch im Ruhestand bin. Da kommsse schön auf unsere Finca und dann machsse dat."

„Na gut. Gerne!"

Es klopfte an der Tür. „Chef, Ihr Typ wird verlangt", rief der Ronny von draußen, „Dieser Graf Zweter will was Dringendes mit Ihnen besprechen!"

„Wat hann denn der jecke Jraaf Koks schon wieder zu zetern?", stöhnte Erwin in Richtung Tür. „Na jut, isch komme."

Beim Hinausgehen schlug er mir tröstend auf die Schulter: „Dieter, du hass trotzdem dat Zeusch!"

„Blödsinn", winkte ich ab.

Im elegant umgemodelten Verkaufsbereich tanzten nun die meisten Gäste so gepflegt miteinander wie Angela Merkel mit Horst Seehofer auf dem Bundespresseball. Auf der Bühne spielte inzwischen ein kleines Salonorchester. Im hinteren Bereich war der Prälla von den Kandidelkunden umringt und machte als Giant Geronimo des Fährkaufs bella figura, denn sein dümmlicher Gesichtsausdruck war wie weggezaubert und einer energischen Miene gewichen. Er sah prächtig aus und ich empfand wie Klekih-petra einen stellvertretenden Vaterstolz. Die Sabrina wich ihm nicht von der Seite; sie trug wie durch ein Wunder plötzlich ein passendes Abendkleid. Ob sie es der Jenny Strotmann vom Leib gerissen hatte? Nein, die „Gräfin Koks" stand noch immer im selben Aufzug neben ihrem Grafen und hielt ihr Näschen in den Wind. Von der Chrissy war nichts zu sehen.

Von der Moni leider auch nicht.

Ihr könnt euch vielleicht vorstellen, dass ich nach so vielen Neuigkeiten, Irrungen und Wirrungen ganz schön groggy war. Um mich ungestört frisch zu machen, ging ich an den Konferenzräumen vorbei in den hinteren Bereich des Autohauses, zu dem kein Gast vordrang. Auf der dortigen Toilette wusch ich mir ausgiebig das Gesicht mit kaltem Wasser. Als ich gedankenverloren durch den verlassenen Flur zurückschlurfte, vernahm ich plötzlich ein leises Schnarchen. Ich folgte dem Geräusch und gelangte zu einer Art Abstellkammer, die mir vorher noch nie aufgefallen war. Allerlei Gerümpel stand dort herum: aufgestapelte Stühle, zerschlissene Büromöbel und ganz hinten eine ausladende alte Couch. Nun ratet mal, wer selig darauf schlummerte? Nein, nicht die Chrissy Wolfgram, sondern niemand anderes als dat Frau Haberstroh. Ich pirschte mich auf Zehenspitzen heran und beugte mich über sie. Sie hatte sich in Embryonalhaltung eingekuschelt. Ganz sachte legte ich mich neben Moni. Sie rührte sich ein bisschen, murmelte „Herbie ..." und benutzte meinen Arm als Kopfkissen. Eine Weile lang sah ich ihr beim Schlafen zu, bis sie plötzlich die Augen aufschlug und einen Riesenschreck bekam. „Wer ...?"

„Ganz ruhig."

Sie blinzelte und fragte panisch: „Wer? Uwe? Hau ab, sag ich!"

„Nein, ich bin ... äh ... der Dings, der ..."

„Ich hab dir gesagt, du gehst mir auf den Keks", stieß sie zornig hervor und schlug um sich. Offensichtlich war sie noch gar nicht richtig wach. „Ja, Herrgott noch mal! Ich bin ein Einzelkind! Na und? ... Ich bin nicht verkappt ... nein! Und schon gar nicht von innen!"

„Aus innen!"

Sie stutzte.

„Dieter?"

„Bingo!"

„Dieter Bingo?", lächelte sie. „Gott sei Dank!" Erleichtert fielen wir uns erst in die Arme und dann übereinander her. Wir gingen ab wie Nachbars Lumpi mit Schmidts Katze. Danach lagen wir eine ganze Weile still nebeneinander.

„Also, dieser Uwe!", rief die Moni plötzlich.

„Ich konnte dich nicht warnen. Du bist ja sofort mit dem Hirni abgezogen."

„Dieser Uuu-we", wiederholte sie eine Oktave höher, „den bin ich einfach nicht mehr losgeworden. Aus lauter Frust habe ich mir einen Sekt nach dem anderen reingezogen ..."

„Genau wie ich! Aus lauter Frust ..."

„... und am Ende war ich so besoffen ..."

„Genau wie ich!"

„... dass ich diese Nervensäge eigenhändig rausgeschmissen habe, als die Vormittagsveranstaltung vorbei war und der Kerl einfach nicht gehen wollte!"

„Brava!"

„Gott sei Dank kam er dann nicht mehr rein, wegen geschlossener Gesellschaft. Danach habe ich mich hier verkrochen, um meinen Rausch auszuschlafen."

„Ich habe nicht weit von dir im Konferenzraum dasselbe gemacht."

„Wirklich?"

Da musste ich dem Nebenfach-Uwe am Ende doch dankbar sein, dass er mir kraft seiner Krefelder Impertinenz mal wieder eine Frau in die Arme getrieben hatte.

„Ist dieser ‚Sozialpsychologe' etwa ein Freund von dir?", fragte sie.

„Nein ... ja ... das ist zu kompliziert jetzt."

„Hauptsache, wir sind ihn los."

„Ja. Hauptsache."

„Schön."

Wir küssten uns.

„Aber Hörbie hat gekocht", sagte ich unvermittelt.

„Der kann von mir aus überkochen. A propos!" Sie kramte ihr Handy heraus und schrieb ihrem Mann schnell eine SMS: „Ich habe das ganze Wochenende viel zu tun. Warte nicht auf mich. Moni."

„Viel zu tun, meint er", frotzelte ich.

„Was?"

„Ach, nichts."

Wir ließen uns unbemerkt im Porschezentrum einschließen. In der Nacht wurde noch die ganze Bühne abgebaut, aber niemand bemerkte uns in unserem Liebesnest. Zum Glück war die Moni im Besitz eines Generalschlüssels, so dass wir am Sonntag seelenruhig aus dem Autohaus schleichen und zu mir fahren konnten. „Komm mit auf meine Bude", lockte ich sie verheißungsvoll. „Ich werde dich dort so lange bekochen, bis du so dick bist, dass du nicht mehr wegkannst."

„Zeig mir erst mal deinen Kochlöffel", sagte sie grinsend.

Unterwegs hielten wir beim Bäcker und kauften Sonntagsbrötchen. Ich ließ meinen Blick über die Titelblätter der druckfrischen Boulevardzeitungen neben der Theke schweifen. Auf allen Titelbildern sah man zwei Männer, die im Dunkeln hinter einer Hecke heftig knutschten: „Nachrichtensprecher mit Schlagerstar im Gebüsch erwischt – Ehefrauen wollen Scheidung!" Es dauerte eine Weile, bis ich begriff, dass die beiden niemand anderes waren als Klausi Kraus und der „Öffentlich-Rechtliche".

„Guck mal, Moni! Wir sind nicht die Einzigen gewesen, die sich gestern Nacht gefunden haben!" Und der Prälla? Hatte er eines seiner Silikonmodelle abschleppen können, fragte ich mich.

Die öffentlich-rechtliche Klausi-Kraus-Affäre war bei den Kollegen jedenfalls Frotzelstoff für mehrere Tage. Sie waren so sehr damit beschäftigt, dass ihnen meine Affäre mit der Moni gar nicht auffiel. Der Prälla hatte am Montag einen ganzen Stapel besagter Käseblätter mitgebracht und verteilte sie unter den sensationshungrigen Verkäufern.

„Dieter", rief er. Ich fühlte mich gar nicht angesprochen, denn „Dieter" hatte er mich noch nie genannt, sondern seit unserer Kindheit immer nur „ey, Weiler, ey". Aber der Zauberspruch „Heiko, du hass dat Zeusch" schien seinen Imbezillitätsbann gebrochen zu haben.

„Dieter", rief er also, „rate mal, wer gestern die Chrissy nach Hause gebracht hat?"

„Keine Ahnung, Heiko."

„Dieser Schleimscheißer von Nebenfach-Uwe!"

„Nein!"

„Doch. Der lungerte bis zum Schluss vorm Porschezentrum herum und schnappte sich dann die heulende Chrissy.

„Dieser ... dieser ..."

„Schleimscheißer", wiederholte der Prälla. „Ich war ja froh darüber, denn so sind wir die Chrissy endlich losgeworden."

Da hatte der Uwe doch tatsächlich stundenlang vorm Porschezentrum auf seine Beute gewartet wie der Weiße Hai vor einer Robbeninsel. Es war nicht zu fassen.

„Was ist denn nun mit der Sabrina?", kam ich zum Wesentlichen, „lass dir doch nicht alle Würmer aus der Nase ziehen!"

„Ich begleite sie auf ihre Tournee durch Malle", verkündete er stolz.

„Die Hölle ist dein Himmelreich, Heiko."

„Wieso?

„Aber sag mal ganz ehrlich: Hast du sie denn nun endlich ...?"

Er schaute verlegen und antwortete: „Der Gentleman genießt und schweigt."

„Das wird schon, Heiko, das wird schon", tröstete ich ihn.

Ihr denkt jetzt vielleicht, der Nebenfach-Uwe wäre bei der Chrissy zum Zuge gekommen, weil sie ihm an jenem Abend entkräftet in die Fänge geraten war. Aber Pustekuchen, sage ich euch! Denn es kam alles ganz anders.

Zu guter Letzt wanderte nämlich der Maik doch noch in den Knast. Am Jubiläumstag vom Porsche-Erwin stattete er den Mitgliedern der Masch'bauer-Hydra aus lauter Frust über seine

Mehrfachblamage tatsächlich einen Besuch ab und zog seine Folternummer mit ihnen durch. Daraufhin sorgten die reichen und einflussreichen Masch'bauer-Eltern dafür, dass der Kickboxer ohne Bewährung in den Bau ging – da nützte auch die Fürsprache von Hauptmeister Tran und Obermeister Funzel nichts mehr.

Der Hirni von Nebenfach-Uwe schleimte sich bei seinem Opfer als Therapeut ein und gab der Chrissy allen Ernstes den Rat, ihren ehemaligen Peiniger zwecks Traumabewältigung hinter Gittern zu besuchen. „Konfrontationstherapie – lu-pen-rein!" Damit schaufelte er sich natürlich sein eigenes Grab, denn schon bald läuteten für Arschgeweih und Klempnerspalte im Knast die Hochzeitsglocken und der Uwe war mal wieder abgemeldet. Dabei hatte er die Chrissy zur Unterstützung extra noch ins Gefängnis begleitet und wohl insgeheim auf einen Dankbarkeitsfick spekuliert. Aber als der Maik ihn sah, meinte er nur: „Du hass getz ma Ausgang, Kratergesicht" – und da hatte das Kratergesicht eben Ausgang.

„Hoffnungsloser Fall", resümierte ich, „die Chrissy ist doch nur so ein masochistisches Sub-System. Lupenrein!"

„Für mich ist der Masochismus irgendwie ein tiefer Schrei von innen", schlug der Uwe einen neuen Ball in unserem alten Ping-Pong-Spiel auf.

„Aus innen", schlug ich zurück.